山河 2 只为你喧嚣

如若此生再相见·莫把当年做路人

Always Only You

冥灵◎著

百花洲文艺出版社
BAIHUAZHOU LITERATURE AND ART PRESS

图书在版编目（CIP）数据

山河只为你喧嚣 . 2 / 冥灵著 . — 南昌：百花洲文艺出版社，2015.12
ISBN 978-7-5500-1402-2

Ⅰ . ①山… Ⅱ . ①冥… Ⅲ . ①言情小说－中国－当代
Ⅳ . ① I247.5

中国版本图书馆 CIP 数据核字（2016）第 008446 号

出 版 者 百花洲文艺出版社
社　　址 江西省南昌市红谷滩世贸路 898 号博能中心 20 楼　　邮编：330038
电　　话 0791-86895108（发行热线）　　0791-86894790（编辑热线）
网　　址 http:www.bhzwy.com
E-mail bhz@bhzwy.com

书　　名 山河只为你喧嚣 . 2
作　　者 冥　灵
出 版 人 姚雪雪
出 品 人 铁　鱼
责任编辑 王丰林
特约策划 王　黎　王明旭
特约编辑 王明旭
封面设计 吴玉翠
经　　销 全国新华书店
印　　刷 北京嘉业印刷厂
开　　本 1/32　880mm × 1230mm
印　　张 10
字　　数 220 千字
版　　次 2016 年 5 月第 1 版
印　　次 2016 年 5 月第 1 次印刷
定　　价 29.80 元
ISBN 978-7-5500-1402-2

赣版权登字：05-2016-8

目录

目　录

兰霖：

我第一次看见你哭的时候，就想摸摸你的头。

不知道为什么，就是从那天起，觉得自己能安慰到你。

玄武千寻：

要是你丢了，我就一定要去把你找回来，
因为你是我的，只能在我在的地方。
为尔结发，无怨无悔。

凛央子：

为这一吻，哪怕被当下削去头颅，乃至灰飞烟灭，也没有关系。
在这被动的一生里，我从未有过这样的冲动与决心，
除了爱你，我什么都不惧怕。

第十八章　唯吾独尊

净蜓山

山清水秀，层峦叠嶂。

三骑马行在路上，青翠漫眼，微风习习，正是秋高气爽的好时节。

千寻叼着一根草穗子，脑袋中突然灵光一现，“对了对了！我一直忘了告诉你，我知道你出生时候发生的事。”

兰霖扭头看着她：“你怎么会知道，说给我听听。”

“我混在宫里当厨娘，偶尔会去冷宫送吃的，遇上过一个生病的宫女婶婶，她说，祺裕皇后与阁老屈怀瑜联手调换了真正的龙子，但是有位心善的接生嬷嬷，用她的孩子换下了龙子，借着兰家酒缸送出宫去。”

“唉……造孽……不是白白牺牲了她的孩子？”

“不不，她当时偷偷与守城兵相好，怀上的婴儿，因为先天不足，生下便死了，正好被用来救出你。”千寻道，“皇后与阁老机关算尽，还是灭不了真正的龙种，你说一切是不是都是命？”

兰霖点点头，心想自己差点还成为屈怀瑜的外孙女婿，得他宠爱与信任，到头来变成了冤冤相报。他轻轻道了一句：“尽人事，听天命。”

千寻见他低头不高兴了，吐掉草穗子，转开话题逗他：“哎哎，你现在会多少武功？学会控水术了吗？”

兰霖摇头：“什么也不会，只知道自己掉在水里淹不死，无论多么湍急的水流，能在其中自由沉浮，就像在空气中移动，只是稍微缓慢一点。”

“这功夫还差得远，你得学控水术。就像朱雀族的高手使用控火术那么厉害。”

“我那天在鬼市，见雀丹炅与绛天晓在刀螂店里厮杀，一个使火链子，舞得像是火龙般厉害，一个撺出火球，劈将出去，所到之地皆会爆炸。”

“对对，那是炎爆术！控火之人按照自己的领悟与能力，将火操纵成不同形态，成为武器。你要学的就是这个！最关键的是，水能治火。你们青龙对战朱雀，本来就有优势。可惜我是玄武家的，不懂控水的法门，否则我亲自来教你。”

“我怕这世上没人能教我这本领了。”

“普通白鸦教不了，鸦神也许有戏，反正我们要去蓬莱山了，刚巧找她问问。”

“说到这个，你们玄武的能耐又是什么，除了吃人，行军打仗时，有什么兵器或战术最厉害？”兰霖好奇地问千寻，以前倒也在书上读到过，但不确定是不是真的。

千寻停下马，跳下身来拍拍巴掌，一脸得意扬扬："今天就让你见识见识。"

说罢在草丛里四处搜寻，一会儿看看树木，一会儿用脚翻翻泥土，忽然间找到目标，她蹲下身去，用手掌附在上空念念有词。兰霖凑近了一瞧，地上躺着一具麻雀的尸体，已经半腐烂了，露出骨架，眼珠子也早就没了。

随着玄武咒语，千寻的印堂处隐隐有紫黑之光，一点点渗出，化出一绺轻烟，飘向尸体，随即麻雀竟诡异地动弹起来，羽毛骨骼一点点张开，鸟喙冲天抬起朝天啸鸣，只听扑簌簌的声响，方才还微微嵌在泥土里的尸体，已经完全跃了起来，展开骨架翅膀飞到半空，看到一只蜻蜓猛冲了过去，狠啄其翅膀，将其一折为二，咽入残破的腹中。

"普通麻雀都没这么厉害，没这么有攻击力，但是一旦被玄武复活，就会增强数倍的能力。"千寻说罢，右手一挥，一绺紫烟离开麻雀又飘回她的体内，麻雀应声落地，重又变成一具尸体，没了生机，"我现在还只是复活一只麻雀，你试想一下，我这要是在一片人类的墓园会怎么样？"

"玄武借阴兵。"

"没错。"千寻站起身，双手叉腰，好不威风。

"你们玄武族人人这么厉害？"

"不不，要都这么厉害，还有其他三神家什么事，别说人世，冥世都要被我们打穿了。其实没有啦，也就我这个有玄武神魄的厉害。其他人有嗜血啖肉、暴行疾攻的本领，有玄武的各种幽冥兵器，能力也各不同。但四神相生相克，说厉害，其实都不厉害，都有克星。”

“呵呵。”兰霖笑了起来。

“怎么啦？”

“你越是厉害，我越是觉得你会帮我夺回天下不可思议。”

“你也会很厉害啊，你也有神魄。青龙攻城，排山倒海的水势，高山也能夷成沧海，超级狂霸的！”千寻比手画脚给他看，“有了巨大的力量，就能保护自己想要保护的人。”

兰霖笑着摸摸她的头。

千寻打开他的手：“喂喂！我说你什么时候添的这个习惯，老摸我的头！还摸上瘾啦，去去去！”

“我第一次看见你哭的时候，就想摸摸你的头。不知道为什么，就是从那天起，觉得自己能安慰到你。”他温柔地说。

“哈，哈，哈！”她干笑，然后花痴一样地捧捧脸，“这世上唯一可以安慰到我的人是凛央子！他背着我在城墙上跳来跳去的时候可帅了！”

“是，是，杀了我弟，杀了我朋友，杀了兰桥的凛央子。”兰霖着重三个杀字。

千寻噘起嘴来，不开心地瞪着他。

兰霖摆手，示意投降，转身朝马走去。

云来客栈

官差刚走，半天云又是陪着处理尸体，又是打扫房间，忙得四脚朝天都快要疯了。这时前台的伙计召唤他有人投宿，这里的伙计都是农家来的孩子，没一个识字的，登记这类事一点也帮不上忙，半天云只得匆匆从后宅跑到前台，气喘吁吁，看见房间中站着一高一矮两位来客。

“您二位住店？”

“天色晚了，讨个方便。”兰霖刻意压低嗓音，用字正腔圆的京话说道。

“方便方便，有钱都方便。”半天云笑呵呵地用肩膀上的毛巾擦擦汗。

千寻两脚闲不住，趁这工夫在店堂里逛了起来，官差搬尸体虽说是从侧门出入，但检查客店时还是弄乱了不少东西。桌椅东倒西歪的，还有许多沾染了焦灰的脚印。

“怎么这么乱！”千寻也故意用粗粗的声音问，但听起来顶多像个男童。

“店里发生凶案，住客都差不多逃光了！”小伙计在旁边扫地，嘴快回答了。

半天云脸色顿时一垮，冲上来夺过扫帚，用扫帚把敲他脑袋，“就你嘴快！就你嘴快！什么话该说什么话不该说，平常都白教了？！都白教了啊！”

说一句打两下，“嗵嗵嗵”打了好几下，半天云自己都累了，一抹刘海笑着向来客道：“他胡说的，小店凌晨时分有客人不小心打翻了火烛，出了点小事故，这都已经解决得差不多了，两位客官可以放心住。”

千寻实在忍不住，“扑哧”一声乐了：“就你这还往里找补！”

千寻捧腹顿足，笑得都快喘不上气了。

兰霖翻了个白眼，心想这可真是活宝见活宝。他用指节敲敲柜台："这天也快黑了，又是山野，我们也不计较，住一宿便走，店家你赶紧过来登记，我们也好早点进屋休息。"

说完朝千寻又吼了一句："吾儿，你给我过来，有家教没家教了?!"

千寻指指自己鼻尖，心想，我不是你跟班吗，怎么又成你儿子了，哪有老子穿这么整齐，儿子穿这么寒酸的？！千寻表示对父子关系不满意，双手抱胸，鼻孔朝天不过去。

半天云跑到柜台边准备好笔墨和名册，挠挠脸端详着两父子，看着真别扭："请问客官怎么称呼？"

"姓周，单名一个庭，庭院的庭。小儿名文武，文武成双的文武。"

"不，我叫周成双。"千寻跑过来捣乱。

"周文武！"兰霖顶回去。

"成双！"

"文武！"

"唉！唉唉唉！别吵了两位大爷！这两名字我全登记上还不成吗，我加个括号！"半天云劝架。兰霖与千寻一同看向他。半天云又挠脸。每次他无聊、惊慌、纳闷、忧郁、尴尬，各种情绪时都习惯性挠脸，但是现在他看着眼前两个人，心底里莫名有一种好感，虽然他们长相很普通……

"好吧。"兰霖从行囊中取出银两给他，和他在那称斤论两，锱铢必较，演出了一身活灵活现的抠门商人模样。这时候半天云却觉得眼前个男人又亲切了点，因为他一眼就看出他在表演，这不是他的真实性格。

一旁的千寻抠着鼻子，深感无聊："全给他不就得了！咱家又不缺钱！"

"闭嘴，败家子。"兰霖瞪她。

"呸！"千寻怒，但是灵光一现，想到别的事了，急忙撸起袖子，"老板，厨房在哪，借你家厨房用用！喂！我说你！唔……我说爹！你还没吃过我炒的菜吧，今天给你露一手！"

亲爹没吃过儿子炒的菜？半天云眼珠滴溜溜转。

兰霖抹了把汗，看来无论自己怎么费劲表演，那边几句话就能把台给拆了。

"你去吧，你去吧……"兰霖朝她挥手，把她打发走了。

"呵呵，早些年我行商，在山村里和个村妇不小心擦枪走火……这些年我正妻与小妾都只给我生了丫头，想来想去，就来接他，打算带回去好好培养，继承家业。现在看看完全就是个野孩子……呵呵……"兰霖编故事。

"哦！"半天云用力点头，去拿房间钥匙，恭敬地递给他，"上房淇奥阁，您慢走。"

"这房名取得还挺有心。"兰霖看着钥匙上拴的木牌，工整地写着"淇奥"二字。

"不才念过点书。"半天云嬉皮笑脸道，然后嚷嚷伙计，叫他帮忙周老爷拿行李。

兰霖推辞了，独自带着行李进房。

凶案后，客人跑了不少。淇奥阁在第一进屋子的二楼，是间宽敞的雅室。半天云很用心地装饰每一间屋子，挂着的字画虽是无名士的作品，但都还入眼。棋盘与茶台都备着，来往客人不常用，但伙计也勤擦拭，不积灰。桌台上搁着花瓶，插着时令的鲜花。露台上有鱼缸与鸟笼，虽说是个山野客栈，竹木花石齐全，倒是精致。

兰霖搁好行李，在屋子里逛了一圈，心说，这店主是个内秀的活宝。这点也挺像小丫头，看着顽劣憨傻，真功夫一点也不少。

伙计随后泡了茶水上来，又捧来了洗脸水。兰霖洗干净手和脸，坐下慢悠悠喝了会儿茶，歇够了，还不见小丫头上来。心想估计要自己下楼去找饭吃，于是踱了出来，刚进院子便闻到一股扑鼻的饭菜香气，再往厨房走，眼前围着一圈人，都扒着门窗在瞧。

半天云扭头看见兰霖，大叫起来："你家小公子可了不得了，神厨再世啊。"

兰霖十分惊讶，凑近人群往里瞧。

千寻一进厨房就宰了只老母鸡，熬上猪油，用葱姜老酒爆香，搁了芋头、笋尖、山野菜干，腊肉皮一层层铺在钵里，覆上炒好的鸡块，加汁熬汤。这边灶上炖着老母鸡汤钵，那边灶上，小丫头用山萝卜切丝，焯水加盐，花椒打成粉和着肉馅、小葱拌萝卜丝，和好了油面入馅，烙成一块块香喷喷的油饼，再是一道鲜肉与腊肉片加红椒与葱头爆炒。

最后是青菜猪油炒饭，大锅里焖着，焖出一层焦香的锅巴底。

一道道工序，纹丝不乱，行云流水。

玄武千寻的身手在锅碗瓢盆间使得像是舞蹈一般，看着眼花缭乱，闻着是香浓无尽。兰霖像其他人一样，完全被震住了。半天云最凌乱，他自己的厨房有什么最清楚，菜是不少，但从来没有个像样的厨子，他平常自己吃得最多的是挂面和蒸馒头，炒菜最多算是有味道有点肉……像今天这种菜肴，感觉一辈子都没遇到过。

半天云扯扯兰霖的袖子。

“请问……我能给你们钱，你们给我添一双碗筷吗？”半天云流着口水问兰霖。

“我们也要，我们也要！”剩下的客人们纷纷举手，都在庆幸自己没因为凶案就被吓跑，留下来能见识这么一顿菜肴。

“啊？啊……”兰霖看看千寻。

千寻舞着锅铲笑眯眯看他：“可以呀，再多五十双筷子都成！”

“哇！太好了！我帮你们收钱！吃饭给钱！吃饭给钱！”半天云振臂高呼，向其他客人们收起饭钱来，一边帮忙吹嘘道，“上京城看看去，都未必有这么好的厨师！”

“是啊，是啊……”大家掏完钱不算，纷纷帮忙扛桌椅，洗碗筷。

人倒也不多，算上伙计，挤挤正好是坐满圆台面的一桌人。

饭桌就摆在庭院里。千寻又蒸了一尾鱼，多炒了个双菇豆丁，酱老豆腐和菜干红烧肉，油饼烙得有小半人高。十来个男人幸福地开了缸酒，甩开腮帮子吃了起来。

“我的个亲娘姥姥！这辈子没吃过这么好吃的菜！你是天上下来的神厨吧！”小伙计一嘴肉，热泪盈眶地看着千寻。

大家都幸福地点头，推杯换盏。一个个很热情地敬酒，千寻太小不方便灌他，为了表达谢意，男人们都敬起兰霖来。兰霖捧着酒碗不知所措，他自幼喝惯的是绵柔酒，没见过这么刺鼻的北方白酒，“我不胜酒力啊，大家都给钱了，也就不用再客气了。”

“爹！当男人要豪气！”千寻捧起一碗酒，一仰头喝干了，红着脸笑哈哈地将碗朝桌上一拍，莫名其妙地吼，“义薄云天！”

“小公子，好酒量！”半天云替她满上酒。兰霖急忙将酒碗移开了。

“那周老爷，我敬你，生了个好儿子！”半天云说道，众人也将酒碗捧上前，要与他碰一个。

“等等，等等！”千寻一挥手，一脚踏上椅子，用筷子指着兰霖，“爹！你还没说我做的菜好不好吃！哪个最好吃呐？”

客人们七嘴八舌回答道：“鸡汤最好喝，简直是神仙汤！”

“不不不，这萝卜肉馅油饼最香！这花椒入味简直神了！我在其他地方倒也吃过，竟没这个有滋味。感觉里面还加了一点糖，彻底吊出了萝卜的鲜味，又恰到好处，不会让北方人不习惯！”

“猪油渣菜饭最好吃，像家的味道！让俺吃得想娘！”

“不不不，真功夫还得是这道蒸鱼……”

“都闭嘴啦！我要听我爹说！”千寻双手叉腰。

兰霖倒抽一口冷气，这姑娘酒量到底行不行，怎么开始发酒疯了，“都很好吃。”

“不不不，不准说客气话！”

“真的很好吃。”他认真点头。

“敷衍！”

他酝酿一下情绪，特别肉麻地说：“我这辈子没吃过这么好吃的菜！”

“太棒了！要的就是这句话！”她笑，去拿酒碗。他急忙将酒碗抢过来。

“干吗，干吗，我千杯不醉的。”

“扯淡，给我坐好。”他板起脸。

“那你喝干它，我就坐好！”她指着酒。

“你是不是人来疯啊？”

“我是啊！哈哈哈！”千寻拍巴掌。兰霖无语了，拿起酒碗喝了一口，高粱白酒辣得泪花流。

“不行不行！”

他再喝一大口。

“不行不行！”在座所有人一起喊。

兰霖怒了，仰头喝干一整碗酒，将碗朝桌上“啪”地一拍，也莫名其妙地喊了一声：“唯吾独尊！”

“哈哈哈哈哈……”所有人借着酒劲大笑起来。只有半天云一块肉噎在喉咙里，差点被自己噎死，筷子也在慌乱中掉落，他借着捡筷子躲到桌子底下去，看着兰霖的双脚发呆。唯吾独尊哪是普通人敢喊的话，这伙山野人不知道，唯独他清楚，唯吾独尊四个字是青龙族的天家信条。青龙帝王要喊起这四个字，那是翻云覆雨的气势。

“咦……下雨了……”雨点说来就来，一滴滴打在椅子和地面上。半天云这下彻底腿软了，瘫坐在地上，心说，不会吧……

淇奥阁

千寻背着兰霖回到房间，将他抛在床上，兰霖打着酒嗝，喃喃说着酒话。千寻浑然无事，心想自己刚才好像是太闹腾了，一人来疯就把兰霖灌倒了，想不到这小子酒量不行呀。千寻想找热水来给他擦擦脸，这时有人敲门，千寻开门一看，是捧着毛巾与一铜盆热水的店主半天云。

“真不好意思，大家太高兴，就把你爹灌翻了。我特地打了热水来，你给你爹擦擦身子，换洗换洗吧。”半天云说道。

“哦……你搁下。”

半天云顾自将水捧到了床边，下意识看看兰霖。

问题是……我其实是姑娘家，最多替他擦擦脸呀，怎么可能替他擦身……千寻挠挠头，看着半天云，半天云挠挠脸，像是没打算出去。

“小少爷，你们打哪来啊？”半天云问。

“打南边来……”千寻咂咂嘴，“了一个喇嘛，手里提拉着五斤鳎犸。打北边来了个哑巴，腰里别着个喇叭。”

“小少爷别闹……好好问您呢。”

“嗯……我爹怎么跟你说的？”千寻多机灵，怎么会被轻易套出话来。

半天云更狡猾，直接骗她：“他说你们打京城来，去北方提亲，他说他在北边有个相好的，要娶回家去给你当后妈。”

千寻一听这话不乐意了，坐到床上朝兰霖脸上糊了一巴掌，“叫你胡扯！”

兰霖闭着眼睛“唉哟”一声。

“哼！”千寻气鼓鼓地问半天云，“有澡房吗？我自己泡热水澡去，不管他了！”

“在楼下呢，小少爷。”半天云急忙说道。

千寻一撩衣角走了。

房间里只剩下了两个男人。

半天云一边卷袖子，一边在热水里拧毛巾，此刻安静得很。半天云仔细地为兰霖擦着脸，立刻发现了上妆后人皮面具的秘密，他没有拆穿它，即刻停下手来，定定地看着兰霖。

看似波澜不惊的神色，其实他的心脏已经狂跳得要蹦出胸腔一般，连气都喘不上来。他搁下毛巾，深呼吸了数次，才轻声向兰霖道：“主公，请不要怪罪我，若您真是青龙皇族，那我原本就是侍候主公您的人，小的为主公换洗一下。”

说罢，他去解兰霖的衣衫，翻看他的身体，那一道龙鳞清晰入目。半天云惊得浑身颤抖，手忙脚乱地跪了下来，给兰霖狠狠磕了三个响头，刚一抬头，发现千寻蹲在床上，低头看着自己。半天云吓了一跳，“啊”的一声往后瘫坐。

“你！你不是洗澡去了吗？”

“我是你这么好骗走的？我就猜你心里有什么鬼。”千寻看看指甲，看看他。小圆脸，麦色皮肤，高大修长，眉宇里暗藏英气，但眼光里更多的还是油滑与势利，背也是刻意有些驼，演小市民演得跟真的似的。

半天云下巴都快掉地上了：“你……你是什么人？”

“呸！先说你是什么人？！干吗叫他主公，干吗给他磕头？你一野店小老板，又不是青龙的奴才。”

“我，我曾经是啊！”半天云无奈地说道，“我叫半天云，曾经是白鸦，那时候爹爹叫无束，派我出去执行任务，打斗中受重伤，被莫名其妙割了头发，那根白鸦毛没了，我变成了普通人，醒来时被山民收留，渐渐就回不去了，流落在这里。”

“你是白鸦，那你知道凛央子吗？”

“我们少提督凛央子！威风八面啊！”

“啊……你真的是白鸦……”

“过去真的是！”

两人说着说着都蒙了，一个挠头，一个挠脸。

“哇！”千寻猛地振臂高呼，“好棒！陪我们一起去蓬莱鸦神宫找凛央子呀！”

半天云连连摆手：“你们要去蓬莱？！不不不，我不能跟你们回去，我这种逃兵回到鸦神宫，会被杀掉的。这些年我在这里当普通人，过得已经习惯自在了，绝不能回去送死。”

“哼，那你至少知道怎么做鸦鼓吧！”

“这我知道啊，以龙皮为鼓嘛！青龙皇族，首次召唤白鸦为新帝而战，都要做出一点牺牲。”半天云说道。

千寻倒抽一口冷气，拍拍兰霖的面颊，掐掐他的鼻子，确定他是睡死了没听见。

“竟然要扒他的皮做成鼓？”

半天云点头，很认真地比画：“一般是用大腿这部分。因为很残忍，所以大多青龙开国帝王对白鸦奴才也不是很好。”

千寻用力点头，扶额叹息道：“唉……那还是算了……除了鸦鼓还有什么办法可以召唤出白鸦？”

“想不到你个女孩子家家，还挺关心他的。”

“咦，你看得出我是姑娘？”

“我好歹是前任白鸦，眼尖心细着呢。”半天云说到这儿一拍大腿，问道，“你俩真名是不是叫兰霖和千寻。”

“是啊。”

“不得了，朱雀族有高人追杀你们。今早刚在这里杀了两个乔装改扮成你们的人。”

“几个高人？”

“一个高人！”

千寻一听数量，相当不屑，“哦，很快就会是一个死人。”

千寻卷起袖子挥挥手臂，半天云刚才在厨房远远看她，就觉得她手上箍着一块钢条怪怪的，现在在灯光下就近仔细一瞧，吓得又瘫坐下去：“玄，玄冥，玄冥盾？！”

“小子挺有见识啊？！”

半天云“噌”一下站起来，从腰带上取出小刀，指着她，一边哆嗦一边说：“你，你个玄武族的，要，要对我们主公做什么！虽然我现在是个普通人，可我也不怕你，我会誓死保护他！”

“神经病，说了要一起去蓬莱的啦，去鸦神宫找凛央子，让他像你一样变成普通人，然后我就嫁给他，当他老婆！哼哼哼！”千寻每次说到这件事就觉得乐呵呵的。

半天云听完差点没昏死过去，双脚一软扒在床沿上：“你掐我一下，我看看是不是在做梦……玄武嫁白鸦……世道是不是变了……”

千寻刮一下他的鼻子。

半天云无语了，是真的。

“姑娘啊，我那天见到白鸦风潮，知道他们都回去了，我猜宫里一定是变天了，江山易主。”

“没错，龙王聂是假青龙帝。”

“亏我们刀口舔血地替他卖命，竟然是假的……不过姑娘啊，我其实想说的是……如果凛央子回去了，鸦神知道他和你有情，那他现在应该已经死了。”

“你要这么讲，我现在就把你主公吃了，反正用不上了。”

“哦，不不，凛央子一定在鸦神宫披红挂彩，喜滋滋地等你去嫁给他。嗯。一定是这样的……”半天云窘迫地挠脸。

二人一起看向兰霖，兰霖呼呼睡得正香。

千寻捏着下巴，愁眉苦脸：“还有没有别的办法召唤白鸦？你主公现在就是一个白丁，就算我再有本事，也没办法帮他从朱雀手里夺回天下。”

半天云马上回答：“办法也不是没有，但还是得去蓬莱山，直接让主公和鸦神商量。要是鸦神觉得他是当帝王的材料，立马就帮忙了；要觉得不行，那就会把人留下，找一堆女人给他生孩子，直到生出她满意的继承人为止。”

“这个鸦神听起来怪怪的，我很久前就知道她，但不清楚具体的来历，你给我说说。”

“唔……我现在是普通人，说这事也没关系。”半天云挠脸，“四神分裂后，她是唯一一只追随青龙的白鸦，后经青龙帮助，修行成了神女，可惜她对青龙有眷恋爱慕之心，表白纠缠引诱，青龙却不动心，还排斥她，将她封印在蓬莱山的宫殿里。她仍是一心想守着青龙，就创造了白鸦大军，生生世世为青龙族的奴仆。”

“鸦鼓却要青龙族用自己的皮来制作，才能召唤白鸦？这不是变态嘛，相爱相杀呀！”

“就是要青龙族证明他们也在乎她嘛。没办法，爱之不得，难免就变得怪怪的……”

“唉……好吧，横竖是去蓬莱了，让兰霖和她见见聊聊再说。我对他有信心，他会是一个好君王，一定会征服她的。我说，要不你来给我们带路呀，等他当上皇帝，你就是功臣，将来封你一个大官做！”

半天云一听就急了，连连摆手：“不不不，我就想当普通人，破家值万贯，我这些年来想得透透的，现在的生活比什么都好，比皇宫好，比当官好，现在的自由自在多么难得，我死也不要去蓬莱。你别再为难我了！”

“好吧。”千寻皱皱眉头，“想不到我俩是一国的，想要的生活都一样，己所不欲，勿施于人嘛，你就不用去了，我陪兰霖一起去。”

“谢谢你，简直是知己，恨不能亲你一口。”

“滚一边去！”

“好的，小的告退。”半天云乐不可支地朝外走。

“喂！明天他醒了，你就还当你的店老板，不要告诉他你的身份，我也不会对他讲。什么鸦鼓的事，也就当没发生过，千万不要说。”她做了个泄密便死的手势。

“好，好。”半天云连连点头，屁颠屁颠地退了出去。

第十九章　生死去来，棚头傀儡

云来客栈

大半夜的，客栈门被人砸得咣咣响，小伙计端着灯去开门，迎面被人一脚踹翻在地，手上的烛台掉落下来，还未到地面，被来者接住。他用手指引着那丛火，在空中抛了出去，火线在房间中绕了个圈，点亮了各个角落里的烛台，然后又回到他手中，慢慢被捏成了烟。

半天云着急忙慌扣着睡衣扣子，跑出来迎客，只见眼前红光一片，像是急忙照射出云霾的阳光，刺伤了人的眼睛。

百里天君径直走到前面，挑了一张桌子斜坐着，打量着眼前这个睡眼惺忪的野店小老板。

“听说昨天你们这儿死了两个人？一个叫兰霖，一个叫千寻？”

半天云一眼就认出这伙人统统是朱雀族的男子，但还是要装糊涂地问：“是啊，大老爷们……你们是新来的官差？”

“我们是那些官差的当家人，要比你这小民想得到的来头大。”

百里天君傲慢地说道。

半天云若还是白鸦，现在早和他们打起来了，可惜不是，只能在心里骂，什么玩意儿，跟爷我在这里充大尾巴狼。“呵呵，小的惶恐！大老爷有什么吩咐，小的一定鞍前马后。”

“既然在你的店里发生的凶案，你这个当老板的，可有什么疑似凶嫌的目标？”

“官差来的时候，当天发生的情况全都一五一十对他们讲述了。死的那两个虽然有乔装改扮，但都是貌美如花的大姑娘，一定是被其他客人看到，动了色心，劫色不成，就杀死了她们，再纵火毁灭现场，幸亏我及时发现，否则店都烧光了！”半天云故意搅浑水，只字不提傲月寂的事。

呵呵，山野人也就这么点见识。百里天君心想，他心里认准了是傲月寂一早来到这里杀的人，既然是他调查过的地方，应当不会有别的疏漏。百里天君站起来掸掸身上灰尘。

一名属下指着半天云鼻子道：“我看你是没头脑，我们也不和你这等山野人计较。今天实在是太晚了，我们要在这里投宿。快去把最好的房间都收拾出来。”

“好的，我这就把几间上房里的客人全赶出去，腾出房间来给官老爷们住。”

“别大费周章了，这都什么时辰了，折腾完还不天亮了，挑干净的房间就行，三四人一间挤挤也行。”

“哦哦，那我这就给诸位官老爷拿钥匙。”半天云朝伙计使眼色，二人七手八脚取了钥匙牌分发给他们，又提着灯笼带路，忙了好一阵，终于安排他们都住下了。

半天云回到自己房间，头脑彻底清醒了，一丝困意都没有，他坐等到四下都安静无声，一个人摸黑来到了淇奥阁，翻窗进了房间，借着月光，看见一双大眼睛迎面对着他，差点被吓死。

“呃……你晚上不睡觉的啊？！”

“睡啊，听见外面闹腾就醒了，刚溜去屋顶偷看了一会儿，发现是朱雀族的人，我就猜你快来给我们报信了。”

“姑奶奶你还真聪明，那位还睡着呐？”

“是啊，酒量渣透了。”

“那我来背他，我带你们悄悄从后门离开。”

“凭什么？刚才我数过了也就十一个人，你把朱雀住的那几间屋子告诉我，我一间房一间房地杀过去。”

“我亲娘嘞，玄武姑娘，我知道你身手好，可你要和朱雀族正面冲突，万一着火，我这店就烧没了。万一不着火，全都被你暗杀死了，十一具尸体呐，我又往哪里藏？！”

“我吃掉呀！”千寻拍拍肚皮。

“求您别……我将来不想开凶宅鬼店……我的个亲娘，亲姑奶奶，亲奶奶！趁着他们都睡下了，赶紧走吧，他们就是追杀你们来的。不止这一拨，之前还有一个独行侠样的，就是他用火盾杀了冒充你俩的姑娘。前后都得小心。”

“想不到你这么胆小怕事。”

“我当然怕事！我要是跟你们走，我就啥也不顾虑了，我可以提着刀帮你们去杀，可是现在我决定不跟你们走，我就要为自己的将来做打算。所以……”半天云说到这里停住了，面色很尴尬，也很抱歉。他在黑暗里看了床铺一眼，看着睡着的兰霖。难怪第一眼就觉得他亲切，闹半天是主人家，有归属感……可惜，他是没机会尽忠尽职了，主仆俩连正式当面说句话都没有，就要分别了，希望可以背着他走上一程。

半天云眼神忧伤，不说话，只是低头朝里走。小丫头抢先一步，跑去床边，轻松地一把背起了兰霖，打开窗子："话都说到这份上了，就不要说破啦，山高水长，各自珍重吧！"说完踩着窗栏几下便跃上了屋顶，在夜色下像只扑翅的蚱蜢，"噌噌"蹦远了。

半天云站在窗前愣了好久，心中怅然若失，不一会儿，小丫头又空着手蹦回来了，重新跳回窗里拿行囊，冲他笑笑，拍拍他肩膀，安慰他。

"好啦，好啦，不要难过。每个人都有选择自由嘛！不用内疚。"

"我没内疚……"半天云嘴硬。

"不用觉得自己是个窝囊废，负心人，和没有使命感与责任感的人！"

"你这是安慰我呢还是骂我呢？"半天云无语了，"走就走吧，这么多话！"

"山高水长，各自珍重！"丫头挥手，提着行囊走了。

"珍重珍重珍重……"半天云挥手，心说，别再跟我说话了，神烦的一货。

千寻再次消失在夜色里。

一路小心……他心里喃喃地，依旧在窗边等着，心中暗暗期待她又遗落了什么回来取，再和她逗上几句嘴，但是丫头没有再回来，没有再出现在他的视线里。

甘棠山

兰霖睁开眼，视野一片开阔，蓝天上云奔如逐鹿，风吹得发丝拂面，酥酥痒痒。他正想自己怎么会在这儿，一侧脸，看见千寻蜷睡在身边，睡容香甜，不知道是不是在梦境里遇见了心爱的他。

兰霖不忍心吵她睡觉，一直静静看着她熟睡的模样，当她快醒时，他悄悄闭上了眼睛。

千寻坐起身来抹抹口水，看看人在马在行囊都在，放下了心，解开头发重新编辫子。厚重的头发散开来像一顶黑色的小帐篷，把她小小的人都包裹起来了。兰霖偷偷睁开眼，觉得这长头发太有意思了，在她身后用一绺头发和草打了个结。千寻身子往前时，头发便被牵住了，一扭头发现是他捣蛋，抬手就打，兰霖的脑袋、脸和胳膊，被“啪啪啪”打了好几下。

“好小气！”他边躲边喊。

“叫你手痒！”

他淘气地笑了起来，嚷嚷：“这哪是重点，重点是，你不觉得我们突然睡在山野里了吗？难道昨天遇到的是鬼店，一觉醒来，店就没了？”

“嗯，是啊，遇到鬼店吧……”千寻没打算说真话。

“神经病，我开玩笑，你也开玩笑。到底发生什么事了？”

“唔……真的是鬼店呐！”

“不可能，我身上这酒气，那些场面，那个店主，绝对不可能是假的。”

千寻把辫子编完，朝身后一甩。“半夜有朱雀的追兵！我就背着你逃出来了。”

“这不像你啊，照你的脾气，应该是把人都杀了，店都拆了吧？”

千寻打着呵欠伸懒腰，一字一顿说：“你可真了解我。”

“那为什么你没有？”

“鸟隐于天高，鱼潜于水深。这一次我想深沉一点。”

“去你的。”他捡了一块小石子丢她，她竟然没躲，直接被砸中脑袋，顿时暴走，冲过来打他，兰霖急忙逃跑。千寻一下子跳过去将他扑倒在身下，死死压在他背上。伸手掐他脸，一顿胡掐把人皮面具弄坏了，干脆撕了扔了。

“丑死了，别带了。”然后顺手将自己的面具一并撕下。

“喂喂！你也太疯了吧！”他指责她。

她才不理嘞。

“救命……救命……这姑娘有二百来斤重！”他说完一边咳嗽一边大笑。

“我吃了你！”说着她真的去啃他的头，他刚巧转过来看她，她咬在他的眼睛上。他的手尴尬地停在她的腰上，觉得她嘴唇软软的，牙齿也不锋利，戳在皮肤上稍稍有点硬，这一瞬间像是凝固了，他没动，她也没动。

好想抱抱她，他心想。

忽然听她嚷了一声：“咦？炊烟！”

小丫头指着前方，然后跳起来一脚踩过他的背，往前跑，跑到山坡前头跳起来喊：“有房子！”

兰霖心头恍惚，还没有回过神来。

“喂！来看啊！有地方吃午饭了！”

“你不是急着赶路吗？为了心爱的男人，应该食不知味，夜不能寐才对啊！”他悠闲地翻了个身，双手枕在脑袋后面看天看云。

“我在找他的时间里，也没辜负自己的人生，这才是恋爱的最佳形态！”

“满脑子都应该想着他啊，只想着自己玩，到底是真爱吗？！”

“废话！难道你懂什么叫真爱？！算了，和你吵个屁，你就是个小孩子。”

“明明你才比较像小孩子！算了，这个问题上，大家都比较小朋友。”

“哼！呸！过来呀！觅食去！”她催促他。兰霖坐了起来，掸掸一身草与灰，去牵三匹马，忽然意识到自己是在微笑着，脑袋里空空的，一点心事也没有。很多仇恨都短暂放下来，没有忧患，也没有恐惧。只是轻松和快乐，这种时光在他的生命里屈指可数。但现在却真真切切体会着，那个女孩为他带来了欢乐，不羡神仙，不做帝王，这就是她一直想要的无忧无虑、平凡生活吧。

“玄武千寻。”他叫她名字。

“啊？”

“没什么。”

“有病。”她一蹦一跳，往房子方向跑去了。

缁衣草舍

桑檀蜜！

千寻远远看见坐在窗里描眉的绝色女子，一下便认出她来了，惊讶地大呼小叫，一路朝着房子飞奔而去。兰霖过了一会儿才到，见这房子不同于寻常房屋的造型，山字形的茅草屋顶，像蘑菇的盖子，重重压在墙上，窗口短小，虽然层高不低，但视觉上却像是一幢房子有半截埋在土壤里。兰霖觉得它有趣，刻意绕着房子转了一圈，看见一面土墙上写着四行大字，不由得默默念颂起来。

“生死去来，棚头傀儡，一线断时，落落磊磊。”好眼熟啊，他心想。忽然想起志怪集子中描写狐族的格言，便有这四句。若是狐家用幻术变化出来的房子，常铭刻着它。

兰霖不由咂舌称奇，在江南人烟浩渺之地，只能见识书中的奇幻，想象世界的绮丽，如今都活灵活现近在眼前，知道书中所言非虚，不由得感慨这世间万千变化，揭日月而行千载。

“你怎么会在这儿？”桑檀蜜从窗口探出身子来，笑着召唤千寻，随即起身从屋子走了出来。

“向蓬莱去啊！经过这里！倒是你呀，怎么也在这儿？！”千寻说完就想起来了，往后一蹦，又蹦了两步，“不是吧？！我高祖也在这？”

桑檀蜜笑着说道：“对啊，不过还是身首分离的老样子，你不用害怕。”

“还分离着……这样下去得死啊……你给他喂完忘情水了吗？”

桑檀蜜摇摇头：“鬼市不知道何故将入口都隐藏了，买不着。”

千寻吐吐舌头，这还是兰霖闯的祸呢，刀螂店遇袭，惹了朱雀家，为了自保，当然是全集市都隐藏起来了。

“可老分开着我高祖也不是办法，就算用鲜血泡着，早晚也得再死过去的。”千寻摸摸下巴。

“你要看看他吗？”

“我不要！”千寻炸毛了，连连摆手，“还是让他死吧。”

“哈哈，这么害怕他。”桑檀蜜笑了，牵着她的手一道进门。

兰霖也来了，轻轻叩叩门，千寻跑过去把他拉了进来。方才他听到她们提鬼市的忘情水，有些好奇，但也没问。

“哟，这是……”桑檀蜜望着他。

“是我的好朋友，叫兰霖，江南人。这位是我好姐妹，姓桑檀，单名一个蜜字。”千寻故意没讲两边的身世。但兰霖知道桑檀这个姓，属于妖族。加上他在土墙上看到的话，知道眼前站的女子，应该是位狐妖。

二人互相施了礼。兰霖面上带着微笑，静立一旁，清秀风雅，是一副仙人的气韵。

“你这位朋友，可真是天下一等一的好容貌。”桑檀蜜直言不讳地夸赞起兰霖。

“那是，不知道多少人喜欢他！把我的风头全都抢走了。好在你心里有人，否则我怕你也着了他的道，也喜欢他，却不知道和他在一起的女人都会吃亏的！”

兰霖心里好想掐她，也没回应什么。这时若夸桑檀蜜也是万里挑一的美人，反而显得轻浮，干脆微笑不说话了。只在心里暗暗感叹，狐族的女人，从骨子里透出来的媚，是人类美女完全学不来的姿态。眼角眉梢的肌肤透着天然的橙红色，语调婉转，身有奇香。想那刀忆慈也是熟诱善惑的美人，知道怎么样撩拨男人的心弦，但媚态里透着英气。都说女人如水，刀忆慈是淙淙清泉，那眼前的桑檀蜜，却是蜜里调油，香滑的无法以水来概括。

“对于男人来说，关键不是有多少女人喜欢他，而是他心里有谁。”桑檀蜜带他们到桌前坐下，为他们泡茶。

千寻推开茶杯说：“茶我不喝了，留着肚子吃饭，我看见炊烟了，你在煮什么好吃的？我闻闻……唔，鸡汤的香气！我饿……请我吃饭吧！”

“好呀。”桑檀蜜嗲嗲地回应了一声，“你不饮茶，兰公子还是渴的，我这杯茶敬给他，再给你端饭菜来。”

桑檀蜜的音调，一句话有千回百转，普通男人听了骨头早酥了。兰霖还是淡淡笑着饮茶。桑檀蜜心想，这男人不是城府深，就是心里确实有人了。兰霖品着茶，觉得香气很特别，刚想抬头赞赏一句，发现桑檀蜜悄悄看着自己，连忙又把眼低下了。

桑檀蜜暗暗好笑，离开他们，去了厨房。

“你还记得我高祖吗？她是我高祖的女朋友。”千寻悄悄对兰霖介绍道，“前阵子她对我高祖特别失望，不知道会不会移情别恋，喜欢上你。”

“我说……你能不能不要觉得这世界上是个女人就会爱上我，行吗？”

“行。”二人沉默了一会儿，千寻挠挠头说，“但狮屎胜于熊便啊。”

“上菜啦！”桑檀蜜喊了一声，两人连忙端正坐好。

桑檀蜜手捧着一张巨大的树叶，树叶看似软软的，却搁着炖了滚烫鸡汤的瓦罐，各式炒菜，一叠碗筷，往桌上一铺，罐碗筷碟自行滑到各人面前，汤一滴都没洒出来。简直像是魔术。

“可惜是你天生的本事，否则真想缠着你教我！”千寻看桌上的小菜，除了鸡汤，还有一大盆麻油鸡腿与酱油鸡翅，心想果然是狐狸，爱吃鸡。伸手便挟了一只大鸡腿搁到兰霖碗里，然后冲桑檀蜜甜甜一乐，“我不客气啦！”

说完便用鸡汤泡饭，大口大口吃了起来。鼓着腮帮子咀嚼着，眼睛眯成两条缝，突然停下筷子，看着桑檀蜜。

“怎么啦？难道米饭里有石子？”

千寻嘴鼓鼓，含糊不清地问：“狐族惯使幻术，你这顿餐饭，不会是用石子烂泥变出来糊弄我的吧。”

“你们玄武族通幽冥，能感受阴阳气，这顿饭有没有热乎气你还不知道？”

“哈哈哈，真喜欢和你说话，到底是成熟姐姐的风采，怎么说都不生气。不像这些男人。”千寻一指兰霖，“每次说不上几句就炸毛了。”

兰霖在一边翻白眼，心想我到现在一句话都没说，竟然还是中枪。

桑檀蜜笑微微地点拨她：“傻丫头，男人会因为你说的话而发小脾气，那是喜欢上你了呀。”

瞬间，万籁俱静。

千寻脑袋里像是有虫，飞得嗡嗡响，急了，瞪着他说：“啊！喂喂，认真和你说，不要喜欢上我哦。我有心上人了。”

兰霖诧异地嘴都张圆了，反驳她吧，比如回答说瞎了眼才会喜欢上你，谁会喜欢你这种疯丫头……以她平常的尿性，肯定会被骂得狗血淋头。不反驳吧，又像是默认了。简直不知道该怎么办。纠结了半天，他只能默默地啃鸡腿。

千寻一把抓住他的肩膀前后摇晃，晃得鸡腿都掉地上了：“我说不要喜欢我啊！”

“傻子才喜欢你啊！”他怒了。

“那就好！”她平静下来，觉得没事了。

桑檀蜜在旁边笑得肚子痛：“傻丫头。”

千寻想了想，举着筷子还用手捧着脸，像朵小花：“虽然我很可爱。”

真是够了……兰霖好想打她。

桑檀蜜则笑得弯下腰，人都俯到桌上去了：“非常非常可爱呢……”

“就是嘛！”千寻用力点点头，继续扒饭。

桑檀蜜慢悠悠抬起头，脸上的笑容一点点收敛起来，目光中露出了寒冷的杀气：“可爱的我都不忍心为难你了。”

话音落，千寻与兰霖的碗筷纷纷落到地上，眼前一黑，人朝后倒了下去。

桑檀蜜走向千寻，将她提起来，冷笑着说道：“玄武千寻，地狱无门你自来投，你和你高祖还真是有孽缘。”

兰霖心里还有一线意识，手脚却无法动弹，眼前只有那四行字，生死去来，棚头傀儡，一线断时，落落磊磊。这小丫头真是，以为江湖中人人都是朋友，结果永远在陷阱的边缘徘徊，跟她在一起待久了，人会变得傻天真，失去防备。这丫头的性格真该死啊……他心想，不甘心地陷入了沉沉黑暗之中。

缁衣草舍

兰霖滞涩地睁开眼睛，浑身酸痛麻木，挣扎着动弹一下，又觉得麻痒难忍，四肢无力。

“千寻……千寻？”他呼喊着，希望得到她的回应。但是黑暗中，只听到老鼠穿梭的声响。他感觉到自己被缚住了手脚平放在地面上，拼命往前挪动，很快撞到了阶梯，急忙在阶梯边沿处用力磨损麻绳，费了一番工夫终于挣脱出来，急急忙忙踏上阶梯，推开地室的木板来到地面。眼前等待着他的竟是一片修罗场，鲜血淋漓的景象，焦黑的木垣，空气里弥散着血的腥臭与灰的焦灼，一具具尸体横七竖八地倒着，挂着，甚至一截为二……兰霖用力眨了眨眼睛，不知道自己是梦着，还是醒着。他辩认出这些尸体的制服，上面有朱雀族的族徽，一张张陌生面孔……

这里明明还是桑檀蜜的房子，但这些男人是哪来的？他回忆起千寻说过，有朱雀族的追兵……可究竟发生了什么。

突然间，他听见屋子后面传来了剧烈的打斗声，他急忙踏着血泊冲了出去，拖着一行血脚印来到发声地，映入眼帘的依旧是几具男人们的尸体，在方才剧烈的打斗中被割得支离破碎。

用剑撑住地面，勉强支起上身、披头散发的女人，虽是赢家，可左侧身体已经被烧成了焦炭，疼痛折磨得她剧烈颤抖，连剑都握不稳，却昂着头，苦笑地看着兰霖，那眼神似乎在说，你这小子真是命好，竟能躲过一劫。但她噙着眼泪，哀求他道：“可不可以抱我去见玄武梦寒最后一面，求求你。”

兰霖昏迷前所见的桑檀蜜，是芳华绝代不可一世的绝色美人，仅仅这一瞬间，她已是半人半鬼的夜叉模样，如风霜打破的花瓣，随时凋零陨灭，连更多交谈的力量都没有了。

兰霖虽然震惊，但并不同情这个有心机的女人，他直接问道：

“告诉我玄武千寻在哪？”

桑檀蜜的眼神朝上瞟，同时，她化为焦炭的左手指，一截截掉落下来。

兰霖发现那是屋顶阁楼的方向，拔腿便要跑。

“求求你！”桑檀蜜突然撕心裂肺地喊了一声，伴之的是她烧焦的左腿骨断裂的声响，她哀号着，“求求你带我去见他最后一面！”

兰霖迟疑了一下，退回来向她走近了一步，桑檀蜜一时欣喜朝他伸出手去，一个支撑不稳，整个人向前倾倒，脖子顺着剑身滑了下去，割开了她的咽喉，她口吐血沫倒地，眼神涣散，最后苦笑了一声，玄武……梦寒……当真如噩梦一般寒冷。

兰霖吓了一跳，伸手探她的鼻息，已经香消玉殒，兰霖黯然抬头，又看见眼前矮墙上的四句话——“生死去来，棚头傀儡，一线断时，落落磊磊”。

此刻看仿佛咒语，又仿佛墓志铭。如同当头棒喝，他惊出一头冷汗，急忙调转身子，朝阁楼冲去。狭窄的楼梯上依旧挂着尸体，血液顺着边沿滴落，楼上静悄悄的，不见玄武梦寒的踪影。这时也顾不上防范他，找千寻要紧，他往阁楼里冲，身后却有人一把拉住他的脚。

兰霖扭头看，倒在地上的人，半张脸已经被利爪抓花了，颊露白骨，眼球外落。

“救，救我……”那人哀求着。

兰霖冷冷看着他制服上的朱雀族徽，将他的手指从自己的脚上掰开。然后解开自己的衣领，给他看了一眼后颈上的龙鳞片。

那人顿时目露凶光，痛苦恼恨地吼了一声：“兰霖！你是兰霖！”

兰霖冷笑，一脚将他踹下了楼梯，转身冲进了阁楼。

小丫头背对着他，被绑在房间中央的柱子上。

“千寻？”他一边提心吊胆地喊她名字，一边绕到正面去看她。

小丫头始终没有回应，他紧张到发抖，侧面看见她头低着，怕她容颜也被毁坏，怕她四肢也已残缺，脑子里涌过无数念头，怕得都快呼吸停止了。

千寻……他终于走到她面前，直面的是她胸口血淋淋的窟窿，拳头般大小，可以清楚看见心脏在缓慢地跳动。兰霖几乎虚脱，全身瘫软，但他强迫自己坚强，双手快速替她解开绳索，然后一手托着她的头，一手将她抱入怀中。

“千寻，千寻！能听到我吗？千寻？”

小丫头还有气息，但是七窍里都是血，一声不吭。

别死……别死……别死……他彻底没勇气问了，嘴唇在喃喃着但没声音，他抱着她跑下楼，不能空在这里消耗时间，玄武梦寒一直没在屋子中出现，也许会突然杀出来，必须立刻离开这里。还没踏下最后几级楼梯，迎面却是冲上房顶的火海，那个被他踹下楼的男人用控火咒燃烧自己，封住他的退路。

大门就在熊熊火焰之后，他必须冲过去，从火海中，从那个发狂燃烧着的男人身边冲过去。

千寻。他深呼吸。无论如何要成功地带你闯过这一关，带你离开这个地狱。千寻，以后别再相信乱七八糟的人。记吃一定要记打。万一出不去，不，没有万一。今次我一定能够保护你。他心里涌出无数念头，在瞬间一个个摁下去，他需要绝对的冷静。

“啊！”他吼叫着，全力护住她，朝前狂冲。

纵火的朱雀男子竭力在大门口挡着，眼前却出现了一团巨大的青色，从火海里定睛看，竟像是迎面撞来了一颗硕大的青龙头，带着汹涌浪潮，铺天盖地般席卷而来，庞大的火势瞬间被湮灭了，但是再挣扎着看，依然只是一个怀抱女孩的少年人，不顾一切地狂奔而来，一下将他撞开，冲出了火海。百里天君终于认命，苦笑着抽搐了一下向前倒地，葬身于自己制造的这场大火中。

狐族的草舍化为滔天火海，兰霖头也不回，在火光映衬下，抱着千寻浑然忘我地冲入森林深处。

这座森林像是死了一般，四处都是枯萎的山毛榉，簇生在树干上的“月夜茸”发出淡淡的绿色荧光，成林成海，呈现一片迷幻的景象。兰霖终于跑不动了，将千寻轻轻放在一堆厚厚的树叶上，看着她胸口血窟窿里依旧在缓慢跳动的心脏。

他知道她活着，一息尚存，却不知道该怎么拯救她。他在脑子里疯狂翻动着所有阅读过的书籍，在那些字里拼凑一切能拯救她的方法。但是害怕失去她的恐惧感疯狂干扰着他，使他无法冷静，屡次要被这强大的恐惧冲击到哭。

我已经失去了兰玥，失去姜姝，失去了家人……失去了莫名其妙的身世和地位，失去了爱情，失去了朋友……玄武千寻，我不求你能为我争取到什么未来，我只求你，别在此时此刻抛下我。他痛苦地蜷缩在她身边，手足无措。

我不愿意一个人去蓬莱。他心想。

但是说出口的却是责骂，狠狠地责骂：“善良到近乎愚蠢，还以为自己很老到。力量这么强大，却根本不懂得保护自己。去爱根本不应该爱的男人，去相信任何一个对你好声好气说话的陌生人。你以为你是玄武，通幽冥，有本事复生，就在这个阴险黑暗的世界里胡闯。有多少人真的爱你，真的愿意帮你。蠢材，蠢丫头！蠢丫头……”

骂完这些，他彻底崩溃了，捧起她的手捂住自己的泪眼，泪水从她小小的手掌里溢了出来，她感觉不到他的痛苦与责难，心脏在血肉模糊的孔洞里微弱地跳动着。

第二十章　杀戮还是救赎

月夜茸森林

“喂，青龙种。你骂我的话，我都听到了。其实我一直就很讨厌你。你也没有什么本事，寄人篱下的书呆子，一直以来都很窝囊，委曲求全忍气吞声，到头来还不是任由人摆布。一直走着人算不如天算路线的你，根本就不成功，根本也是重重阴谋里的受害者，有什么资格骂我？！快滚吧，离开我，离开我！听到没有。”她的声音，在他耳边粗暴地嚷嚷。

他坐直了身体，看见昏暗中全身散发着绿色荧光的她，飘浮在空中，眼神非常凶狠地看着自己，一点点情意都没有。

“千寻……”他欣喜地微笑起来，完全不介意她在辱骂自己。

“我说了，滚开啊，你是没有尊严的吗？”

他笑，明明还握着她的手，为什么要走。

些许沉默。

她换了一种语气：“兰霖，你走吧，别在我身边待着。”

“为什么？”

“就是讨厌你。”

“你以为我信？”

“我骗过你？”

“第一次见面的时候，你骗我说叫兰桥，你骗我说三天后带着紫阳花见面，粉色和蓝色的紫阳花。”

“兰霖！不是吵架的时候！”她无奈了，“真的，你走吧，离开我，我没有办法陪你到蓬莱了，你替我找到凛央子，替我告诉他我会永远爱着他，好吗？”

“好，如果有朝一日见到他，这句话我一定带到。但是现在我不会离开你，我要带你一起去找他，让你当面告诉他，你很爱他。因为我承诺过你，我兰霖说到做到。”

“是我自己坚持不下去，一点也不关你的事。走吧。”她苦笑。

“你明明不是在和我说话吗？玄武千寻，你明明有办法活着，对不对？把方法告诉我！我救你！不惜一切也会救你。”他靠近她。

她猛地凶神恶煞一样吼：“滚啊！”

“为什么？”他同样暴怒地吼回去。

“玄武是靠什么活着的？玄武是靠什么复生的？和玄武族走得太近的人类会怎样？偷盗玄武陵墓的人又会有什么下场？你回忆一下，你动脑子想一想！兰霖！真正白痴的人是你！我现在只是在你的梦中，但是现实的我一旦苏醒，近在我身边的你会怎么样？快滚啊！找死的白痴！快滚！即便你到不了蓬莱，也不能到我的腹中。兰桥就是被我吃掉的，我也是你的仇人之一，你应该恨我，离开我。”

千寻……

“滚啊！”她声嘶力竭地吼叫着，全身散成利箭一般的绿色光芒，刺向他。

他从惊恐中一下睁开眼睛，发现她依然平躺在眼前，气若游丝，双手冰凉。

他回忆她在梦中对自己说的话，不清楚究竟是小丫头的灵魂在托付他这些，还是他脑海中的知识与潜意识在提醒他危险。但他没有离开，无论多清醒理智，他就是没有办法说服自己挪开双脚，离开她，哪怕只是退后一步。

有只手探到他肩膀上，小心翼翼地拍了拍。

“啊！”兰霖惊到了，扭头一看，绿色荧光下的人脸并非敌人，竟是云来客栈那个油腔滑调的小老板。

“玄武姑娘……死了？”半天云纳闷地看着前方，但是顷刻间，他从地上一把拽起了兰霖，并用力往后拖，“你可不能待在这里等死，她万一回光返照，万一复生，必定要吃人。”

“为什么你会在这里？”兰霖挣扎着，同时纳闷地问他，“为什么你知道她是玄武？”

“何止知道她是玄武，还知道你是青龙神魄的唯一继承者，你不能待在这里等死。不是我不心疼这个姑娘，是这儿太危险了，你不能为她陪葬。”半天云用力拖动兰霖，使出全身力气也要把他带走。

“我决定留在哪儿与你何关？”兰霖怒吼。

“你有青龙族的使命在啊，青龙一脉不能断！咱不耍性子行不行！这位玄武姑娘也是拼了全力保护你，希望你振作起来，连她都说你会是一个好皇帝！”

“莫名其妙，莫名其妙！你是哪来的人！住手！你没资格带我走！我凭什么要相信你说的话！”兰霖用力推开他，二人面对面僵持着。

半天云整理了一下思路与情绪，好声好气劝他说：“我真的不是在害你，要不是太危险，我也不愿意这么抛下玄武姑娘，她真的特别好特别难得，可是玄武族就是那么危险的族群。关键时候，他们眼里没有朋友，只有食物。走吧，我们救不了她了，你还有你的路要走，我会一直陪着你，我不会再逃避了。”

“什么乱七八糟的？”兰霖怒火中烧，这个强行要将他带离千寻的男人，激起他的只有凶狠，而不是感激。

半天云单膝跪下去，诚恳地对他道白：“主公，我是前白鸦半天云，是无束与凛央子的手下，在一场意外中丢失了白鸦羽，现在只是一名普通人……你喝醉那晚，我和玄武姑娘聊过这事，当时我选择成为普通人庸庸碌碌过傻傻快乐的一生，但是她提醒了我，只要你在我面前，我就放不下我的使命感与责任感，我是服从惯了的人，主公，让我代替她陪伴你吧。”

兰霖脑海中快速过滤这段话，太多讯息，太多熟悉的名词，但是最清晰的三个字，是“普通人”。他忽然觉得脑海中有电光闪过，最关键的机缘近在眼前。他心想，整个人沉默下来，像潜伏在野草中的猎豹，定定地看着半天云。

见他不语，半天云以为他想清楚了，欣喜地站起身问道：“你相信我了？”

兰霖点点头。

“那我们快走吧，路上慢聊。这里实在是太危险了。”半天云双手合十向千寻的方向拜了拜，“玄武姑娘一定会原谅我们的。”

“好。”兰霖不反抗了，彻底顺从的样子。

半天云放心地转过头去，在前面带路。兰霖的目光却在脚下搜索起来，视线停留在一块棱角锋利的石头上。

“主公，你知道吗，我有多久没见过朱雀族人了，除了宫里那个雀丹飏，这次来追杀你的十一人，各个是控火术的高手，我心里都替你捏了把汗。奇怪的是，我来的路上，看见一座焚烧着的房子，周遭有他们的尸体，显然是经过了一场恶战……”半天云絮叨的时候，忽然觉得奇怪，“下雨了吗？”

他说着，用手抹了一下脸上滑落的液体，仔细一看是鲜红色的，这时候，他后知后觉地感到了疼痛，双膝一软跪坐在地。他不可置信地扭过头看着兰霖，看着他手中沾满鲜血的石头。

“你……要杀我？”半天云战栗起来，痛苦地问着，“你要杀白鸦……去救玄武？”

兰霖沉默。

“月夜茸”的绿色荧光，在此时尽是凶险的锋芒。

二人僵持着，对峙着。

“你不能杀我！退一万步说，你救活她，就凭玄武！她可以陪你走进鸦神殿吗？她真的可以陪你走到那一步吗！你在乎她？到底多在乎！青龙、玄武可以永远在一起吗？”

“住口。”兰霖冷喝道，再次举起石头。

“她让我不要告诉你制作鸦鼓的办法！其实你有捷径召唤出十万白鸦军！我知道那个办法，我知道！你不能杀我！”半天云竭力与他斡旋交涉。

“什么办法？”

“发誓你不会杀我！发誓！如果你真是她说的那种好皇帝，好君主，用你的尊严与荣誉发誓！”

“好。我兰霖……”

“可你应该叫龙霖啊。”

“我龙霖，用我的尊严、荣誉，乃至性命发誓，若我知道召唤十万白鸦军的捷径，知道制作鸦鼓的方法，绝不伤害半天云，倘若违背此誓言……”

“怎，怎样……”

兰霖冷笑，肩膀随之抽动了一下：“你有什么资格要挟我？”

半天云心头一寒，转身拼尽最后的气力要逃跑，兰霖手中的石头已经砸了下去，一下，两下，鲜血四迸，飞溅在周遭的“月夜茸”上，形成一种诡异的颜色。

最终，兰霖拖着这个奄奄一息的男人，回到千寻的身边，将他的头提在她上方，让鲜血流入她口中，随即将他面朝下留在千寻身边。做完这一切，兰霖拖着疲惫的躯体与精神，双手低垂默默走了出去，走到森林边沿抱膝坐下，远处有一匹马在徘徊，他没工夫管它，举目看着山与天的边际，正值破晓。

不知道是不是因为刚刚走出黑暗，而晨曦又太过刺眼，他深深埋首于双臂之间，双手紧紧攥着自己的胳膊，越攥越紧。虽未哭泣，却有比眼泪更具杀伤力的感受，一点点吞噬着他。

生而为人，如此痛苦。

杀戮与救赎，竟不能两全。

他原以为凉清河中的兰霖已经彻头彻尾死过一遍，却原来今天的兰霖，还是可以再感受一次这种摧毁与崩溃。凉清河底有救命的钥匙，“月夜茸”森林中却没有。他不知道自己现在算是新生，还是毁灭了……

应该是毁灭了……他笑，万千矛盾与痛苦，最终汇聚成一个念头，仅仅一个企盼。

玄武千寻，请你活着，走出来。

甘棠山

“奇怪，我记得……我记得……”千寻觉得自己宿醉未醒，脑袋昏昏沉沉地，于是摇头晃脑、蹒跚地走出森林，看见兰霖躺在地上。她吓一跳，俯下身去贴着他的胸膛，听见强而有力的心跳。她生气了，用力拍他一下：“还以为你死掉了呢！”

兰霖醒来，睁开眼睛，映入眼帘的是神气活现的她，他笑了，但没有第一时间坐起来，而是如释重负地舒展身体。黄昏，晚霞正浓艳。

“不对啊，为什么我们在这里？我记得，我记得我们俩被桑檀蜜下药了，我醒来的时候在阁楼上，我被绑着……高祖站在前头……”她困惑地被自己的口水噎着了。

他轻轻拍她的后背，像老爸在哄孩子：“嗯，后来发生了什么，慢慢说。”

“他要玄武神魄，但他身首分离太久，丧了元气，费半天劲才打开我的胸骨，本来我以为我死定了，忽然楼下来了许多人吵吵嚷嚷，应该是朱雀族的人，他们发现了我们的马与行囊，便问我们去向，桑檀蜜为了给我高祖争取时间就和他们打了起来，有几个人冲了上来……我觉得我高祖身手退化，打了半天再没回来过……然后我就什么也不知道了……”千寻嘟嘟嘴。

“神魄还在？”

她揉揉胸口说道：“在啊。我高祖真可怜，白忙活。”

她手心突然被他翻出来狠狠打了一下。

“还油嘴滑舌！经过这事，知道教训了吗？”

“什么教训？”

“还乱不乱结交朋友了？还会随随便便相信人吗？”

“这种事防不胜防……谁也不信的日子更难过……再说桑檀蜜真心爱着我高祖，真心爱一个人，什么事都愿意为他做……”

“比如说，必须杀了我，才能让凛央子活着，你也会杀了我？”

“不会。”小丫头不假思索地回答道，“这问题我考虑过，我觉得我会想别的办法。”

有这句话，也不枉他一番灵魂激荡与厮杀，他欣慰地笑了，但她一定不明白这笑容后有多少苦涩，他也不希望她懂。

“可我为什么会在这里？我好像……说了你不要害怕哦……我迷迷糊糊中还吃了一个人耶……”她尴尬地说，“我答应过兰桥，今后永远只吃坏人，不知道我吃的那个是不是坏蛋……看衣服不像是朱雀族的人……好忐忑。”

“玄武千寻。”

“啊？”

“我已经知道召唤十万鸦军最快的办法，制造鸦鼓的办法。”兰霖欲擒故纵。

“啊？！谁告诉你的啊？！”千寻跳了起来，“难道桑檀蜜知道？还是我高祖知道？谁告诉你的啊！你可千万不要想不开！我们还是去蓬莱最保险！”

“可是我想试一试呢。我们这一路艰难险阻太多，时间越久越危险……何况你不想早点见到凛央子吗？”

千寻急了，嚷嚷起来：“剥你一整块皮做鸦鼓！一整块皮！大腿上这么一大块皮肤！这不是自残吗？而且是你，你……你这个样子的人……怎么可以落个疤啊什么的……和我在一起，我又没这么弱，我们一定可以顺利到蓬莱，大家都好端端的……”

她越说越急，语无伦次了。

原来是这样。他明明应该为这么残忍的办法惊愕，但听着听着却笑了。

“别笑啊，不准用这个办法啊听到没有！”她按住他的肩膀。

他不以为然地说：“我们可以回头去找刀忆慈，她有最好的医生与医药，还有最好的制鼓匠人，说不定创面不会太大，也不影响我……”

“住口啊，再说我生气了。”她甩手走到一边，双手抱臂，气鼓鼓的。

他暗暗好笑。

她站在那儿眼珠子转来转去的，突然调转身体，严肃地问他：“不对啊，桑檀蜜和玄武梦寒怎么会知道我们要找鸦鼓？这不是他们告诉你的吧！”

他站起身，拍拍衣服上的草絮：“走了，走了，边走边聊。”

她一把拽住他的袖子：“不，你有事瞒着我。我受了重伤，不吃人是活不下去的。我昏迷后，是你救我来这儿的对不对？如果我昏死过去，怎么可能捉得住谁，我身边那个也不是朱雀族人，不是玄武梦寒，更不是桑檀蜜……”

她一点一点分析，然后失望地看向兰霖。

“半……天云……他来找你了吗？”她惶恐地问他，真怕答案是肯定的。

“不是，就是森林里的一个过路人，你回光返照的时候抓住他了，我拦不住，也看不下去，就跑出来等你了。”

“可你身上有血迹……”她凑近他嗅了嗅，“是我吃的那个人血液的味道……”

“想拦你时一不小心沾上的。”他答得滴水不漏。

“兰霖你跟我说实话啊！”她用力摇晃他。

“这就是实话！”他大声回答道。

与此同时，森林里踱来一匹马，是他之前见过的那匹，来到他们身边喘着粗气，千寻看着马鞍上刻着的“云”字，再看了看兰霖，顿时哭了出来。

“我吃的就是半天云？就是他！你骗我！”

“嘘……千寻……”他试图抱住她，但被她推开，他有些心寒，“忘了这件事，千寻，忘掉。”

“怎么忘？我第一次觉得我自己会吃人是这么一件恶心的事情！”千寻崩溃了，若不是她鼓动，半天云怎么可能再找到勇气来跟随兰霖，来了却是送死，还是死在她腹中。

“就像我必须忘掉凛央子杀了我弟弟那样去遗忘！大家都别矫情！”

“我恨你！”千寻血鲠在喉。

“难道我不恨你？玄武千寻，这是你一生中第几次吃人？这却是我一生中第一次亲手杀人！只有你觉得恶心？你觉得我心情很愉快是吗？”他针锋相对，一句不让，就是要她清楚明白，生死攸关的时刻，哪有那么多善良的滥好人，“兰桥你都吃了，怎么可能想不通这个道理，千寻？”

她很想吼叫，但是哑了，她确实清楚这道理，她不知道自己现在歇斯底里做什么。应该感动吧，他情愿杀人，也不要让她死去。千寻浑身发麻，往后退了一步。

“不要去想，就当从来没有发生过这件事。”

“怎么可能……”

“就像你明明知道召唤十万鸦军的捷径，明明知道可以很快见到凛央子的方法，你却故意当作不知道。”

“那不一样！”

“千寻。”他走近她，凝视她的眼睛。

她往后退。

“你所做的一切，和我所做的一切，是一样的。”

不明白。她用眼神回应他。

“玄武千寻，你对我全部的关心，是因为喜……”

“闭嘴。”她平静地说道，然后转身朝前，头也不回地走去，“兰霖，你听清楚，我不需要你了，从此路归路，桥归桥，我爱的人只有一个，我自己去找他。”

他站在原地，淡淡笑着，只是黯然，并不诧异，早猜到是这样的结果。

第二十一章　暴雨中的火王

太和门

皇城，大雨。

一重秋雨，一重寒。

雀丹燎空堺，望着这座金碧辉煌的宫殿，心头被雨浇得阵阵发冷。暌违多年的皇宫，雄伟傲立的四神柱，只有午夜梦回时才能见到它们，尽是凭书中画中想象出来的样子，如今亲眼得见，一生不敢接近的梦想，心头却只有恐慌。

四十一岁的男人，深深觉得自己配不上这座宫殿，不知是警醒，还是可悲。

坐在战马上的他，衣着朴素无华，铠甲旧损。被雨水打湿的黝黑面庞，蓄着沧桑的络腮胡子。厚重的头发分为两股，耳廓以上用黑绳梳着发髻，没有佩饰，耳廓以下披散至肩。如此粗野的打扮，使他在朱雀族阴柔脂粉的男子群落里显得格外另类。

唯一能证明他朱雀身份的物件，似乎只有他身背的那双昊天王锏。枭刺之时，锏身会冲出朱雀的火翼，瞬间灼烫如岩浆，钢铁之门能被它灼穿，是朱雀男子丢失性命也不能脱手的神兵器——王族的兵器。

这时，遥远的汉白玉台上，出现了一批豆丁大的人影，步履如风。这边，雀丹燎空塄勒着马，身姿挺拔，完全像是静止了一般，与其对立。雀丹飔在宫人的簇拥下，走下石阶，最后近乎是奔跑着来到他的面前，近十步远的距离，仰着头突然静止了。辽阔的广场上，静的只有雨声。雀丹飔眼前明明有五千朱雀族精兵，密密麻麻的兵阵，但在他眼里，世界只剩下一个雀丹燎空塄。

“父……亲……”他哽咽了，想退，不能退，想近，不敢近。

若他有一丝雀丹炅般的浮夸，有一丁点朱雀族男子的娇媚，雀丹飔都不会如此紧张。

但是这个硬朗的中年男人，目光深邃刚毅，气魄如巍峨天山，突破了他从小对父亲的所有想象。他能感受到这是一个男人几十年来韬光养晦，休养生息的沉痛磨砺，让他摆脱了朱雀男子一贯的娇柔气质。但也让他从陌生变得更加疏远，简直是遥不可及。

雀丹燎空塄俯视着雀丹飔，眼中没有与失子重逢的喜悦，甚至没有多少父子之情。准确地说，他在审视着他，这个不在自己教诲中成长的少年人，自幼作为青龙族的囚徒，成长至今，每一颦一笑，每一言一行，他的血液里，有多少自己的影子。

雀丹飔在这严厉的审视下透不过气来，实在无法说出一个字，沉默了良久，他走上前去，牵住了雀丹燎空塄的马缰绳，静静地将他迎进皇宫。

灰沉沉的天空下，一对父子缓缓步入太和门。雨水顺着雀丹飏精致的面庞滴落，淋漓中分辨不清是雨水，间或眼泪。他无数次渴望与期盼，就这么平静地出现了，在这座曾是他一生疮疤，而如今却是功勋的金殿前，万千感慨化为哽咽，他寂寥无声地尽着儿子的本分。

雀丹燎空堺注视着他的背影，默默抽出一支锏，雨水浇打其上，如水泼沸油，发出“刺啦”声响，白烟蒸腾。瞬间，雨幕绕开这支昊天王锏，三尺之内，竟出现一个空罩，握锏者四周滴雨不入，周身尽现绚烂火光。

雀丹飏诧异地看着雨幕被隔离开，扭头看着父亲手里紧握住昊天王锏，像撑伞一样为他遮雨。雀丹飏缓缓转过脸来，心中近二十年淤结之苦终化为喜悦，破涕为笑，笑容中清清滑下的，又是悲凉泪水。

雀阁

雀丹燎空堺翻看着雀丹飏从小到大，亲手制作的器物，每一件都仔细铭刻上了自己的姓名，雀丹燎空堺轻轻评道：“物勤工名，以考其诚。”

心说这孩子自幼为囚，把应有的谨慎变成了警诫，着实难得。

“我一直以为，青龙族会把你培养得像一个阉伶，培养成一个目不识丁的弄臣。但现在看来，他们待你不薄。”

雀丹飏亲手斟了茶，走向父亲，恭敬跪下双手敬给他：“孩儿不孝，错信雀丹炅，一度以为父王您已不在人世。所幸兵士傲月寂一心忠义，飞书传信与我，让我知道雀丹炅伪冒的真相，这才没造成忤逆大罪。”

“忤逆事小，朱雀族兴亡事大。傲月寂虽然跟着绛天晓一起投靠雀丹炅，但这二人早前都在我的铁翼营受训，重要关头，利害轻重，他到底还是分得清。不像雀丹炅这个孽子，纵意妄为，妖言惑众。”

“儿臣已将他拘禁，等候父王处置。”说到这里，雀丹飏心有后怕，若不是这封重要的密信，恐怕要被雀丹炅骗很久。

雀丹燎空堺接过茶杯，但没有扶他起身：“雀丹飏。”

“儿臣在。”

“你把青龙皇族湮没原委，同我说上一遍，不要添枝加叶，不要夸张表功，细细说来。”

雀丹飏郑重点头，整理片刻，便把太后换子阴谋、龙王晟暴虐乱伦、白鸦内讧、朱雀囚徒自焚等一系列错综复杂的关系与牵连，青龙王朝如何牵一发而动全身的崩盘，一五一十，原原本本地告诉了雀丹燎空堺。

雀丹燎空堺面色沉着，虽然这来龙去脉时而听着惊心动魄，时而听着令人扼腕称奇，但他面不改色，听到尾声，只是仰天一声长叹，心说这离奇曲折，真是运术。

“雀丹飏，你是这滔天大势里的一个侥幸者。”

雀丹飏丝毫不生气，反而谦逊道：“儿臣明白，儿臣赢下这座宫殿，纯是运气。”

“若说行诡布局，你是尽得朱雀族的天赋，沉着冷静、审时度势，也是难得的本事，但你切不能以此沾沾自喜……”

“儿臣绝不贪天之功，绝不自恃过高，龙王聂的一生也将是儿臣一生警示。”

雀丹燎空堺听到这句，心头紧绷的一根弦松动了些，他伸手一拍他的肩，轻扶他肩膀，雀丹飈这才站起身，因为跪得久了，腿发麻，人颤了一下。

雀丹燎空堺笑着责怪道：“你虽然自幼不在母亲身边，但却像被你母亲宠溺出来的一般娇气，朱雀族男人本就天生太过阴柔，我深知这是劣根性，要改。你得加入铁翼营，重新接受训练，那里有你的叔叔和哥哥们，要像他们一样，把自己锻炼成钢铁，不能贪逸恶劳。”

明明都是训斥与告诫，雀丹飈却听得一阵阵鼻子发酸。雀丹燎空堺越是严厉，越是沉稳，就越让雀丹飈有安全感。

“儿臣明日一早便进军营受训，与士兵同食同寝，绝不叫苦。”

雀丹燎空堺欣慰点头，心说这孩子的优秀确实难得。

二人默默相视，亲情于无声中暗暗流转。

忽然有两名宫人仓皇跑了进来，跪地禀报道：“不好了，不好了，炅公子接连打死守卫逃走了。”

雀丹燎空堺震怒，拍案而起：“为何不当场射杀他？！”

宫人面面相觑，到底是朱雀家的王孙公子，谁敢对他下手。

“我早该在南海处决掉这个孽子！”雀丹燎空堺握着双锏，阔步走出去，亲自调动兵士，誓要将雀丹炅捉拿服罪。雀丹飈急忙追了出去，听雀丹燎空堺边走边愤慨道：“我带着五千精兵进京，想不到第一个要追缉的竟是自己的亲生儿子。”

雀丹飈不知道这个雀丹炅在南海还犯了什么错，但回想他初到皇城的模样，看似玲珑浮华，却只会闯祸的性子，便不奇怪父亲现在的态度。他跟在雀丹燎空堺身旁，看他微微花白的鬓角和凌厉的气势，心中是无限好奇与温暖。

第一次，他想称脚下这块土地为家，是因为他来到了身旁。

一百多人的追捕队很快被组织起来，雀丹燎空堺亲自带队，朝着雀丹炃的逃跑方向策马狂奔，在护城河边终于追到了这个孽子，滂沱大雨，浇得人透心寒凉。雀丹炃两头被堵，手里虽然挟持着一个人质，但那不过是一个小太监，不具任何威胁力。

雀丹燎空堺伸手，让侍卫装了一把弩箭，递到他手上，缓缓朝雀丹炃指去。

“父王！”雀丹炃疾吼，被雨水浇得花枝凌乱，一脸惊慌失措，哪还有过去嚣狂媚惑的模样，“我可是您的亲生儿子！能犯下什么大错！您会想要亲手射杀我？”

“事到如今，你还要为自己强辩？”

“悲于鸟血，而不悲于鱼血，有声者幸！此时我再不为自己争辩，难道还要变成鬼了来给您托梦吗？”

“好，我问你，不论你过去种种斑斑劣迹，单论你这回残杀数名长老，逼问玉玺下落；杀手足同胞，强抢朱雀血，光这两条够不够定你死罪难容？”

雀丹飏听到此心中一惊，想不到南海出了这么一个窝里反，所有的光鲜骄傲都是伪装，实则是一个不择手段，毫无责任与道义感的人。这样的人，竟是自己的亲兄弟，竟然一直留在父母的身边，得到幸福的养育而成长……想到这里雀丹飏对他更生出嫉妒的仇恨来。

雀丹炃用刀挟持着宫人，把自己躲藏在宫人与护城河桥栏杆之间。面色尴尬，不知道是在愤怒还是在哭泣。

“慈母多败儿。”雀丹燎空堺骂道，“你哥哥雀丹颸独自一人被囚困于青龙族人手中，从未受过朱雀教诲，骨子里尚知道要维护振兴本族。你在我身边长大，却成为如此的奇耻大辱。”

雀丹颸此刻心头一暖，知道父亲对自己有莫大的肯定。

“所以说啊，父王，您还不觉得您自己有错吗？”雀丹炗反问道。

“一派胡言！”

“父王！您当初为了自保，放弃了一个儿子进宫，如今为了这些莫名其妙的规条，又要牺牲我这个儿子的性命？父王啊，我的亲爹爹，烦请您忍辱负重、卧薪尝胆的梦醒一醒，这天下已经回到朱雀手中了！为何还要牺牲我？还是因为您儿子太多，不稀罕死掉几个？”

“住口！孽子！”雀丹燎空堺举弩射出一箭，箭头带火，雀丹炗矫捷拿肉盾一挡，箭头正中宫人的咽喉。

雀丹炗虽未受伤，却大受惊吓，绝望地嘶吼道：“爹爹！您当真要杀炗儿嘛！”

“若不是在南海你母后拼死阻挠，当时你就在那儿填海了！”雀丹燎空堺勃然大怒。

“好！雀丹燎空堺！”雀丹炗声嘶力竭，他将宫人一抛，展开四肢朝向众人疯狂叫嚣道，“你无情我便无义了！我今天告诉你真相！朱雀神魄在我体内！你便亲手杀了我吧！我叫朱雀从此再无新王！”

此言一出，四下震惊哗然成一片。

雀丹颸只觉微微一阵晕眩，急忙伸手撑住一边的宫人。原来雀丹炗包藏祸心、满口谎言进宫，若是当时让他召唤朱雀真神成功，怕是立刻要将自己狠狠处置，不留活口。

“你妖言惑众！朱雀神魄被彻底封印，未见真笃，非朱雀真神不能揭示！以你品行资历，何德何能拥有神魄？”

雀丹烎冷笑，一点点解开自己的腰带与纽扣，一件件褪下衣袍。“朱雀血是剧毒，饮用之人若有朱雀神魄便不会死，还会强行冲开封印。烎儿抖胆试了一下，想不到偏偏让我试中了。”

“你给我的那瓶朱雀血是假的？”雀丹飚寒目道。

“我的傻哥哥，我俩虽是亲兄弟，却有什么兄弟情谊？我大老远来，怎么知道你会帮我，不会害我？我又凭什么要相信你？”雀丹烎笑着，一边说，一边将最后一件贴身衣服脱下抛向半空，赤裸的胸膛上，心脏像是剥开的石榴微微朝外突起，流动着焰之光，仿佛岩浆滚滚潮动。

“父王，你看！”看字未落，雀丹烎觉得右眼一黑，鲜血扑簌簌往下淌，再想说什么时，双膝已经跪了下去，整颗头颅被一支弩箭贯穿了。他整个人朝前栽倒，此时雀丹燎空堺已经翻身下马，阔步流星来到他身边，一把将他翻了过来。

“爹……爹……真要这么对烎儿……”雀丹烎喷着血沫苦笑。

雀丹燎空堺一言不发，抽出佩刀，一下捅入儿子胸膛，当着众人面将他的心活生生剖了出来。雀丹烎绝望地咽下最后一口气。

“乱我朱雀族人心者，违背我朱雀族大义者，皆是此下场！”雀丹燎空堺举起儿子心脏朝天咆哮。众人无不震骇敬畏，齐刷刷跪倒了一大片。那颗带着朱雀神魄的异形心脏在雨里发出如太阳一般夺目的光芒，转瞬间，雨水倒收向天际，乌云翻滚退散。

雀丹燎空堺抽出双锏，将心脏放置其上，双手捧锏。

昊天王锏锏身燃烧出熊熊火焰，包裹住心脏，保护神魄不受空气中的污浊。

雀丹燎空堺在原地思忖片刻后，径直走向雀丹飚。

“你我之间，看来必要有一人接受这颗神魄，让神魄与自己融为一体的方法只有一种，连人带神魄封炉焚烧三天三夜，神魄在人在，否则，神魄会再次被封印，人则会化为灰烬，魂销青烟。”雀丹燎空堺说到这里停顿了一下，面无表情，“这是最冒险的办法，成功的概率只有万分之一，非神魄选择的异体，无论如何熬不过朱雀神魄之火整整三天。”

雀丹飚大脑一片空白，他在书上读到过这个方法，但在朱雀历史上，妄想强行容纳神魄的人，从没有一个成功过。事到如今，他抬头怔怔望着雀丹燎空堺，看他的样子，像是已经决定了要亲身涉险。

“父王。”雀丹飚提了一口气，突然斩钉截铁地请命道，“儿臣自认没有治国谋略之才，就算有，也需要长久磨砺与学习。安邦定国靠的是智慧和勇气，并不是单靠这一颗神魄，父王文武之才俱在儿臣之上，恳请父王留守皇城！飚儿愿意拼死试炉。”

雀丹燎空堺目生悲凉，心想有生之年，得此一子，真是不负朱雀。

“飚儿只有一个不情之请。”

“你说。”

“若飚儿还能全身而归，请父王您亲自为我证婚，我深爱着一位人类女子，希望娶她做我一生之妻。”雀丹飚说到这里，面容含笑，声音却哽咽了，“若我不再归来，请父王好好送她回家，永远别让她回到这个伤心地。”

燎空堺长叹一口气，淡淡说道：“我答应你。”

第二十二章　魔尊与天神

广饶城

玄武千寻一路失魂落魄地走，不知不觉到了广饶城郊外，摸黑走进一片野地，越来越觉得气氛熟悉，定睛一看，原来是一片平民墓地。千寻终于走乏了，跳上一个坟头坐下休息，想到半天云就觉得惭愧沮丧，于是抱头又哭了一通，哭累了睡着了，从坟头上滚落下来继续睡。

忽然觉得有人搬动自己，往深坑里一扔，随即被人盖土。千寻“啊”一声跳了起来，握着土锹与铲的人吱哇乱叫地四散逃跑，千寻抓住一个逮了回来，借着火把往深坑里一看，坑里还有七八具年轻女子的尸体。

“半夜埋尸？你是什么恶匪？”千寻手劲巨大，被抓的男人跪地嗷嗷乱叫。

“姑娘啊，你的命可不是我害的，我只是一个普普通通的看墓人。”

“看墓人大大方方埋尸好了，这么心虚干吗？不是你害的，又是谁害的？”

“这……这……姑娘被谁害的，姑娘自己还不清楚吗？”男的一边抖一边偷眼瞧，咦，这姑娘有影子，“你不是死人啊……”

千寻在他脑门上弹了个嘣：“废话，亏你还反应得过来。我好好在那睡觉呢，被你们搬过来的。”

“我就说尸体怎么多了一具……那伙白痴，看见倒卧的全都胡搬……”男人骂骂咧咧站了起来，“不过我说姑娘你心也太大了，再累也不能睡坟地呀。”

“少废话，快告诉我谁害了这些人性命！”

男人眼珠骨碌碌地转，闪烁着贪财的光芒：“这……干我们这行的也要保持信义。”

千寻冷笑了，用最后一点耐心问他：“保持信义分两种，保守秘密和保住性命，此事不能两全，你的信义在哪一边？”

“当然是在财神老爷这一边……”男人话音未落，看见自己的左手在地上，随即才是撕心剧痛，他“嗷”一声惨叫起来，重新跪倒在地，翻来覆去打滚。

千寻一把将他提了起来，冷冷问道：“还想见财神老爷吗？”

男人汗如雨下地回答：“哪，哪来的凶神恶煞！作恶的并不是我，为何要这样待我。”

“他要杀一百个，你替他埋一百个，杀一万个，埋一万个？难道你能比这些亡魂更无辜！”千寻怒道。

男人无言以对，抱着血淋淋的手臂，哀声求饶：“我还有家儿老小，实在得罪不起他。你若找他问罪，千万不要透露出我。”

“呸！刚才要钱时怎么不怕？！现在无钱给你，你倒担心起家小？”

男人哑口无言，又惊又怕，号啕大哭。

“哭个屁！”千寻咆哮道。

“我说！我说！广饶城城主鹌灵筱与咠灵筱兄弟，他们，他们是凶手！”男人吓住了，仓皇地说了一串，“江南大水，许多难民北逃，他们在广饶城收留了许许多多人，说是救济，却不停有尸体运出来偷偷让我们埋……都是这花样年纪的姑娘……其他我真的不知道了，不知道了啊！”

“单从你手上，这样的尸体，你埋了多少具了？”

“七，七八十具了吧……他们真是恶魔。”男人拼命推卸责任。

千寻抓住他的头发，一手扯住他的脖子，活生生将他扯成两段，把那新鲜血肉往嘴里塞去。“我看你这麻木不仁的货色也没好到哪里去。”

咀嚼了几口，眼前忽然浮现出半天云的脸，千寻急忙把人肉都吐了，蹲在深坑旁边干呕了一阵，脑海中盘旋着兰霖的声音：把它忘了，完全忘了，不要矫情。

千寻恨得咬牙切齿，抓起倒在地上的铁锹，咔咔折成三段。花了好久才冷静下来，长叹一口气，跳入深坑中，检查那些姑娘的尸体。最小的看起来只有十三四岁，最大的也才十六七岁的模样，颈部有明显的咬痕，全身血液都被吸干了。内衣裤被撕碎，身上有许多瘀痕，显然死前是被人侵犯过。

千寻心中盘算，广饶城并不大，这个城主到底是什么来头？还是同名不同姓两兄弟。若是强奸杀人，倒是人类所为的案子；

可强奸吸血，非妖即魔，留在这城中，又是有权有势的城主，必是一个大祸害。

“我既然吃了半天云，做了这么大的恶事，违背了当初誓言，不如现在来为民除害，杀了这两个吸血鬼，也算是做一件善事来弥补罪孽吧。”千寻自言自语，再次跳出深坑，三两脚把那看坟男人的尸块踢进了坑里。

她拍拍身上尘土，看天色蒙蒙亮，伸了个大大的懒腰，随即朝广饶城走去，心想一定要找到一个接近城主的好办法。

兰霖骑着半天云的马，日上三竿时进了广饶城。一路上没见着小丫头踪影，暗暗担心她却又无可奈何。进城一看，倒被全城的风情吓了一跳。这座城池似乎要办什么集会或节日，到处搁着纸扎的车、房、动物与人，花灯泛滥，七彩斑斓的纸碎洋洋洒洒飘于空中，在城市中心塑造着一尊巨大的神像，穿着与执剑皆似巨灵战神，但头颅与战盔却似蛇似枭，非猿非狸，似魔似怪，总之不伦不类，兰霖完全认不出来它是什么。兰霖在街角面馆里买了一些食物，坐下慢慢吃着，一边听四周来去的人交流攀谈，看样子，广饶城是要办一个谷神节，祈求来年风调雨顺，五谷丰登。兰霖抬头又看了看神像，却觉得这尊雕像，眉目凶恶诡异，完全不像是书中所绘的谷物之神。

此事与他无关，也不用在广饶城久留，他吃完饭，又买了些干粮备着，牵马继续赶路。才走了不下十步远，迎面匆匆跑来一个女孩，一头撞在他的怀中，慌里慌张地抬头看他，嘴唇喃喃着说了一声“救命”，便两眼翻白，瘫软了下去。兰霖急忙扶住她，四周人指指点点但没有一个人上前帮忙，兰霖询问了几声，围观的人群却纷纷摆手，四散跑开了。

兰霖心想这城市看起来如此繁华热闹，百姓却冷漠无情。叹了一声，又不能见死不救，只能抱起女子放在马上，在商铺之间寻找起医馆来。好不容易找来医生，医生一看那女孩手腕上的烙印，也是连连摆手，不肯救治。

兰霖一再追问，医生才勉强说道："这姑娘是笙鶶馆的人，虎鸫馆与笙鶶馆的女子都有专人侍奉，闲杂人等都不能过问。若要医治这姑娘，还是送回原地比较妥当。"医生说到这里，打量了兰霖一下，知道他是外城人，压低嗓音偷偷劝他，"千万别过问这种闲事，赶紧把人送回去就好了。"

兰霖心想这女孩别是从那里受了什么罪逃出来的，没有问清楚就把她送回去，万一是送入虎口，不是白白害了一条性命，于是用马驮她到了僻静无人的角落里，耐心等她苏醒。

阳光明媚，千寻在城池中央的神像下站着，左看右看，这神像似猿似狸，非蛇非枭，简直是不伦不类，非魔即怪，更是肯定了城主两兄弟绝非人类的推测。

她一把揪住一个路人，指着神像问他："这是什么？"

路人双手合十，对着神像恭敬地拜了又拜，才告诉她："这是镇城之神，是保佑广饶城丰收富饶的谷神。"

"谷神长得不这样。"千寻说，"獐头鼠目哪叫神？"

"你是外城人，没见识，不与你计较，但我可提醒你，小姑娘，你乱说话要若被本城祭司听见，就是重罪。"路人说道，竭力挣脱，但衣服始终被千寻揪着，他又用力一挣，外套被扯破了一大条，心说这丫头一把子怪力气，急忙逃了，也不和她计较衣裳。

千寻把衣条朝地上一扔，继续琢磨这尊神像，上前摸了摸，又听了听，不听不要紧，这一听，发现这神像中间是铸空的，压制着许许多多冤魂，在其中嘶鸣啼哭，疾呼惨叫。囚魂镇魂是幽冥术，压制这么多惨死的魂魄在一个重要的位置，绝对有极大的打算。千寻围着雕像转了一圈。听见它们哭得最惨分别是寅丑方向与申未方向，第一个方向哭声最大，说明离得最近，千寻提了提腰带，大步朝那儿方向奔去。穿街绕巷不一会儿，看到一幢五层高的雕花楼阁，花牌门上以一种极古怪的雕塑组成了匾额，上写着虎鸫馆，另刻有百花与獐蝠鼠蛇鹿蝶等物的头像。

白天，门前极是清静。

千寻大步往里走去，只觉得阴寒之气扑面而来，比坟地还更像是坟地。此刻屋内也有人迎面而来，是一位锦衣公子，目如秋水，面如春花，生得是无比明媚的好相貌，手牵一匹毛色雪白的神骏飞马，真使千寻眼前豁然一亮，有飞马岂不是转眼能到蓬莱？千寻兴高采烈望着他，人与飞马却在门口一闪，化作一道奇光，烟消云散。千寻用力揉眼睛，惊呼："天呐，这是幻相。"

话音未落，屋中匆匆跑来一个矮胖妇人，带着十多个打手，冲到千寻面前，将她团团围住。

"你，你嚷嚷什么？你能看到那个幻相？"胖妇人惊诧地问道。

"你们看不见？"千寻也很讶异。

"那是谷神啊！"胖妇人说完一把捂住自己的嘴。

“谷神长这样？和那尊雕像一点也不像。”千寻诧异地问。

胖妇人用一阵咳嗽掩饰了过去，然后一改嘴脸，用手指着她问：“喂喂，你是哪来的，怎么乱闯呀。”

“看这楼造得特别，就进来看看，是酒楼还是客栈，不准参观吗？”

胖妇人听她这口气不小，看她穿着不男不女，但是天生一副贵气在，长相更属凤毛麟角，与那些投奔的难民完全不同。胖妇人想了想，呵斥了一声：“这可是城主的私人会所，岂是你乱闯的，快出去！”

众打手举了举手中的木棍，作势要赶人。千寻吐吐舌头，也没硬闯，心想干脆等夜深人静再来探路。她哼了一声，扭头大摇大摆地走了出去。胖妇人向其中两名手下使了个眼色，他们便悄悄跟踪着她。

千寻心想，太可笑了，这不是送零食来了吗？

千寻一脸吊儿郎当走出花楼来到大街上，远处二十步开外有个苍白的人影，双目死死盯着她。千寻眨眨眼睛，骂了一声“该死”，那人不是别人，竟是失踪许久的玄武梦寒。

女孩回了一口长气，慢慢苏醒过来。睁眼看见兰霖，因他相貌太过美好，竟没有一点害怕，依稀里还觉得是神明降世，心头一暖。

“你终于醒了。”兰霖放下心来，“我正犹豫要不要送你回笙鹬馆。”

一听“笙鹬馆”三字，女孩挣扎着坐了起来，看看天色接近黄昏，着急得眼含泪水，向兰霖哀求起来：“请你带我离开吧，我们必须马上出城。一到夜晚，尸瘟与瘴气弥散全城，城民会变成他们自己都想象不到的模样。整座城池非常恐怖，若现在还不逃走，到了夜晚，你我必死无疑。”

“为何会如此，你是谁，怎么会知道这些？”

“我只是江南水难北上的普通灾民，与我姐姐一起被拐骗到这里。笙鹇馆是一座可怕的妓院，它的顾客不是人类，而是世上的各种魔怪，它们凌辱杀害女孩，城主却在收集她们的血液，为了……”

“为了什么……”

“不，你不能知道这些，你不能留在这里，知道太多，他们会挖掉你的眼睛和舌头，让你在地底做苦力。快走吧，求求你，带我一起离开，再不走就来不及了。”女孩泪如雨下，兰霖急忙站了起来。但是手拿刀棍的打手们从街道两头涌了进来，将他们团团围住。

最终姑娘被绑在木条上，像是猪猡一样被人架走。兰霖则双手被缚在身后，由七八名打手押送着抓住，他们经过那尊硕大的雕像，一行人以奇怪的姿势向它礼拜。

“这不是谷神……”兰霖喃喃了一句。

身边的打手们却只是哼了一声。

他们穿行了几个街区，来到一幢五层高的雕花楼阁，花牌门上以一种极古怪的雕塑组成了匾额，上写着笙鹇馆，另刻有百花与獐蝠鼠蛇鹿蝶等物的头像。兰霖心中惊叹，果然是魔族众生之相。

白天，门前极是清静。

兰霖被人推搡着走了进去。

此刻屋内也有人迎面而来，是一位身着丧衣的公子，全身透着腐朽的死相，脸色僵青，尸斑遍布，手牵一匹同样死气沉沉的飞马，羽翼凋零，白骨外露，它们在人群中面无表情地穿梭过去，人影交叠，可以明显看出人与马只是一个幻相。

兰霖目送着他走了出去。这时有一个面容凶恶的胖妇人从房子里匆匆赶出来，一边走一边骂骂咧咧："你们这群白痴，终于把她抓回来了吗？还不拖进去。"

"抓住了，有个外地男人想救她！"打手们将兰霖往前一推。

胖妇人凶巴巴瞪着兰霖，冷笑一声："又多了一个打杂的，押下去，和那个找死的关在一起，今晚一起处置。"

兰霖眼睁睁看那姑娘被拖走了，自己身上狠狠挨了几下揍，被打手们摁着头架进了房间，随即双手的绳索被解开，换上了一副沉重的手镣与脚铐，最后被扔进了一间昏暗的屋子里，迎面墙上大字形绑着一个男人，披头散发，看似昏睡的样子。

兰霖没叫醒他，而是好奇这副镣铐的构造，在小窗边借着昏暗的光研究了一下，发现镣身由三层重铁组成，每层铁上铸造着魔文字，等同于一个密码锁，只要将三重铁上的字符对准，就可以解开。兰霖琢磨了一下，很快便把手铐脚镣都打开了。

在他身后突然传来一个低沉的声音："你认识魔文字？"

兰霖扭头看他，原来是装睡。"自古以来，魔族在语言上是极为落后的，他们想出了办法，将天文颠倒过来书写，便成了魔文字。只要认识天文，推算一下，便能破解魔文的密码。"

"他们倒关进来一个厉害的角色，我正为这魔界镣铐所苦，有武功也挣脱不开。快来帮我解开，我能救你出去。”男人说道。

兰霖走近他，刚想帮忙，却看见他的长靴上有朱雀族铁翼营的徽印，急忙后退到原地，抬头仔细打量眼前的男人：“你是怎么被关进来的？”

傲月寂知道他有防备，为得解救，只能好言同他道：“这位兄弟别再迟疑。到了夜晚这座城池就凶险了。我只是一个过路人，经过广饶城见他们拜魔为神，残害百姓，便想出手相助，可惜势单力孤，被困在这里。”

“拜魔为神？城中央的雕像是……”

“是虎鸫魔尊！广饶城过去曾一直拜祭谷神，如今却被魔族调换了，雕像里压着许多亡灵，雕像底下是血池，每天更换新鲜血液，浸泡着魔尊身体，想使他尽快复生。青龙皇族衰亡，朱雀皇族尚未稳固，魔界趁乱想要入侵，复生仪式就快举行，魔尊入世，人间必有浩劫啊。”傲月寂感叹道。

兰霖心一沉，既震惊又感慨，若是把这男人解救下来，又让他得知自己正是青龙后裔，不知道是先杀魔族，还是先要杀他。

“小兄弟你自己可有武功？倘若你没本事出去，就赶快来救我，我傲月寂发誓尽全力保住你的性命。”

兰霖心里暗暗好笑，怕他为此誓言要后悔。虽说心有防备，但转念一想自己并不能抵抗这栋楼里的打手，更别提魔族了。与其留在这儿被挖舌眼，不如先借这个朱雀族男人的力量逃出去。于是他走上前帮他解开手铐与脚镣，边解边问：“你进这幢楼的时候，可否有看到一个幻相？”

“死掉的少年与死马？”傲月寂回应道，“我在城里调查探听过，那是真正的谷神留下的幻影。广饶城有两座花楼，都是建在原来谷神庙的位置，这幢叫笙鹛馆，谷神之力已经被彻底摧毁封印了，是死馆，魔物横行。还有一幢叫虎鸫馆，谷神之力尚存，守护着最后一点人性，是生馆。我们偏偏落到死地来了。”

话音落，只听“咯噔”一响，最后一部分镣铐被解开了，傲月寂跃下墙来，舒展筋骨，向兰霖抱拳致谢。随即双手握住墙上的小窗铁栅，念起火字诀，那栅栏转眼被烧得通红，渐渐融化。

“二位可真是好身手。”牢笼外忽然潮水般涌进一批人，搁下一张霸王杖太师椅，众人下跪，主人家慢慢踱了进来，掀起衣袍霸道地朝椅子上一坐，跷着二郎腿冷笑着看两个囚徒：“多亏我亲自来看一眼，否则错杀了你们岂不可惜？”

兰霖看着眼前这个男子，蓝色魔瞳与苍灰头发，嘴角的弧度乖张地上弯，额间两道青红色的痕迹像是蛇目极其刺眼，穿金佩银，带着厚厚一重红宝石璎珞项圈，华丽得可怕。

“你是鸫灵筱还是鹛灵筱？”兰霖问道。傲月寂凑到他耳边轻身说：“根本就是一个人，只是分裂了。我们在死地，这就是嗜血如命的鸫灵筱。”

“呵呵呵。”鸫灵筱语调惊悚地笑了起来，对傲月寂说道，“你这个朱雀种是我的手下败将，在这关了一天，不可能有本事解开镣铐，那就是你了，新面孔，你认识魔文字？”

兰霖把刚才向傲月寂解释过的魔文字起源同他说了一遍。鸫灵筱笑着点头：“竟然有一个学富五车的聪明人来到广饶城，做苦力太可惜了，我给你介绍一个好差使，只要办得好，我可以破格收你入魔籍。”

兰霖见惯风浪，此刻越发沉着冷静，饶有兴致地回答 :“愿闻其详。”

傲月寂恨他没骨气，大声呵斥道 :“糊涂！你不能助魔为虐！若你要帮他们，我在这里便一掌结果了你！”

鸫灵筱大怒，脖子朝后仰，喉结处凸出第二张面孔，魔嘴内陷，露出密密麻麻螺旋形尖牙，从咽喉里喷出沾满黏液的舌头，一根快速分裂成五根，刺向傲月寂。傲月寂急忙打开火盾，挡出前三根舌头攻击。另两根舌头却朝他身后的墙壁而去，攀附在墙砖上后，强酸立刻泛滥，从酸液中又变化出几十根触手向傲月寂反攻，交织如网。傲月寂交叉双臂，瞬间分出一张火盾，双手持双盾与触手缠斗，空气尽是刺鼻的焦灼与酸液气味。

广饶城阴气太重，尤其是这笙鶶馆的范围内，压制着傲月寂的控火术，火盾只能发挥出三成威力，渐渐连自保都不能。鸫灵筱的魔性却是逐步加强，眼看触手来回穿梭，随时都有将傲月寂溶穿的危险。

“够了！”兰霖大喝一声，“他是我的兄弟，城主你有何吩咐，我们兄弟俩一起完成！我会说服他的！”

“你？”傲月寂迟疑间，三条触手已经刺到眼前，瞬间张开九瓣，各瓣上都是细密的尖齿。

“闭嘴！识时务者为俊杰！你算什么东西，毫无志愿，毫无理想，要把命拼在这里，谁记得你的忠义！”兰霖训斥傲月寂，期望他头脑一定要保持冷静，别做无谓牺牲。

鸫灵筱将触手逐一收了回去，用手轻轻抚了抚咽喉，脖子渐渐恢复原貌。“我可不管你们二人在这里演什么戏。倘若做不到我要求的事，我就把你们两个一条一条撕成肉片，喂给魔界的狗！”

鸫灵筱说罢冷笑，兰霖却同样冷笑："城主话都说到这个地步，我劝城主也莫虚张声势。我这位兄弟已经调查到魔尊复生仪式在即，城主却还要这里病急乱投医地找一个认识天文与魔文的陌生人帮忙，肯定是仪式有关键的环节被克制。既然是交易，就得好商量。否则一拍两散，各自玉碎瓦全，得不偿失。"

兰霖一席话，听得鸫灵筱眼皮都抖了起来，既恨得牙痒，又无可奈何。此时忽然几名下属仓皇跑了进来，惶恐地禀告道："城主，城主，不好了，有两个陌生人，在虎鸫馆打起来了！"

"杀了就行！这还用得着慌张？！"鸫灵筱勃然大怒。

"城……城主。虎鸫馆原本就弱，那两个人又出奇地厉害，守馆的人没有一个是他们的对手！而且他们根本不是要拆馆，他们就是自己斗殴，我们去拦架，被打死了不少人！"

"你们这伙无能的废物。"鸫灵筱站起来，一脸杀气地往外走，随即吩咐了一句，"将这二人送去谷神阁，做他们该做的事！"

兰霖、傲月寂面面相觑，不知道这城中又发生了什么怪事。但是两副镣铐瞬间从地上飞了起来，重新铐住了他们的双手。牢门打开，城兵们一拥而入，押着他们走了出去。

虎鸫馆

玄武梦寒与玄武千寻分别站在花楼第一重檐顶，飞檐与雕栏上挂着不少虎鸫馆打手的尸体，还有碎了一地的琉璃瓦与各种狼藉。

这种破坏力对二人来说，却连热身都不算。

“高祖！你最好想明白，我不是怕和你打架，我是怕手下没轻重把你打死喽！神魄还在我这儿，你压根不是我的对手。”玄武千寻说道。

玄武梦寒却轻松地一抹光净的脖子，邪魅狂狷，邪笑着回答道：“我虽未来得及取你神魄，但食了你的血肉，恢复得很好。”

“又能怎样？！”

“你一而再，再而三地撞上我，注定是我的猎物。神魄在你那能有什么作为，别当玄武族的罪人，别辜负了玄武神，乖乖把它让出来给我，我给你一个痛快的死法。”

“放屁！”千寻一听炸毛了，“我一再敬你是长辈，对你再三忍让。神魄在我这里，我就有权决定怎么使用它！你个臭不要脸的死人，死了几遍还要死回来！”

“你说什么！”玄武梦寒雷霆震怒。

“臭不要脸！老不死的！”千寻也怒了。

两个人的双手都在暗暗调集虎鸫馆下的阴寒之气，凝成灵爆术，以迅猛之势向对方发出攻击。玄武梦寒到底老练，攻击速度比千寻快上一倍。两颗灵爆弹直冲千寻头腹两侧，千寻防不胜防，下意识用玄冥盾一挡，玄冥盾于夺命之时瞬间展开，一尺宽的龟壳形钢甲，扎扎实实将两颗灵爆弹都顶了回去，强大的冲击力只是将千寻往后推了半米，脚下琉璃瓦尽碎成粉末。

“哈哈哈！”千寻抱着玄冥盾亲了一大口，这还是第一次用呢，超级赞！

只见灵爆弹调头击向玄武梦寒，他念了一声“该死”，急忙调动它们朝另一个方向打去。灵爆弹在半空中直穿，只听“砰”一声巨响，它们击中虎鸫神雕像的左耳，凿出了一个窟窿，像打了个耳洞似的。被压制的阴灵，拼命从这窟窿里往外挤，玄武梦寒看着它们，心头大喜，改念起控灵术，将那些阴灵一个个鱼贯吸了过来，拧成一条恐怖的死灵长鞭。玄武梦寒冷笑看向玄武千寻，将长鞭迎空一挥，天地刹那变色，黄昏的晚霞竟变成了青紫的地狱之光。玄武梦寒一副誓要将千寻碎尸万段的模样。

千寻眉毛倒竖，整个复仇之心被全部激起，她将玄冥盾一扬，盾身如奔雷“嗡嗡”作响。

“老不死！”她怒道。

“你再叫一声试试！”玄武梦寒咆哮道。

“我知道你为什么挑中这个地方！死灵集聚，阴气冲天，是玄武族最好利用的修罗场，可是别忘了，我俩是一家人！你有源源不断的死灵可用！我能用的力量就是你的千百万倍！”

“混账！我如今就算不取你的神魄，也要以玄武祖宗的身份教训你这个目无长辈的龟崽子！今日我赌上我这条性命，与一世英明荣耀，誓要你无全尸而还！”玄武梦寒骂完，心想怎么自己说话越来越粗糙，再转念一想，全是这个死丫头带来的语气，于是更讨厌她。

“大欺小！狗吃屎！”千寻暴怒得双眼通红，二人一场恶战一触即发。

“够了！”罶灵筱狂奔而来，飞跃而上屋檐，拦在二人中间，他来到笙鹇馆，整个人口气竟变得和善起来，好言劝阻他们，“二位好厉害的能耐，能调用如此强大的幽冥之力。想必二位都是玄武族人，有何恩怨请别在我家地盘上解决。城外多是坟场，恳请二位屈尊移步。”

“你是什么东西？”玄武梦寒与千寻异口同声骂道。

髫灵筱噎了一下，看着被爆出孔洞的雕像和不停外泄的死灵，也是又急又恼。“我是广饶城的城主！今晚是广饶城拜祭谷神的大典，仪式在即，请二位不要在这里扰乱人心！”

“放屁！知道我们是玄武皇族，还想欺瞒我们？这分明是虎鸫魔尊的雕像！你们这群魔族鼠辈，妄想在人间乱世分一杯羹！我玄武梦寒今天站在这里，你们就一切休想！”玄武梦寒威风凛凛，霸道冲天，确实是玄武族最骁勇善战的先辈。他瞪完髫灵筱再去看死丫头，她竟然趁乱跳下了屋檐，朝虎鸫魔尊的雕像冲了过去。

天色越来越暗，尸瘟与瘴气从地心弥漫了出来，整个城市灰蒙蒙一片，老妪们吟唱的哀婉丧歌，不知道从何而起。全城百姓在歌声的召唤下陆续来到街头，面色铁灰，目光呆滞，举起纸扎的各种贡品，在街道上以一种奇怪的方式游行与舞蹈。

这些人的灵魂也被抽走了啊，恐怕仪式完毕，整座广饶城都要死去了。魔怪从四面八方涌来，在这座城市可以获得它们想要的一切贡品与快乐。

虎鸫魔尊想要复活，用的方式却绕不开幽冥的办法，偏偏两个玄武家厉害的人都在这儿，所有的资源转眼成了为他们准备的。玄武千寻冲向雕塑，凌空试图拧断被玄武梦寒利用的那条死灵链。

该死！玄武梦寒意图追她，却被髫灵筱拦住。

玄武千寻面前也出现了几只魔物，有山魈、焰魔与旱魃，纷纷阻挡她的去路，不让她靠近雕像。

第二十三章　愚者死，智者生

谷神阁

兰霖与傲月寂被押进广饶城的钟楼，正面对着虎鸫神的雕像。但是门窗被封得严严实实。二人被带到最高一层楼阁，推了进去，随即四个打手扛进来一缸突突冒泡的紫红色魔血，递上两支笔，东西都放在门口，他们再也不敢往前走了。

“你们用这个，把那个用回文的方法写满！”打手们凶狠地转达城主的意思。随即把门重重关上了。兰霖也不搭理他们，再次动手解自己的手脚镣，随即扭头去看这房子里到底有什么奥秘。

转眼走进大厅，整整九米长的墙壁上，用拳头大小的字密密麻麻写满了天文。兰霖走到开篇处细细一念，倒抽一口冷气："这恐怕是谷神留下的消魔经，是最后镇守广饶城的宝物，魔族无法靠近它、销毁它，但它们却知道用回文法重写一遍消魔经，就成了魔文，能加强魔族的力量，这就是城主派我们来的用意。"

“我说，你先把我解开。”傲月寂说道。

兰霖却没搭理他。

“喂，我说你怎么回事，真的想困住我，帮魔族做事？我看你对城主说的那番话，铿锵有力，不卑不亢，你应该不是那样的人吧。”傲月寂猜测。

兰霖还是没理睬他。

此刻城中远远传来了打斗声，兰霖走到窗边去看，透过缝隙，隐隐约约看到雕像一侧有云气的变化，但是人影依稀，不知道发生了什么事。

“我说，快把我解开，万一出什么事，我也能保护你。”

兰霖反而坐下了，静静看着他。

“你怎么了？你有什么打算？”傲月寂心想自己是何等阴沉之人，但在这个男人面前，却显得焦急浮躁。

“你是朱雀族铁翼营的士兵？”兰霖问道。

“你怎么知道？”傲月寂一惊，终于提起警惕地反问道，“你是何人？”

“朱雀王的近卫队，传说其中很多精英都是他的私生子，你和他有没有血缘关系？”兰霖淡定地问，一点也不像开玩笑或是在戏谑。

傲月寂紧锁眉头盯着兰霖，僵持了一会儿，决心沉住气，耐心问他：“你究竟有什么打算，直说无妨。”

“用魔血书写回文消魔经，会变成它们的魔咒。但倘若能用四神皇族的血再正抄一遍消魔经，它的力量就无穷了。”

傲月寂扭头看了看字壁，又看了看兰霖：“开什么玩笑，用我的血写完这面墙，我得血尽人亡。而且你有什么把握，一定像你说的那样管用。”

兰霖站起身，来到墙边，用手抚挲着那些字。“全文看过一遍，我已经全部能默写下来，在这一大幅字面上，我叠写一层小字上去，功效应该是完全一样的。不用那么多血。你要问有什么把握，我没有，就是赌一把，你敢不敢？”

傲月寂在屋子中环顾一圈，角落里搁着很多年前守阁人留下的茶碗，他走过去将它拾起来，用衣服细细擦干净。随即从领中掏出贴身佩戴的朱雀铁翼营项链，削尖的鸟喙能作小刀用。

傲月寂冷笑：“你说我无志愿，无理想。你们读书人的志愿理想不过是纸上谈兵罢了。”

兰霖不语浅笑，傲月寂则用项链一下割开自己的左胳膊，让血流淌入碗。近半碗左右，兰霖说了声够了，让他将血止住，随即一把扯掉他的项链，接过那只血碗。

“这样够了？”傲月寂不解。

兰霖挽起袖子，同样用项链割开了自己的左臂，让血盈满茶碗。

傲月寂的双目瞪得滚圆，从震愕诧异到愤怒再到欣喜如狂，他仰头大笑起来，笑声嘹亮震彻楼阁，同时城内响起了老妪们的丧歌，尸瘟与瘴气弥漫开来，打斗声越来越嘈杂，门外的看管们仓皇地跑动着，整座城池陷入了奇怪的氛围中。

“你是兰霖。”傲月寂笑得眼泪都出来了，“我一路追查你，苦寻不得，却以这样奇怪的方式相见了。本该第一时间发现你的身份，却被干扰得失去了判断。是不是一个人注定要成事，天都会帮他！”

兰霖很平静，端起满满的血碗，拿起毛笔，在字壁上覆写一遍消魔经。

刚写完一个字，它就和原来的经文相呼应，两个字同时绽放出了一道金色光芒。而这经文下站着的男人恰是天之骄子，冰清玉润，芳华绝代，活脱脱应了傲月寂说的那句话，天之眷宠。

“你写完这经文之刻，便是你命尽之时。”傲月寂打心眼里感到快乐，“你就是我最近的一个理想与志愿，谢谢你成全我。”

兰霖笑微微地带着促狭之色。血碗里朱雀与青龙两股皇族之血的凝聚，并无相斥，反而自动形成一道漩涡，鲜红的血液却透出流金一般的质感。

“相克相杀，也能相融相合。朱雀凤胶可以修补龙鳞片，朱雀血与青龙血可以共同修纂具有力量的经文。”兰霖的心情就像是一个猜到机关的孩子一样单纯的快乐，“你自幼至少知道父亲是谁，知道自己的天数与使命，有人帮助，有人教导。我却是东学一点，西学一点，修己以敬却又手忙脚乱。你说天要助一个人，却不知道天是会先给他加倍的磨难。扛不住的话，也就没有后面什么事了。”

傲月寂已经有了准备，猎物近在眼前，即便戴着镣铐，他也有十足把握在瞬间取他性命，便也不着急了，干脆像是寻常朋友一样聊起天来：“所谓仁者不忧，知者不惑，勇者不惧。我看你这些风范品质都是具备的，男子汉多有些磨砺才好，要经事要经风雨，不在磨难中不知经验的积累，我刚才说你一个读书人，空是纸上谈兵，现在看来要收回这句话。你要比你看起来优秀得多。”

“哈哈，要取你性命的人倘若夸赞你，可不是什么好事，说明他更想杀你。”

“没错。即便青龙族整个衰亡了，你一个人便是朱雀族最大的祸患，绝不能留着。”

兰霖点头，一边与他交谈，一边默写着经文，双管齐下，皆是应对如流、纹丝不乱。

城中的打斗声更响了，傲月寂诧异地走到窗边，透过木板的缝隙朝外看，天色紫青，云涡恐怖，看起来竟不像魔界之人的做派。奇怪啊……他心想。

“和你在一起的那个玄武姑娘呢？”

提及千寻，兰霖呼吸乱了，笔下停了一停。

广饶城

“乱世出旱魃！连你都来了，可见这世道是有多乱。”千寻指着它笑，“你长得还这么丑！笑死人了！那就先杀你吧。”

旱魃大怒，四蹄刨地，顿时四周雾气白浊，它嚎叫一声朝千寻撞去，千寻竟不闪躲，扬手用玄冥盾一挡，旱魃脑袋撞在盾上，巨大的冲击滚滚扬尘，千寻只后退了三步，旱魃却眼冒金眼，脚下连连打战。千寻高高跳起身，俯冲时以盾沿剁它。

焰魔趴向地面，高高耸起如剑塔一般的背脊上射出三枚火箭，直刺千寻。千寻一个飞旋，踩在旱魃背上，急急蜷身用玄冥盾一挡，三道火箭悉数被挡，迸成万千流火，全烧在旱魃身上，烧得它嗷嗷叫唤。

千寻拍巴掌乐："哈哈哈，好宝贝！有了它我再也不怕打架啦！你们联手来攻！节约点时间！"

魔怪们大怒，歇斯底里地吱哇乱叫。千寻却暗暗念起了咒语，调动起一场剧变。满城失魂落魄的城民，现在只是受人操纵的空壳，听她召唤后，向着城池中央方向发动了如潮一般的奔跑，狂奔之下，一人叠上一人，百人千人竟如高高涌起的浪潮，直冲虎鸫雕塑。

说了千百倍之力就是千百倍之力，千寻骄傲地朝玄武梦寒瞟了一眼，那人还在和胬灵筱缠斗。

诸怪攻向千寻，形成一股强风暴，千寻借盾一挡，直接被相阻之力高高弹起，冲着人潮之巅飞去，稳稳站在上面，带着人潮直撞向虎鸫雕像。千寻用尽全身之力，挥舞玄冥盾，朝它头部重击而去，加之人海的疯狂冲撞之力，本就破出一个窟窿的雕像，在重击下分崩离析，轰隆隆天地巨响，虎鸫神像彻底倒塌，尤其是头部，几乎碎成粉末。

随之是胬灵筱撕心裂肺的喊叫声，看雕像被毁，被禁锢的死灵朝四面八方涌散，人浪也如海潮退于滩涂。一时间各人各物，上扬下洒，高抛低落，是何等壮阔景象。胬灵筱却痛苦难抑，双眼血红，爆发出完全的魔形态。

玄武梦寒倒不感到意外，她要不能打才叫他感到意外。让她在虎鸫魔尊身上多消耗点力量，剩下来也更好对付。

在他眼前，胬灵筱的脖子越来越长，爆出三张脸，俱能裂口发射出带着腐烂汁液的触手，一裂十，十裂百，千变万化，密密层层朝他攻击而来。

"魔到底是魔，真恶心。"玄武梦寒习惯性一扬手，猛然想起自己的盾早没了，暗叫一声不好，随即朝后连连空翻以求躲避，却依然躲不过那些飞溅的魔汁，衣服瞬间烂得千疮百孔。玄武梦寒气得将衣衫一扯，赤膊迎战，两条手臂顿时露出了它原本的模样，手骨露在皮肉之外，一念动咒诀，骨头便朝手背前刺了出来，形成两把坚韧无比的手骨刀，随他疾速舞动，竟形成白骨屏障，密不透风。

"你这碍事的丑八怪。"玄武梦寒早有索命之心，也懒得与他缠斗，转守为攻，一连劈断数十条触手，趁对方哀号之时，迎面向他攻去。智灵筱眼前触手如织，从未想过有人敢从正面攻击过来，心中一慌，手脚上皆是破绽，刚想出一个对付的法子，眼前的玄武梦寒却左右一颤，再定睛一看，那竟是快速移动后的残影。

"你们魔族天生就是蠢材。"智灵筱听到一声骂，声音在后头。

真正的玄武梦寒已经来到他的背后，双骨剑相交，一记从他脖子上来回穿了过去。智灵筱的脑袋缓缓移动，离开身体，玄武梦寒腾空跃起，一脚踹飞他的脑袋。百来根触手像海带一样凌空乱缠，他眼神不甘心地越来越远，化成一道黑光，消失在屋檐后头。

玄武梦寒侧过脸，遥遥看向小丫头，全身透着非比寻常的战斗力，仿佛在说：现在，真正的战役就要开始了。

小丫头却没空管他，扒在废墟里朝洞底瞧。天摇地撼之后，虎鸫神像崩毁，露出雕像底座所隐藏的深洞。洞内是浸泡虎鸫魔尊的血池，为了保持血池高温，被奴役的男人们戴着沉重的镣铐，在底下拼命燃烧火灶。死灵散完后，深洞朝外滚滚冒着血腥臭的热气，小丫头一瞧，那虎鸫魔尊有十个她这么大，仪式没有顺利举行，雕像又被破坏，它正在强迫自己醒来。

小丫头想了想，跳起来冲玄武梦寒招手："快过来！"

玄武梦寒飞快冲刺，跳到她身边，于是看到了蠢蠢欲动的魔物，不由惊了一声："这么大，竟像是白虎族的巨人了。"

"血池是它的能源，想办法把血池弄没就行。唑……想来想去，要是用幽冥冰气将它冰上会不会来得更快？但是调用幽冥冰气的咒语我不会啊。高祖你会吗？"

"这你也不会？你爹是怎么教你的？"

"我是个女娃，你们男人重男轻女，能怎么教。我说高祖，咱不废话成吗？要等它醒了，咱俩就得再跟它打一场。"千寻翻着白眼催促道。

玄武梦寒冷笑："知道你没管教，又是攘夷为重，你祖宗我今天就好好给你露一手。"说着便收起了骨刀，身体站立得笔直，仰头向天空渐渐上引，合指掐诀，念念有词。千寻也听不清楚他念什么，只见他双手的颜色越来越冰蓝，凝聚起森森寒气，渐渐渗透全身。站在他身边也觉得一阵彻骨冰冷，千寻龇着牙往后退了几步。忽觉正前方的钟楼里有强光透出，祥润之光密布开来，飞速笼罩向整座广饶城，所有尸瘟与魔障被驱散，人们渐渐清醒起来，魔物们也因此惊号着退散而去。

此刻，玄武梦寒却猛地睁开眼睛，目露寒光，全身朝洞底坠去，一拳击打在血池边沿，刹那间连池带血全都疾速结冻，寒气来自幽冥，非是人间之雪，凝冻力既阴狠又固不可破，池中魔尊睁开六目，脑袋东摇西转，嗷嗷嚎叫，想要挣扎，但腰部以下都被冻在了冰里，它想伸手捶打玄武梦寒，爪子还没碰到他的额尖，全部身体都被冻上了。玄武梦寒抬手轻轻弹了它一下，虎鸫魔尊从指到肩膀一一碎为粉末。玄武梦寒得意笑着，负手抬头，挑挑眉毛看着千寻。

血池到根部皆冻为冰，连燃烧着的火灶也熄了火焰，血蒸汽变成了阴森森的寒风，深洞底一点点飘起了雪花，与漫天吉祥的光芒交相辉映，天地间无比和瑞好看。

玄武千寻吐吐舌头，朝他竖了个大拇指。

这一瞬间，二人心头皆是悠然一暖。

玄武梦寒急忙低下头去，把心头这抹暖意扼杀掉，他并不愿承认这个孙辈。他们俩注定行走在你死我活的道路上。

谷神阁

奔雷巨响，虎鸫神像如山塌一般崩毁。

“莫非虎鸫魔尊苏醒了？！”傲月寂大惊，整幢钟楼在震颤下抖动不止。兰霖皱着眉头，加快了书写的速度，但手劲极稳，每一道笔画都精致不乱。

“你的法子到底有没有用？！”傲月寂着急了，“若是魔尊出世，必是大麻烦！你得先把我的镣铐打开，危急关头，我还能出去与它搏杀。”

“魔族天生嗜血，智商却是硬伤，也没有什么耐性，我们比它们多的正是这些，你要沉得住性子。”

“此时此刻，我可真想说服自己相信你。”

“你忐忑不安，无法抉择，不过是要在我与虎鸫魔尊之间做个选择，出去解决它，还是留下来结果我。这种形势，恐怕二者只能留其一。你能陪我到现在，等我写完再动手，可见心里早就相信我了。”兰霖浅笑。

傲月寂走到他身边瞪着他，见他额头细细渗着一层汗，不由舒颜一悦：“你看，你也紧张。”

兰霖笑而不语。钟楼又是一阵晃动，屋顶落下细细的灰尘来。

“还有多少？”

“快了。”

傲月寂点点头：“你可想好了退路？”

“并没有。”兰霖道。

傲月寂左右环顾，周遭确实没有任何可以被他利用的脱身工具。低头想了想，不由一丝苦笑：“无论你这法子管用不管用，恐怕就靠这经文完全结果了虎鸫魔尊也不可能……”

“是啊，我心里估计，也顶多是能驱除尸瘟与魔障，使百姓清醒，但若说除魔，谷神之力怕也没这么强。”兰霖首肯。

“所以你写完这些，我送你上黄泉路。然后我出去与它和诸多魔物拼死一战，也就是晚这么一刻，我们又能在幽冥见面。”

“也好，那时候我们各自卸了心头包袱，可以交个纯粹的朋友。”兰霖何其乐观，知道他是真正将自己视作战士的男人，绝不会在战场前逃脱，便不问他为什么不选择自保。兰霖一生也没什么朋友，见他倒是干脆磊落之人，也是开得起这样的玩笑。

傲月寂果然哈哈笑了起来：“朋友，我今生最好的朋友被你杀了！他叫绛天晓，也是一个无比乐观的男人。”

兰霖回忆起那个男人的模样，笔下停了一停，无奈苦笑，这就是命运，心内苍凉，只能继续写字。最后三行，说快不快，说慢也不慢。

傲月寂缓缓走到他背后，看着整面墙的天文字，与兰霖叠写的这一层消魔经，字字流光溢彩，交相辉映，本就是世上极美的文字，又工整又精秀，配上漫目流淌的霞光，几乎像是身在仙界，全身浸润在祥和之中，通体舒畅。

“美妙的景象！若这是我生前最后所见的美丽事物，真是毫不遗憾。”傲月寂赞叹道，“绛天晓爱好诗文字画，若他在这儿，他恐怕会舍不得杀你。”

兰霖听得出他暗藏之意，为了替绛天晓复仇，自己今天无论如何都不可能活着走出去。默默书写完最后一笔一画，兰霖收起笔来，血碗空了，他将两件东西往地上一抛，坦然转身，面对着傲月寂。

傲月寂双眼中泛过冷冷的杀机，右手酝酿出火刀。

静止的一刹那，兰霖身后的消魔经却冒出强烈的白光，越来越亮，笼罩住整面墙壁，甚至要把兰霖也包裹进去。经文发挥出极大的效力，炫耀夺目，傲月寂忍不住眨了一下眼睛，忽然看见从墙壁里穿出一人一马，正是解除封印后谷神与他的飞天骏马。

白色骏马从兰霖右侧探出身来，鬃毛掠过他的面颊，触感竟是真实的，不是幻象。

说时迟那时快，兰霖一下反应过来，当天马前半身走出来时，他一跃而上，抱住天马朝前冲去，撞开被木板封锁的窗子，腾空飞向了天际。一切发生得太过突然，傲月寂眼睁睁看着他离开，竟来不及做出半点反应，两手空空愣在原地，面前只有一样怔住了的谷神。

"谢谢你们……"谷神说道。

"啊？"傲月寂实在不知道该回答什么，二人前方是天马撞出的窟窿，能俯瞰到广饶城中央，虎鸫神像被毁，人潮四散，魔障渐消，吉祥光芒如海潮一般涌向全城，化作秋夜星辉绮丽之景。

兰霖骑天马在空中盘旋一圈，在雕塑废墟上看见正在朝洞底竖大拇指的小丫头，用力眨眨眼睛，简直不能相信自己真的看到了玄武千寻，生死大劫之后能与她重逢，心头涌上一阵暖流。于是大喊一声："玄武千寻！"

兰霖带天马朝下俯冲，小丫头抬脸的一刹那，兰霖伸手一把抱起了她，将她稳稳带到身后。

玄武千寻抱着他的腰，整个儿蒙掉了，在空中绕了一圈后才想明白，大声喊了起来："天马耶！"

听到她聒噪的声音，兰霖心中激起的却是无限温柔。"是呀，我们可以飞去蓬莱了！"

"哇！你怎么弄来的？！这……这……这不是谷神的天马吗？！"千寻越看越眼熟，"另外，你怎么在这儿？！"

兰霖什么也没答，只是笑。

"你说话呀。"

"天在助我们。"他回答。

"啊？什么……听不懂。"

"天在助我们！"他喊道。

神经病。千寻心想，扭头看着越来越远的广饶城。魔尊死了，魔物散了，高祖又一次扑空，鼻子肯定气歪了吧……不知道为什么，好开心呀。

“兰霖？”

“啊？”

“我们真厉害！”

“风太大！听不见！”

“我——们——真——厉——害！！！”她号叫，声音冲破云霄。

京郊铁翼营

睡梦中，雀丹飏觉得有一双冰凉的手在抚摸自己的脸庞，黑暗里，那感觉，像是梦中的母亲——自幼想象中她的肌肤的触感。那抚摸太温柔了，雀丹飏幸福地呻吟了一声，缓缓睁开眼睛，昏暗的灯光下，他看见的是面带泪痕的影娘。

雀丹飏急忙掀开军被，将她揽进怀里。“怎么摸黑来了？郊外非常寒冷，又是露营的帐篷，与地面就隔着两层薄薄的毛毡，特别凉，别冻着。”

“这话该是我对你说，这么辛苦，你自己却来了。”影娘依偎在她怀中，心酸地说道。

“别哭呀，傻姑娘。我一个男儿郎，怕什么辛苦，就是从小被关在深宫里缺乏磨炼，如今的这些我真是求之不得。”雀丹飏嗅着她头发香气，满心欢喜，亲昵地搂着她，抚摸她，用面颊轻轻摩挲着她的头发。

“雀丹飏，你还有什么要对我说的？”

“什么呀？”

“事到如今，你却这么气定神闲，你的心到底是什么做的？还是你像兰霖一样，可以很轻松地离开我？”影娘将手探进他的衣襟，摁在他的胸膛上，手心的凉意传递到他的肌肤上，他连忙心疼地握住她的手。

“冻坏了吧，快，我帮你焐一焐。影娘呀，我从来没有想过要离开你，我已经向父王请准，他答应了为我们主婚，我雀丹飏将娶你为我一世之妻，自此心无旁人。”

“以此之前呢？”影娘啜泣道。

他只有揽她紧一些，“别哭，傻姑娘。”

“你觉得朱雀神魄同时选择两个人的概率是多大？”

“千万分之一吧。若不是父王突然赶来，雀丹炅也不会拼死服下朱雀血。他赌赢了，我却很难有机会再赌赢一次。”

“那为什么还要试？”

“也许是……使命感吧。”他凝视着帐篷顶部，那里挂着一枚朱雀族的铁徽章，“我穷尽一生寻找的归属感。能证明我的血缘与血统，能证明我这个人，所实不虚。”

雀丹飏对影娘袒露心事，毫无隐瞒。

影娘摇头，表示不解：“你明明已经成功认回了父亲，也成功让朱雀族进驻皇族，你为你的族人创下了不可磨灭的功绩，这些都已经足够证明你。为什么还要以身试险呢？”

他停顿了片刻，回答道：“若我活着出来，便是全新的雀丹飏；不是那个从小被当成人质送进皇宫，不是被父母放弃的雀丹飏；也不是依靠阴谋与侥幸篡夺王权的雀丹飏。而是真正被朱雀神魄选择的天之骄子。在天生王者与幸存者之间，我宁愿选择成为前者。”

影娘听着无奈地哭了：“你和兰霖的心一样大，我为什么总是会爱上你们这样的男人。”

雀丹飏亲吻她的额头，抚慰她：“我和他不一样，我的世界里永远有你。”

“那你可不可以选择我，不要去冒这个险，好好活着，永远陪着我。”

“你若心中怀有我一定活着归来的希望，就不要害怕，影娘啊影娘，你的眼泪会融化战士的心，别再哭了。”他用手指轻轻摩挲着她的面庞。

影娘忽然坐了起来，长发垂在他的身体上，她轻轻解开自己的腰带，褪掉身上的衣衫，赤裸地面对他。她曾经因为羞涩，错失过兰霖一次，这一回，她绝对不能就这么松开雀丹飏的手。

“影娘……”他情迷意乱了，很爱，所以难以抗拒她美好的一切。

“我不想等待，也不想遗憾，我要你永远是我的。”影娘俯下身去吻他。

“影娘，现在是你在冒险了。”他呢喃道。

“我愿意冒险……”她轻轻咬住他的嘴唇。

灯烛闪烁，拉长了两个纠缠在一起的修长身影。

第二十四章　极爱，或是极权

蓬莱鸦神宫

“话说，你们青龙神也真是心狠，为了囚禁白鸦女神，把整座蓬莱山搬到了东边，让她近在眼皮子底下，又根本不靠近她。”

“以前去蓬莱山，一面是陡峭悬崖，三面海路皆是凶险漩涡，没翅膀压根过不去。为了方便子裔，当然要让地形简单一点。再说，白鸦到底是羽族，天下羽族大都归顺于朱雀，她却执意跟着青龙，留在南边也不好。”

“青龙神好自私啊，你说他到底喜欢白鸦女神吗？”

“控制与占有欲应该不是爱吧……话说，你刚才趴在我背上睡觉是不是流口水啦，我衣服湿湿的。”

“呃……呵呵，你拿我怎样。”

“我敢拿你怎么样？”

“你在青龙的地盘说它坏话，会不会被它一个雷劈下来？”

“那你还引我说？喂……话题怎么又转回去了？”

二人同乘一匹天马，一路吵吵闹闹，转眼来到了他们追寻多时的地方。千寻看着魂牵梦萦的蓬莱山，不禁哽咽起来。

“要是白鸦女神对凛央子不善了，我就打死她，你到时候不要拦着我。”

兰霖倒抽一口冷气：“我们这是来找帮忙的，不是来寻仇的。”

“那又怎样！凛央子哪怕是少根手指头，我都要整座鸦神宫底朝天！”千寻朝它一指，不知道是不是杀气太露锋芒，方才看着还很清楚的山体，忽然间风起云涌，厚厚的云层从四面八方涌来，形成翻腾汹涌的云海，转眼便完全看不清山被隐藏在哪里。

“看！鸦神生气了！”兰霖说道，话音未落，一道惊雷振聋发聩。

“哎呀，真小气。”千寻吐吐舌头。

天马倒是平静，带着二人在云端绕了一圈。兰霖忽然看见一朵云凝聚起来，仿佛是人形，飘忽地飞在马前。

“怎么有人？”兰霖诧异地问。

千寻前瞻后顾，一根人毛也没看到，也没看见这朵云。“什么人呀，你眼睛花。”

“明明就在眼前呀！”兰霖眼睛瞪大了，看着那朵云化成一个霜雪般晶莹剔透的美人，对着自己笑意盈盈，突然向他伸出手来，用胳膊挽住了他的肩膀，明明近在咫尺，但是千寻完全看不见。

“青龙，你来看我了？”女子忘我情深，轻轻呢喃道，看似绵柔无力，却突然将兰霖带下了天马，笔直从空中坠落下去，速度快得好若流星。

玄武千寻双手一空，这才“啊”一声叫了起来，往前跳坐，抱着天马朝下张望。云滔重重叠叠，压根看不到人影。千寻着急了，心说兰霖这下可别摔死了，千辛万苦跑一趟，万一赔了夫人又折兵，这可怎么是好。

“马儿呀马儿，你是天马，不是凡马，云海对你算得了什么，你带着我稳稳停下去好不好？最好是停在鸦神殿门口。马儿呀马儿，你要是一匹神马，就一定能听懂我说什么哦。”

千寻与天马商量，忽然觉得身体往前一冲，聪慧的天马一声啸鸣后调转方向带着她呈一条直线俯冲下去。千寻什么也来不及反应，心想这马也太胡来了，都不提前通知一下。但也毫无办法，只能张大嘴丧心病狂地喊：“啊啊啊啊……”

云层的湿气摩擦得全身又疼又凉，千寻只觉得头脑一片空茫，不知道吞了多少云雾，眼前炫亮的只剩一团白光，好不容易停下来，觉得自己发型完全都乱了，像支扫把。

天马抖了抖身体，让千寻滑落在地，随即舔舔她的头发与脸，让她缓缓神。

千寻在地上爬了两步，“哇”一声吐了。

天马“咴咴”叫了叫，像是听到主人的召唤，振翅飞走。千寻拼命揉眼睛，只能看到依稀的影子，冲它挥了挥手，大声喊“谢谢”。天马飞远了，消失在白茫茫天际，云雾依然没有散，漫天笼罩着。千寻在原地打坐，花了好一会儿才缓过神来。她低头一看，脚下是华丽的玉石地板，不是鸦神殿又能是哪里？

这天马太给力了！千寻一下蹦了起来，心想早知道就抢来自己用了。千寻从头到脚细细拍打了一遍身上的尘土，然后双手叉腰，得意得跳转身，眼前是三丈高白色雕云钉门，材质好似云母，泛着粼粼水光，门上一块金色巨匾，用天文字写着鸦神宫，色如牛乳，温润适眼。

天家的东西就是好气势。千寻心想，手轻轻触摸到钉门。

这时，沉睡多时的凛央子，在他的空茫里，缓缓睁开了眼睛。

“青龙。”鸦神用手背轻轻滑过兰霖的面颊，亲吻他的眼睛与鼻尖，而兰霖在疾速坠落后昏迷不醒，他不知道自己正被谁缠绕着，只是在睡梦中感觉到有一个曼妙的身体正与自己缱绻。她身上的香气非常冷冽，非常陌生，但是沁人心脾，比百合与幽昙更凉滑，她的肌肤也是。玲珑的曲线，像是深冬的雪鹿，她的长发滑得像是丝绒，一切都很美好，他觉得他正躺在一双巨大的羽翼里，羽毛是温暖的，与她截然是两种触感。

他想快点醒过来，又陷在这奇妙的体验里，不知道该醉或醒。

铁翼营

朱雀噶乌炉，被封禁在青龙皇城多年的战利品，如今重见天日，用朱雀火点燃各色香料、凤炭与生铜，一层层铺叠似锦绣的彩画，在火光中更是绮丽炫目。

美则美矣，但当它点炉之后，三米之内便无人可以驻足，恐怖的高温足以融金销银。

曾经，所有朱雀族人盛装华服，围绕着它进行新年祝祷；而今围绕着它的尽是面色凝重、带着沉痛期望与一丝疲惫的男人们，一双双深邃的眼眸，承载着苦楚与岁月。

雀丹飏身着朱雀千岁锦华袍，身披火凤绛丝披风，披散着一头长发，从士兵阵列中缓步而来，他面色平静，只是一件件解开这些祝祷时必须穿的美服，露出贴身所穿的一套最普通的软甲，今日，他觉得自己是一名战士。

不是浮华的皇族，不是姣美的少年，而是一名真正的战士，一个男人。

他经过雀丹燎空堺的身边，停留了一下，二人默默相视，雀丹燎空堺抬手轻轻拍了拍儿子的肩膀，语重心长道："我从未想过牺牲你，无论你在何方，你永远是最令我骄傲的孩子。"

雀丹燎空堺这话也是翻来覆去想了一整夜，以他的性格本不会说，但这对雀丹飏太不公平，也太可怜。雀丹燎空堺不愿意自己一而再，再而三地失去作为父亲的责任与资格。思虑再三，还是坦诚地告诉了他。

雀丹飏笑中有泪，用一种轻得连他自己都快听不见的声音回应道："倾我一生，为此一言。"

他阔步流星朝噶乌炉走去，没有回头看任何人，越靠近噶乌炉，高温越是可怖，为了保持洁净，他连软甲与丝质心衣也一并除去，全身赤裸地打开炉门，这时他回头微微看了看众人一眼，嫣然一笑，似是与他迷恋的众生道别，又像是宣言，他必将无比辉煌地归来，随即大开炉门，跨了进去。红光霎时万丈倾泻，令人目眩神迷，再眨眼的瞬间，炉门合拢，空气里弥漫出仙境一般的香气，那奇香勾魂夺魄。

"出尘如仙，美若天人……"人群里传来一个女孩子的声音。

雀丹燎空堺大惊失色，拨开人群朝她走去，一把摘掉了她的头盔扔到地上。“鸢尾紫绮？！”

“嘿，姐夫！”紫绮反应过来，吐吐舌头，“终于被你发现啦。”

“放肆！”雀丹燎空堺一掌将她打翻在地。

鸢尾紫绮顿时抱着脸撒泼痛哭：“多大罪也不至于当众打我啊，我跟来怎么了？！要不是我不小心被你发现，否则你知道吗？！你竟然打我！我要告诉我姐姐，呜呜呜！”

“你身为一个女人，混迹在朱雀男子最神圣的铁翼营里，辱没军风，还在今天这样重要的时候，在这撒泼打滚！”雀丹燎空堺雷霆震怒，“拖下去，军杖四十。”

行刑的士兵们急忙下跪，四十军杖连男人都受不了，换这姑娘几棍子恐怕就打死了。

“我说军杖四十！”雀丹燎空堺咆哮。

士兵不敢违抗，把吓晕的女孩拖了下去。

影娘一直静坐在帐篷里，哪儿也没有去，也没有在噶乌炉边观礼。她只是试着让自己接受一个事实，她再次对心爱的男人放了手，任他去做他真心想做的事情，即便是胡闹。她要自己接受，雀丹飏这一去可能永远都不会再回来了。

但是这种感觉，和当初与兰霖分别时完全不同。

虽然心痛，但是心又欢喜着，因为深爱一个人的心，一点也没有落空，而是随着他的离开越来越坚信与坚定，此生唯独他一个人是绝不会变化的，是唯一。

她静静坐着，嗅到空气中的香气，闭上眼睛，忽然觉得雀丹飏回到她身边了，与自己亲吻。如此贴紧，却还是想念着他，十分迷恋与深爱着。

“雀丹飏……”她呢喃着他的名字，舍不得，想要一世坐在这里，与他一起慢慢化为烟尘。似是心静如水，又似意乱神驰。

忽然帐篷外传来刺耳的女孩哭闹声，撕心裂肺很是奇怪。除了她偷偷来到铁翼营，这儿怎么可能还有别的女子？影娘疑惑，便悄悄走了出去，看见行刑场上，两个士兵正举着军杖，要责打一个穿着军装的小女孩。

女孩怕挨打，在地上翻来滚去，绝不肯好好趴着，拼命哭吼着：“你们谁敢打我，我姐姐是朱雀皇族最受宠的皇妃，若要打死我，姐夫一定会后悔，后悔了肯定会拿你们问罪！放我走，放我走！”

女孩号哭，可是铁翼营士兵非比寻常，无论如何也不会违抗军令。军杖高高扬了起来，影娘四周环顾了一下，其他人都在噶乌炉旁边，有帐篷阻挡，没有人会注意到这里。影娘便悄悄过去，点击两个士兵的穴位，使他们动弹不得，随即拖着小姑娘的双脚，将她带进了森林深处。

“多谢你救我呀。”女孩从地上爬了起来，一直哭泣抽噎着，还没从害怕的情绪里恢复过来。女孩长得很是机灵漂亮，一双凤眼里透着乖张与骄纵，看着就有点难缠。

“你闯了什么祸，要受军法处置？”

“怎么我就闯祸了？！我才没有闯祸。我就是贪玩。”女孩一抹眼泪鼻涕，“南海我待腻了，想跟来京城看看。”

“打扮成士兵的模样？”影娘问。

女孩上下打量她：“你是谁？你又有什么资格来问我？”

影娘顿时讨厌起她这副趾高气扬的样子，拂袖而去。女孩追了上来：“这么说不得？！生气啦？”

影娘冷笑，心想你还是自求多福吧，三步跃上树木，凌空飞跃而去。女孩望着她矫捷的身手不由惊叹，这京城果然是个好地方，奇人可真多。想着想着，开心地在树林里蹦蹦跳跳，过了一会儿才想起来，逃出了军营，怎么回去才能不受处罚，越想越怕又嘤嘤哭泣不止。

鸦神宫

“青龙，你终于愿意来看我了。”鸦神满足地抚摸着他的胸膛，情绪还在刚才的欲仙欲死的缱绻里浮沉。她是第一次得到这个男人，成了他的女人，她什么都愿意为他做。

刀忆慈？兰霖心中浮现过这个名字，不对，这不是翡翠地宫。

玄武千寻？怎，怎么可能？

他觉得这一切十分反常，人怎么会被一个无比美丽的梦，梦魇住呢？但他确实无法真正地醒过来，可以看，可以听，可以思考，但不清醒。他知道自己刚才又做了荒唐的事，那个女人索取得太猛烈，他根本控制不了局势。他觉得自己越来越放纵，也离千寻越来越遥远。

千寻变得越来越圣洁，越来越高高在上，不容侵犯。

而他却变得越来越沉沦与堕落。

一想到这些，他便忍不住要嫉妒那个名叫凛央子的男人，嫉妒到死。因为他，一个白鸦，可以坦然说出千寻是我一生挚爱与唯一，但是自己却不能。

越想越痛苦、越自责、越嫉妒，越憎恨，就发现自己真实炽热的感情，也许早在第一眼见到她时那种好奇与惊艳开始，他就爱上她了，并且一路以来，生死之交，他竟越来越爱她，习惯她的存在，依赖着与她在一起的时光。

仇恨与迷恋。

这对立的两种情绪折磨得他都快疯了，他“啊”一声吼叫起来，彻底惊醒，看着身边的女子。

“青龙……”她环抱着他，紧紧偎贴着他的脊背，如痴如醉地亲吻着他的龙鳞片。

兰霖抹了一把脸，狠狠回忆之前到底发生了什么。

“青龙真神。”她吮吸着他的身体。

兰霖迷惘地避开，以她的身份不可能认不出，自己并非什么青龙真神，可为何总这样称呼他？忽然间，他若有所悟，因此带着一种不可思议与试探问她：“我长得……很像青龙真神？”

她笑，心里其实是非常清楚地回答：“你与他的人类形态，一模一样。”

兰霖吓了一跳，凡间人只见过云海中若隐若现的神龙之迹，从未见过他幻化成人类的模样，但是鸦神却最清楚他的长相，铭心刻骨的样子。

兰霖不明白，为什么自己获得了这副皮囊。

他并不必要长得像青龙神，他甚至觉得自己不必要有这些身份，这些只为他带来了痛苦与不可抉择的命运。

兰霖尴尬地爬起来穿衣服，但是鸦神顽固地抱着他的腿，恨不能和他长在一块儿。兰霖有些崩溃了，肌肤之亲后，他甚至没法开口说自己是来干吗的，他想要十万白鸦兵帮助自己夺回王权，可现在……无论要什么都像是在卖身，于是他只能沉默，甚至是悲愤的，只想离开她。

“我可以给你想要的一切。”她洞悉他的心思，说道，“你来到我的地域，我就知道你想要什么，这些我都可以给你。十万白鸦兵本来就是你的。”

兰霖沉默。

“我爱你，青龙。”鸦神的双手探入他的衣襟，试图再一次解开他的衣裳。

兰霖很嫌恶地躲闪了一下。

“你的朋友在宫殿里，她就要与她寻找的人见面了，那个白鸦的罪人，你也恨他对不对？我可以轻轻松松让他消失掉，叫她眼睁睁看着，这就是对背叛者的惩罚。”

“不！”兰霖当机立断地喊道，转身看着她，“绝对不能这么做。”

“那你亲口告诉我，什么才是你想要看到的，想得到的，亲口对我说出来。”鸦神诱惑着他。

兰霖冷笑，从刀忆慈到鸦神，这些女人的套路总是这样，他叹息了一下，淡淡问她：“交换条件是？”

“娶我为后。我愿意为你做这一世的凡人女子，陪伴在你左右。”鸦神说道，站了起来，巨大的羽翼缓缓收入后背。

果然如此，水乳交欢后，他应该很清楚她的意图。只是对一个骨子里暗暗拧着劲，想依靠自己力量成王立业的男人来说，这个交换条件未免耻辱，兰霖因此犹豫了一下。从刀忆慈到鸦神，他不停在经历这些。

鸦神在手中变化出一个半透明的白色圆球，圆球中心是混沌不清的烟雾，烟雾渐渐消散一点，可以看到被禁锢在那儿的凛央子，她轻轻转动一下手指，凛央子的表情便异常痛苦。

“别伤害他！他是出类拔萃的战士，你不能伤害一个对我有用的人。”

“对你有用，还是对别人有用？”

“自然是杀不得！”

“行，我留着他，为你所用，但是你必须说爱我。”

痴心妄想！兰霖恨不能手中出现一把刀，然后一刀结果了这个疯女人。但是凛央子随着他的念头又出现了痛苦的表情。

兰霖的心，顿时像被绞碎了，他竟然必须亲自解救这个情敌，用牺牲自己的尊严与肉体的方式！兰霖明白，救凛央子才能保住千寻的快乐，让她不伤心。可是自己的快乐呢？堕为尘土，只为了满足鸦神的欲望。

他自己的尊严在这一瞬间被瓦解了……

为了承受住这种耻辱，他恐怕再也不能刚硬坦然地去面对这个世界，而是要让自己变得圆滑，像黑暗一般圆滑，狡诈，甚至是谎话连篇，才能无耻地活下去。

他一阵眩晕，两手低垂。

“说爱我啊，否则，我就要了他的命。”鸦神丧心病狂地威胁道，情欲使她迫不及待了。困住凛央子原本是要惩罚他，想不到却能用他来要挟兰霖，这无疑是意外的惊喜，若不好好利用，岂不辜负上天赐给她的机会。

她要得到他，霸占他，精神也罢，肉身也好，都需要。

该死！兰霖咬住嘴唇，口中顿时泛起鲜血的味道。

“说爱我！”她疯狂地喊道。凛央子在那一瞬间几乎快要死去。

“我，”兰霖闭上双眼，妥协了，“我爱你。”

“真的？”

静寂……兰霖像是死去了一遍……又以一种黑暗的方式活过来，在他嘴角浮现出一抹笑容，他再次睁开眼睛，显得深情又浪漫，伸手，轻轻捋了一下她的发丝，随即指尖在她脸颊与嘴唇上诱惑地滑过。“我想不出有什么理由，让我不爱一个像你这样完美的女人，一位天神。”

“呵……”她意乱情迷，热烈地亲吻他。

他回应了，双手揉动着她，很快便掌握了她的快乐与情绪，让她意乱神迷。

“呵，青龙……”她丢兵弃甲，神智在迷乱与丢失。

他忽然停止动作，按住她的肩膀，用勾人的眼神凝视她：“现在你满意了？愿意帮我了？”

“愿意！愿意！”鸦神惊喜说道，她爱他至今，其实早就愿意为他付出一切，她从掌心中消散了白色光球，变化出了一块乳白色玉质羽形令符，“这是你心心念念的东西，十万白鸦兵令符，原本就是你的，都是你的！”

兰霖深呼吸，举起的手颤了一颤。

“拿起它，就当你答应我了。”鸦神妩媚笑言，吻他，纠缠不休。

“答应立你为后？”他笑。

“对。你没想反悔吧？”

“反悔？怎么会。这世上还有哪个女人比你更配得上青龙帝王？”他反问。

“青龙……”即使是欺骗，她也愿意相信。她甜蜜地又要来纠缠他，时刻要与他缠绵。

他心里充满了嫌恶，但是表情上一点也没有显露出来，他已经为自己带上了一张假面具。面具前的他，再无真情实感，只有什么该做，什么不该做，只要能成就他，一切都不重要。面具后是什么……他把它深深藏了起来，加了几道锁，沉在海底。

忽然间，有人在呼唤。

“兰霖！”不知道千寻在哪儿喊叫着他的名字，大声喊了一下，传到他耳朵里，兰霖的心一惊一紧。

鸦神微笑，不慌不忙，往回收了一收令符：“你犹豫了？”

那一瞬间，有些画面在兰霖眼前回闪着。

“你也会很厉害啊，你也有神魄。青龙攻城，排山倒海的水势，高山也能夷成沧海，超级狂霸的！”千寻比手画脚给他看，“有了巨大的力量，就能保护自己想要保护的人。”

兰霖笑着摸摸她的头。

千寻打开他的手：“喂喂！我说你什么时候添的这个习惯，老摸我的头！还摸上瘾啦，去去去。”

“我第一次看见你哭的时候，就想摸摸你的头。不知道为什么，就是从那天起，觉得自己能安慰到你。”他温柔地说。

“哈，哈，哈！”她干笑。

这么勉强的笑容，现在想来却依旧觉得好美。想安慰的人也是想保护的人，世上就这么一个，想看她一直笑，不想看她哭。

如果在这世上，他能有力量保护住她的美好，她的爱情，她的赤子之心，而这力量需要他玷污自己，堕落自己，放弃自己来完成。他愿意。

青龙的帝业，与她的快乐，重叠在一起。他可以同时争取到这两件事的，他可以。

只要闭上眼睛，任黑暗吞噬，彻底把自己蚕食干净，就可以。

那就这样吧，还等待什么?

兰霖，这是你的命。

他终于明确了决心，微微点点头，更坚定了信念。

他伸在半空的手终于果断地握住了白鸦军令符，那令符却化成一道光箭直刺入他的心口，随即一道白光从胸膛蔓延上颈部，最后像钢铁般紧紧笼罩住他的左半张面庞，刹那间像是电流萦绕，又刺麻又冰凉。

一张真正的面具，出现在他脸上。

“从今往后，你的面容，只有与我私会的时候才能全部展示，世上除我之外的女子，再也不能看见你完美的模样。”鸦神这时流露出她的阴狠来——女性的自私与占有欲。

兰霖苦笑，用手指关节轻轻敲了敲左脸上的新面具，一摸它是光净滑顺的，便与她开起玩笑来：“也好，我也不乐意动不动就被女人爱上，只是提醒你，这面具做成这样还是美，若要使你满意，它还得是骷髅的模样才可怖。”

鸦神惊得瞪大眼睛，想不到他心里更决绝，也不服输，赌气道：“哼，你要这样想，我就成全你！”

说罢，面具又一番变化，化作了森森白骨。

鸦神捧起他的脸来左右端详，依旧不满意。“虽然半人半鬼，看着可怖，却有一种诡异的美丽，你到底要我拿你这神仙一般的男人如何是好。”

兰霖无所谓地摊摊手：“随你所愿。”

鸦神冷笑，却一言揭穿道：“面具是骷髅却不是龙首，说明你心里有一个玄武族的女人。即便不用我拆散作梗，你们今生都是不可能的，你明白吧。”

“所以我说了，随你所愿。”他忽然冷笑。既然鸦神是个明白人，那说穿了只不过是她自取其辱。

“也罢，我是不忍心再动你了。”鸦神在他的骷髅面具上亲了一口，“去让你的玄武朋友看看你的新模样吧，十万白鸦军是你的了。”

鸦神说罢一挥手，赠他白金朝天冠，云锦曲裾深衣，雪熊皮氅、白色羽形软甲和天狼皮靴，全部在瞬间穿戴整齐，连同那半张骷髅面具，竟是威风千秋的少年霸主，有捍山镇海的气魄。

“但叫天下无人负你。”她满意地昂头说道，最后为他捧上青龙王傲尊溯流神杖。

兰霖举起权杖，一言未发，但是心中清楚，属于自己的人生真正要开始了。

凛央子——！凛央子——！凛央子——！

兰霖——！该死，这人哪去了？！

千寻在偌大的白鸦神殿里喊叫着，中气十足，回音激荡。

喊好几声凛央子，才喊一声兰霖，也许在她心中的自己真的是没有地位。兰霖心中自嘲着，一步步走向她。

千寻发现了，看得两眼发直，“哇”了一声：“你怎么变模样了？！帅疯了！”

“哇，这面具真心酷，还有没有？给我也来一副？！不过这会勒得疼吗？”她抬手摸摸他的左脸，用手抠了抠，“拿不下来呀。”

“一辈子都取不下来了。”他微笑，抬头看向大殿中央的白色光球，凛央子一直被困在那里，就在她的身后。

“啊？！为什么？！你又不是玄武族的，带什么骷髅面具？！”千寻大吃一惊。

“你看不到他吗？”

“谁？凛央子？他在哪？”千寻更是震惊，“这里可真诡异，我啥也没发现呀，难道你看得见？为什么你看得见？”

兰霖缓缓抬起手，指向前方，千寻顺着他的手势看去，甚至跑了过去，左蹦右跳，四周空空荡荡，什么也没有。

兰霖心里想着解除，手指不自觉做了一个手势，那白色光球竟然渐渐从空无中显现到千寻眼前，随即破了，一朵云从里头溢了出来，云朵轻轻朝四面八方散去，凛央子站在她身后，在她与兰霖之前，一次深呼吸，伸出双手环抱了她。

那一刹那，兰霖的心痛得裂开来，但是不能言语，鸦神正死死盯着他，而且他也没有什么资格去干涉那对情侣，只能把自己想象成凛央子，疯狂地嫉妒着他，眼睁睁看他做了自己一直想要做的事情——抱她。

“千寻。”凛央子温柔呼唤道。

千寻用力眨眨眼睛，低头看他的双手，眼泪轻轻滴在他的肌肤上，紧张得一句话也说不出来。不回头，怕他不是真的出现，回头，又怕他像云朵一样轻轻地在眼前消失了。

“凛央子。”鸦神的声音在大殿中凛冽响彻，“青龙帝觉得你是有用之材，所以我才不杀你，既然无束死前把掌印令符给了你，我就给你这个机会尽忠职守。”

说罢，凛央子的衣冠瞬间换成了掌印战袍，六翼翅膀凌空打开，千寻这时迫不及待地跳转身子，看着一身战衣的白发少年，清明神朗，灿若皓月，与身后的兰霖交相辉映，用天文都无法言状的好看。

千寻只是激动地哭，一句也夸不出来，看着他耳朵上的旧伤口，看着他的眉眼与嘴唇，低下头捂着眼睛一直哭。

她很想告诉他，其实这一路上很辛苦，很凶险，差点死了呢，为了活着经历了非常委屈的事，但是现在一句都说不出来。

兰霖心揪成一团，眼看这么话痨这么爱絮叨的丫头，到此刻，只是沉默着哭。

凛央子噙着眼泪微笑，当着鸦神的面，伸手一把将千寻抱入怀中，亲吻她，如果为这一吻会被当下剁掉翅膀，削去头颅，乃至灰飞烟灭，也没有关系。他在这被动的一生里，从未有过这样的冲动与决心，除了爱她，什么都不惧怕。

鸦神果然气得眉毛倒竖，向兰霖道："这是你要的将帅之才，最好狠狠调教一下！否则怎么为你领兵打仗？"

兰霖站在原地一动不动，像是瞬间被冰封住了，他心里清楚，他只是心又再碎了一次，悄悄粘起来，不动声色，不让人知道。

忽然他扫了她一眼，冷笑，一言不发地径直走到凛央子身后，伸出手摸到他的头发里，拈花弹指的瞬间，凛央子的白鸦羽落在兰霖的手上，六翼翅膀疾速凋零，白发白眉化为墨一般的黑色。凛央子与千寻同时诧异地看向兰霖。

"我们的约定是……"千寻不明白。

"没有那个约定了。"兰霖笑着将这根白鸦羽捏碎。

"可，可是……"

"离开吧，去想去的地方，过想过的日子。"

"可你没有我和凛央子帮忙，你还不会控水术呢，你……带着十万白鸦军打仗？行吗？"千寻的心突然怦怦跳了起来，忐忑难安，完全放心不下他。

"千寻。"兰霖笑了，"你过来，我有话对你说。"

千寻愣愣地看看凛央子，看看兰霖，往前走了两步。兰霖眼神完全变了，万种柔情却又苦涩，他俯下身去在她耳边轻轻说道："玄武千寻。"

"嗯？"

"玄武千寻，你听清楚，这辈子都别再出现在我眼前，否则我会永远不让你离开。"也许可以说出别的话，祝福也好，希望也好，也许有很多美满的话可以讲，甚至是表白也好，但是此刻他一句都说不出来。他心里汹涌而起的，只是这样一个誓言，甚至像是诅咒。

他赌咒发誓，若像这样重来一遍，他一定会当场死掉，所以绝不可以再发生一次。他说完，直起身子，眼神彻底变了，骄傲与霸道，甚至是残酷的寒凉，他转过身去，留下背影与高高挥起的披风。他不再看她。无论多不情愿，多焚心蚀骨，绝不再看。

千寻愣愣的，完全没反应过来。

她印象里只记得那半张面具刺眼的反射之光，他说的话既清楚又模糊。

她依旧不明白，懵懵懂懂，往后退了两步，呆呆地牵住凛央子的手。

“我……我们走……”她觉得自己怪怪的，像是傻了一样，魂魄都像是被抽去了一半。可是为什么呢，只是朋友间道别而已，有什么重要的？那个人是要去完成自己的霸业，夺回自己的世界，与她又有什么关系呢？

她要的已经在身边了啊。

玄武千寻，你应该心满意足了，她对自己说。

于是她也转过身去，与兰霖越离越远，谁都没有回头。

仿佛都是下定决心，此生不再相见，要将对方狠狠抛到前世去的人。

第二十五章　浴火重生

铁翼营

帐篷外滂沱大雨，浇得人心慌。雀丹燎空堺来回踱步，失控的感觉让他烦躁不安，一是为这雨，一是为儿子与神魄的结局。

“朱雀噶乌炉焚烧时，下雨是不祥之兆。”他喃喃自语道。可雨怎么也停不住，仿佛天被捅破了窟窿，雀丹燎空堺恨不能手执昊天王锏将这天补上，可是束手无策，只能焦躁地等待着。

“姐夫……”一个蚊子般细小的声音钻进他的耳朵，他皱起眉朝外看去，淋得跟落汤鸡似的鸢尾紫绮，可怜巴巴地站在他眼前，一对上他眼神，“嗵”的一声跪下了，号啕大哭道：“姐夫，你真的忍心送我下黄泉去见我姐姐吗？我姐姐为了给你生孩子，惨死在床榻上，死时身边的亲人只有你和我，你答应过她一定会好好照顾我……可是现在……现在你怎么忍心……要我去死呢？”

在这焦心的时刻，还要听她胡言乱语，雀丹燎空堺火冒三丈，但是她所描述的画面冲进他的脑袋里，朱雀族最美最娇弱的女人，为了保住他的皇子，宁愿牺牲自己的性命，最终难产惨死在他怀里。他确实答应过要好好照顾爱妃的妹妹，但是这个女孩屡屡胡闹，任性妄为，实在是令他深恶痛绝。

“姐夫！这要让我姐姐知道得多伤心呀……”

“住口！你以为她活着就会纵容你？！”

“姐夫……你想想我娘亲，也就是你岳母，白发人送黑发人一回，难道你还忍心看她再来给我上坟呀……”

雀丹燎空堺痛恨她红口白牙胡说八道，翻手一掌将她打翻在地。

“啊啊啊……姐姐……姐夫他打我……”紫绮就势在地上一滚，扯着头发与衣服哭号起来。

“来人，把她架下去，用绳索牢牢捆了，送回南海！”雀丹燎空堺喝令道。

一行士兵匆匆跑了进来，并不是要绑走紫绮，而是惊慌失措地来向雀丹燎空堺禀告，噶乌炉出现了异样。雀丹燎空堺大惊失色，急忙带着众人冲出了帐篷。紫绮一抹鼻涕眼泪爬了起来，好奇地跟出去看。

噶乌炉的火焰在暴雨的倾浇下越来越势微，三米之内甚至不再炽热滚烫，人们一点点靠近火炉。才一天不到的工夫，若说雀丹飏死了，早就被烧成粉末；若他还活着，却又不够时间让神魄融入他的体内……眼看火势渐灭，众人的心也快速凉了下来，心想这一遭凶多吉少。

雀丹燎空堺双眼发红，心有丧子之痛，走到炉门口伸出手去，又缩了回来，明知道是这结果，却又禁不住内心悲凉，心想自己大约是老了，一时间老泪纵横。见王如此，士兵们也都沉默哀伤，气氛异常凝重。

噶乌炉突然周身震颤起来，并且带动地面一并震动，嗡嗡啸鸣声不绝于耳，越来越响，而炉身亦随之火光大振，一次猛烈冲击后，巨大的热浪将周遭人等一并冲出五米开外。噶乌炉像熔岩一样融化了，有一个蜷缩着的人从这灼灼岩浆中站了起来，像走出海浪一样让火红刺眼的焰潮从身上一层层褪去，然后一双赤裸的脚踏上地面，带着炫目的光彩，从头到脚，连头发也像是火红的电光，那光芒越来越强烈，直冲云霄，与暴雨和乌云对抗。

“雀丹飚……”

众人纷纷从地上爬起来，不可思议地念着这个名字。

雀丹燎空堺望着他胸口怦怦跳动着的朱雀神魄，无比牢固无比强大的震动，知道他竟在这么短的时间这么艰难的环境下成功了，一时间情难自抑，骄傲地咆哮起朱雀军号：“长风永振，强火不灭！”

众人这才反应过来，一起跟着齐声高呼。

“长风永振，强火不灭！”这呼声比方才的热浪更响彻四方，连森林也为之瑟瑟回鸣。暴雨忽止，乌云悄然四散，万丈阳光倾泻大地。雀丹飚毫发无伤地站在众人眼前，头发、嘴唇俱变成了鲜亮入眼的焰色，尤其是双眸竟如火一般有红蓝黄三色变幻，像雪地里的火狐与晚霞一般耀眼，比过去的他更迷人了千万倍。

雀丹飚低头看着自己的左胸膛，肌肤上像是文身又像是烙印，有一个凹凸精致的朱雀纹章，与雀丹炦获得神魄时的模样完全不同。他的印记就像是与生俱来，与他的身体完美契合。他根本感觉不到身体的任何异样，也感觉不到噶乌炉中的烈火锤炼。剧痛是曾有过，千针万剑般的刺与扎，但是转眼便适应了，觉得一切不过是在温泉中浸润自己，十分适宜。

“长风永振，强火不灭！”

他听到军号，如雷贯耳，怔怔地看着眼前群情激奋的众人，这才后知后觉自己已经走出噶乌炉了。眼前，父亲骄傲地微笑着，人群之后，不远处的森林里，影娘泪眼婆娑地站在那儿遥望着自己。

雀丹飏终于微笑了。

今日全身赤裸的他，竟像是无冕之王。

鸢尾紫绮站在士兵后面，双手捂着眼睛，又从指缝里偷偷看前方那个赤身裸体的男人，真像是神明一般好看。朱雀族不乏美男子，她在南海不知道看过多少，尤其是这个铁翼营里，英俊神朗的男人如过江之鲫，但是见了雀丹飏，才知道过去见过的那些都失去了颜色，唯他是最浓墨重彩的一笔。鸢尾紫绮忍不住心头那火苗一样愈来愈强的欲望，这样完美的男人，世上难得，若是自己的该多好？她喜欢他，想得到他，想将他占为己有。

这念头一旦开始，便像山火一样不可遏止。

蓬莱山

去你想去的地方，过你想过的日子。

玄武千寻脑海里盘旋着这句话，这话明明是过去她天天跟自己跟别人说的，为什么现在像是兰霖发明的一样，哦，不，以后该叫他龙霖了吧……青龙帝……龙王霖……唉，管他叫什么……他当得上当不上帝王还两说，就凭他……啥也不会的……唉！想这些干吗！去死吧！千寻一直紧紧皱着眉头。

凛央子牵着她的手，一言不发带着她，二人默默地下山。

什么叫这辈子都别再出现在他眼前，否则他会永远不让自己离开？多大仇要这样？神经病，为什么还在想。千寻忍不住伸手捶自己的脑袋，笨笨笨笨笨笨，不要想不要想不想要。她的手忽然被人握住，她抬头看他。

凛央子亲吻她的手，然后将小手贴在自己的面颊上。

“我们之间还有任何阻碍吗？我们之间不会再有任何阻碍了。”他自问自答。千寻笑了，每次看见他，内心就会变得很温柔，也很开心。

“来，我背你。”他转过身去。

“下山路呐，你背我？别看我个子小，我可重了。”她笑。

“在空茫混沌里有想象过，如果你会出现，一定要背着你离开。”

“你一早想到了如果你能活着离开，一定会失去白鸦的身份是吗？”小丫头想了想跳到他背上。

凛央子边走边回答道：“不当白鸦，已经是最好的结果了。我离开的时候，鸦神与兰霖都没有瞧过我一眼，我知道我在他们眼里是什么，背叛者。但是没关系，我眼里也没有他们。我永生永世都不想再做白鸦。”

“嗯……这样啊，也好喽。”千寻搂着他的脖子，好开心啊，像是又回到了过去的时光，“我原本和兰霖约定过，如果我和你一起帮助他夺回天下，他当皇帝的那天就必须释放你，让我们俩一起离开。现在你不用再当白鸦了，我们也不用去打仗，挺好哒！”

“千寻。”

“嗯？”

“谢谢你来找我，谢谢你出现在我的生命里。”

千寻不好意思地笑，在他的肩膀上蹭来蹭去，熟悉的凛央子的味道。

“我们一辈子都不要再分开了。”他说。

“嗯嗯嗯。”千寻用力点头。

“你喜欢哪儿，我们就去那里定居，住腻了也没关系，我们再换一个风景秀美的地方生活。我们要在一起一辈子这么久，可以去各种各样好玩的地方。”

千寻没有吭声。

“怎么啦？怎么不说话？”

“要不是现在这样搂着你，是完全熟悉的感觉和味道，还真以为自己是在做梦。我以为来到鸦神宫，会有一番惊天动地的恶斗才救得出你。我其实心里根本没有把握，鸦神这么厉害，怎么可能听我和兰霖的话……但是想不到，就是这么简单……我们就又在一起了。做梦一样。”

“鸦神的想法，没有人猜得到。”

“不知道兰霖与她交换了什么……”

“你一直在提兰霖，这一路上，你们俩的交情一定很好。”

“不不，没有，老吵架。”

“过去我俩不也是老吵架。”凛央子笑了。

千寻愣了一愣。

“其实，都是男人，我明白他最后看你的眼神。和你在一起久了，不喜欢上你是一件很难的事情。他若是喜欢你，也没什么奇怪。因为我知道，你的心永远在我这儿，你爱的只有我一个。”

千寻瞪大了眼睛，朝前探出头，大声否定他：“绝对没有，不是你想的那样。他有老婆孩子，还有一堆喜欢他的女人。他和我一点关系都没有。”

“没事，千寻，我相信你。”

千寻语塞，总觉得怪怪的。“要不从今往后，我们谁也不要提兰霖了好吗？”

“好。”他同意，“也永远不再提我们遭遇过的其他人。千寻，我们重新开始。”

千寻想了想。他说的那些人……其他人都还好说，她心里最对不起的是兰桥，答应她的事情完全做不到，感觉像骗了她一样。但当时的误会都因为龙王聂而起，那个家伙现在死掉了，干脆就用他顶罪好了。千寻胡思乱想，也就沉默了。

“千寻？”

“嗯！重新开始！”她认真地点头道，“从今往后我再也不吃人了，我要做许多许多善事，帮助很多很多人，把我的过去都忘掉。”

“我也是。”凛央子笑。话音落，身后的鸦神宫传来暴风的巨响，二人回头一看，白鸦风潮再次舞动，从宫殿顶部呈一股巨大的旋风直冲天顶，人影非常模糊，都是翅膀在扑扇的模样。

他要打仗去了，真威风啊。千寻心想，摇摇头，说好不再想起他的。

祝好运吧。千寻转过脸去，紧紧抱住凛央子。

“山脚下有一座小小的土地庙，走到那儿我们就成亲吧。”凛央子说道。

“哈哈哈。”千寻听到“成亲”两个字笑了起来，“以前我们玄武族举行婚礼的时候，一定是要泡温泉的，因为水通幽冥嘛。新婚夫妇就在温泉池子里相见，一起喝一种冰冰凉的酒。然后互相在手腕上割出一道血印，交合伤口，再用红布绑在一起。然后要一起静静地听完一首玄武族只在婚礼上演奏的喜调，还要边听边唱哦，据说其实是在等血液互相融合的……然后新郎要用一种赐福的香油膏涂抹在新娘的腹部，保佑他们早生贵子，新娘呢则要在新郎的胳膊上用一种永远洗不掉的墨水画一个她自己的图腾，证明这个男人已经娶妻……总之有好多复杂的步骤，年纪特别小的小孩子才可以进去观礼，我就看过两回，还不小心把香油膏吃掉了。”

“又能听到你啰唆可真好。”他笑，“你还是那个话痨加吃货。”

“呸，看我现在就给你一个图腾。”千寻在他肩膀上咬了一口。

“多大的图腾都行，最好在脸上。”他指指面颊。

她掐了他一把，然后狠狠亲了他一口。“凛央子！目标！山下土地庙！出发！”

“好！出发！成亲！然后去找温泉完成玄武族的婚礼仪式！话说……你多久没洗澡了！都臭了！”

“胡说，我可干净了！你才臭掉了！”千寻掐他脸。

凛央子大声笑了起来，又回到最快乐的那段时光了，只要有心重来，一定可以重来。他好好背着她继续往山下走去，再也没有回头看那座无情与让人伤心的宫殿。

铁翼营

雀丹燎空堺站在巨大的沙盘前，军中佥事鹤关正在沙盘上小心翼翼地画出京城各城区的草略地图。雀丹飚换洗一新后来到雀丹燎空堺面前，恭敬地行了礼。雀丹燎空堺走上前，爱惜地拍了拍他的胸膛，说了声“不可多得”。

雀丹飚忍不住微笑。

“之后你娶妻生子，开枝散叶，朱雀神魄便会以正统的方式挑选合适的继承者，好好传承下去，你此次冒险也是大功劳一件。”

“若他选中了我某个孩子，神魄便会从我身上消失，到孩子身上去？”

“应是如此。”

“……雀丹炅与我的遭遇，可实在离奇。”

“朱雀人天性都多虑善疑，更何况朱雀真神，神意最难揣测琢磨，不如服从他的安排。”雀丹燎空堺道，“换而言之，朱雀血是剧毒，用毒解开的封印会摧毁本体，雀丹炅接受了它，早晚也是性命不保，他的经历是坏事。而你是真正经过了朱雀火焰的洗礼，以最高规格的祝祷仪式接受它，是绝对正统的继承者。在我看来，你的经历是好事。”

雀丹飚欣然点头，接受了这个答案。

“飚儿，我答应过为你主婚，答应你娶那个人类女子为妻，但是为了朱雀神魄的传承，你必须尽全力生育子嗣，让它有更多的选择。万一，我是说万一，这个女人无法生育或子嗣凋零，你就必须娶妃纳嫔。这一句丑话我说在前面，到时候别再来为你的爱情与我争辩。”

雀丹飚愣了愣，但是没有争辩，他对自己和影娘还是有信心的。

“另一件事，也是当下最关键紧要的事。”雀丹燎空堺指向沙盘，“火焰能驱逐世上万千恶敌，玄武的阴兵，白虎的兽兵，青龙的白鸦军，你既拥有神魄，是时候调遣出专属于你的炽焰巨人，驻守京城。”

“炽焰巨人……十生百,百生千,千生万，炽焰之狂，生生不息。”雀丹飚默默念着，过去都是在书上看到的名称，现在却要真实地运用它。

“可是父王，首次召唤炽焰巨人，还要它们驻守京城……”雀丹飚诧讶地望着沙盘。

“你需要规划出一个区域，让它们驻扎在最有利的位置，进可攻，退可守。”

“可是那些城区的居民……”

“就是初次召唤炽焰巨人的祭品，这是必须牺牲的代价。身为朱雀王者，无人可以避免的代价。”

雀丹飚震惊沉默了。

“若你无法抉择，我会替你挑选出来。你只用完成召唤仪式。但你记住，我不可能永远帮你。雀丹飚，建功立业，兴利捍患，要成为一代霸主明君，霸在前，明在后，切不可有妇人之仁。”

雀丹飏依旧不知道如何是好，无论他在沙盘上划出任何一片区域，这里的百姓都会被侵吞于火焰。迄今为止，雀丹飏虽精于阴谋设计与暗算，也参与过害人性命，但他并不认为自己已经到了杀人不眨眼的田地。他依然犹豫。

“既然如此，便不用你费心了。”雀丹燎空堺说道，“今早刚收到的情报，青龙驻守西北的嘉波龙王普摩为救国，已经率大军南下。我们没有多少时间可以浪费。我就给你今天这一晚，成亲与召唤炽焰巨人的仪式同时举行。”

雀丹燎空堺说及正事，便是铁面无情。雀丹飏眼睁睁看着他与鹤关在沙盘前忙碌起来，自己却像傻子一样，两手低垂地干看着。婚礼来得如此仓促，竟感受不到一丝喜悦的滋味。而他的喜宴，却是千百之人的浩劫之夜，联系起来，竟让他胆战心寒。但是更令雀丹飏隐隐难过的是，他又看到了自己的无助。

纵有神魄在身，他也并非可在一夜间成为世上最强大的人。

他依旧有软肋，努力改变过很多次，但还是如影随形的东西。

不可言状。

土地庙

“喏，没有香，折树枝为香！没有供品，摘些野果子和树叶当供品。没有主婚人，没有亲戚朋友，这也没有，那也没有，但你不准嫌弃我们！因为我们是真心相爱着的恋人。”玄武千寻对土地公塑像指指点点，絮絮叨叨。

凛央子正在打扫供台与地面，很久没有人拜祭的土地庙，破败脏乱。他想让它看着整洁一点，因为成亲是挺严肃的事情，不能太随便。

他倒是挺认真地在准备，耳边全是小丫头的唠叨，忍不住叫她："玄武千寻，老实点。让你去帮雕像擦擦脸的，你这么啰唆，别上蹿下跳，下来。"

"好的嘞。"玄武千寻蹦到他身边，给了他一个大大的拥抱。

"要嫁人喽，还这么闹腾。"

"嫁人就不可以闹腾了吗？你又不是因为我文静秀气才喜欢我的，就是因为我是世上最闹腾嘛！"她笑，绕着他跑圈。

"转晕了好吗大小姐。"他拍拍她脑袋，她停下来，眨眨眼睛。

"来，过来，这边站好。说好了，在这里成亲，土地公就是我们的见证人，你对他要恭敬，要磕头的，好吗？"凛央子与她商量。

"你现在不是白鸦了，真的是一点脾气都没有了耶。我猜这要换成过去，你一定会踩着土地公脑袋说'啐'吧。"

"过去确实是，现在活明白了，做人要有点敬畏之心，不知恶，岂知善呢？"

"嗯嗯，我也要改。"

"你乖点就行。"

"好的嘞。"千寻挠挠头，觉得凛央子比以前成熟了好多。

他牵起她的手，双双跪下，一道双手合十。

"开辟鸿蒙，物化阴阳。万物皆养，唯人其为灵长。盖儿女情长，今成婚以礼。无媒无亲，无宾无宴，无香无卺。只求天地为证，日月为名。今我凛央子，别懵懂儿郎，与玄武族女千寻，营家室安康。荣光共度，患难同尝。愿同心同德，此情之坚如高山之巍，皓月之辉，天长地久，山高水长。”凛央子认真说道。

“为尔结发，无怨无悔。”千寻笑着抢话，“突然文绉绉说话不习惯了呢！”

凛央子微笑，改了语气：“土地公公为证，诸神在上，我愿意生生世世照顾玄武千寻，永远让她快乐，不让她受一点点伤。”

“我也愿意，而且一直是我比较厉害，我愿意多照顾凛央子一点，而且我做菜好吃，我保证永远不让他饿肚子。”

凛央子笑，“此刻起，玄武千寻便是我的妻子。”

千寻听到这句乐了起来，越笑越大声，最后干脆抱着肚子在地上打滚，好像是莫名其妙挖到宝藏一般开心，但她根本不稀罕宝藏，她稀罕凛央子。

他把她从地上拽起来，拍拍她身上的灰尘。“脏死了，小姑娘。”

她还是疯了一般咯咯乐，边乐边往后倒，拖着他一起倒了下去。他被逗得乐了起来，一把抱紧她，猛地想哭，强忍住，声音哽咽住。

“有很多次都觉得，不可能再见到你了。”

“我倒是一直觉得，一定会再见到你。”千寻没有哭，轻轻拍拍他的后背。

他把脸埋在她的颈窝里，觉得很温暖，很想就这样睡着。

她一直抱着他，像抱着一只大枕头。“我一直觉得你是我的。”

“嗯。”

“要是你丢了，我就一定要去把你找回来，因为你是我的，只能在我在的地方。”

“嗯。”

“我是不是很霸道？”

“嗯！”

“我霸道？”

“嗯……嗯？”他抬头看她，小丫头瞪着眼睛生气了，就这也能生气，他哈哈哈大笑起来，“傻不傻啊你？！”

那个促狭的凛央子又还魂了。

她掐他大腿。

“疼疼疼。现在不比以往，以前扛得住你几下打，现在扛不住了。这你得留神，别三两下不注意把你相公灭了，你就成小寡妇了。”他边揉腿边说，“对了，快叫一声相公来听听。”

过去的凛央子果然回来了！

“喂！你真的还没说那句，现在起凛央子就是我相公了！认真点，在土地公公面前，把这句话说出来，他可要为我们见证的。”

“哼，求我呀。”

“别傲娇，麻利点的。”他一拍她后脑勺。

“有你这么当人相公的吗？许你打我？不许我打你？！”

“我这力气就是逗个小孩儿，你那把子怪力气就是在打妖怪，有十辈子深仇都不至于挨你那几下。”

“你挨满十下，我叫你相公！”她挑眉毛。

“啐！”他把衣领一撕，露出胸膛，“那你照这儿来吧，喊声疼我是你孙子。”

“去你的。”她掐他脸，他亲她。

“小东西就是死倔！”

“有本事你抽死我呀！”

“你以为我不敢？！”他说着便开始挠她痒痒，她笑得往他袍子里钻，两个人像两只小猫咪一样腻在一起，抱成团滚来滚去，慢慢吻得情浓如酒，如胶似漆。

那时的兰霖，端坐在由八名白鸦所抬的飞天布辇上，想到此刻的玄武千寻，正在别人的怀中，心痛如绞，像吞下一块坚硬的寒冰，一点点滑落肚中，全身的凉意朝手脚蔓延，又凉又苦。他试过失去很多人，但是这一个，竟然完全无法释怀，完全放不下。

泪水始终噙在眼中，一点点往下滑落。

他不介意身边那个女人眼睁睁看着这眼泪，他压根不在乎。

“你真的很爱她。可惜她永远是别人的妻子了。我为什么不杀了凛央子，而把他留给她？就是为了彻底断了你的念头。”

他没有任何回应。

“玄武、青龙，真的别想了，哈哈哈哈。”鸦神恶毒地笑了起来，就算她不出手，他们要在一起，玄武神与青龙神也会阻挠，所以她一点儿也不担忧。

“鸦神？”兰霖的声音很轻。

“怎么啦？”

“能摆脱封印，坐在我身边，是因为你已经变成普通人了吧。”

鸦神没有回应，脸色一阵青一阵白。

“鸦军令符在我这儿，受我主宰。你再要控制它们之时，得等你重返蓬莱，等我彻底失去帝位。我曾拜访过吞金老人，他说过青龙帝业远不会结束。所以你……”他云淡风清地说着，“要以凡人的身份在我身边待很久。”

“你……”

“别太自以为是，控制欲也别太强。”他的右嘴角微微上扬，完全是一副邪魅的模样。此时此境，甚至是这句话，都让鸦神发疯一般痴迷。

“青龙对我说过一模一样的话，一字不差……”她亢奋地喃喃着，依偎在他怀里，他用手指轻轻缠绕着她的头发，像把弄着一件玩具。

“我答应你的事自然会做到，只是你必须听话。”

“我听，我听。”

“那就闭嘴，让我静一会儿。”他冷冷地说道，闭上眼睛，骷髅面具泛过一道道寒光，他陷入了孤独与不可侵犯的沉默之中。

他在思念，渺无希望地思念着。

心爱的人在回忆之中，回忆要耗尽精神，十分专心，他不能被打断。

谁也不能打断，这思念。

第二十六章　王座是权，也是毒

青龙城墙

雀丹飔尚穿着十重纱婚袍，被带到城墙时，手中的红花都未放下。身为新郎官站在森罗林立的军人之中，如同万千铁树间的一朵罂粟。他红得太过鲜艳，红成了一朵尤物。

雀丹燎空堺指着前方的仙真区："那里，我给你划出的城区位置，庶民聚集之地，一万九千人口，所带来的会是前所未有的强大炽焰巨人的军队。"

"确定要用这么庞大的数字来献祭吗？"雀丹飔的手在哆嗦。

"朱雀王的信条是什么？"

"物尽其用……"雀丹飔喃喃回答。

"人尽其才，物尽其用。身为王者，不可毁于片刻的优柔。疾如风，徐如林，侵如火，止如山，难知如阴，动如雷震。你是王者，也就必须是如此的，马背上的常胜将军！你在王座一日，你的座下随时都会成为战场。雀丹飔，我没有那么多时间与你叙父子情，与你掉书袋子，甚至喝你的喜酒。我要求你做的每件事都是军令！朱雀玉玺已经快制作完毕，你在四神柱前召唤出朱雀真神，受封加冕，成为君主。我没受过正式的封王，所以从此你我是君臣之分，但我不会理会这些！雀丹飏，你就是我铁翼营里的一名新员，我要你时刻带着危机感生活，你必须倾十二分的小心！绝不能再允许任何人从你的国土上，肆意带走你的朱雀族人，残害他们，凌虐他们！永远不准任何人再这么做！”雀丹燎空堺的声音越来越嘹亮，震彻天际，震得那军铜都在瑟瑟鸣响，他咆哮的是他的愤怒，他的耻辱，与他的危机感，还有从不曾正式为王、护佑子民的无奈与羞愧。

雀丹飏被这番话震撼得肺腑皆在颤，在父亲面前，像是有一场永远考不完的测试，一重又一重，他必须在最短的时间内接受它们，通过它们。

雀丹燎空堺拔出腰间佩刀，握住雀丹飏的手，直接割开了他的手指。一边的士兵捧上了朱雀神柬与笔。

“这是朱雀神柬，用你的血将请将令写上去，用朱雀火向着炽焰星焚烧它。”雀丹燎空堺完全是命令的口吻，急迫且不由分辩。

炽焰星在仙真区相反的方向，雀丹飏掉过头去，暗暗庆幸不用面对这一万九千人口。他依照雀丹燎空堺的口述，写完请将令，将神柬缓缓捧了起来。影娘穿着新娘礼服，一路以鹤一般的轻功飞跃上城墙，几名士兵企图拦住她靠近雀丹飏，但都不是她的对手。

雀丹燎空堺冷冷注视着她，显然他从不满意这个新儿媳，而且有早晚找人取而代之的念头。他以为身为人族的影娘，一定会来强辩几句，但影娘一言不发，只是陪在雀丹飏身边。

雀丹飏不敢看影娘，因为即将毁灭的是她的族人，但影娘默默注视着他，一切似乎是静止的。

“放手做吧，我愿意陪着你，负尽天下人。”影娘平静地说道。

雀丹飏噙着眼泪点点头。

雀丹燎空堺倒是吃了一惊，心想自己的儿子竟没爱错人。

朱雀神柬终于燃烧了起来，在青灰色的城墙石砖上化作金色的灰烬，天际随之一点点泛出了紫红之光，云霞瑰异谲诡，其中似有异动。忽听雷声轰鸣，深邃的星空似有一片扩大的红点，一点点飞泻而下。流星贯彻长空，带着烁大的节状火尾，如奔流冲向仙真区，整片居民区在黑暗中爆发出一圈一圈巨大的火环，惊天动地的响声中，柱状火光熊熊燃起，直冲苍穹。当火光渐渐褪下来时，变化成一个巨人的首级，凸显出巨大的五官，一点点转向雀丹飏的位置，在黑暗中啸叫了一声“王”。

几乎能听见那些阴魂在惨烈哭泣的声音。

“自此仙真的头顶无雨。”雀丹燎空堺欣慰地说道，面容竟是喜悦的，“朱雀帝者，强火之主，烈焰之宗。这才是朱雀盛世的开章，四神柱前，你我必将不愧对真神与祖先。”

雀丹飏沉默着，瞳孔中映照的尽是火光，他默默揽住影娘的肩膀，在她耳边低声道：“对不起，新婚之夜竟让你看这些。”

影娘取出手绢来为他的手指轻轻包扎。“你的荣耀分享于我，你的罪孽也自有我与你背着。我一切都能承受，也希望你心里别难过。”

影娘如此通情达理，雀丹飏满心感动，二人在火光前相拥，默默无言。

雀丹燎空堺本想再同儿子说些什么，见他们情意浓浓，有些败兴，便将披风冷冷一挥，带着亲卫兵朝城墙另一端走去，与他们隔开了远远的距离。

雀丹飏没有勉强自己站在那儿，他牵着影娘的手，离开了那面无情的城墙。

“我希望兰霖永远不要回来。”走下石阶时，影娘忽然说道，“青龙的东城，皆是阴魂。我希望他永远不会看见这些。害死你族人的是龙王聂，并不是兰霖，我希望他不会承受这些。”

“我明白。”雀丹飏没有因为影娘还惦念着兰霖而生气，他懂她说的这种感受。

没有人愿意承受这些。

兰霖走了，他留着。

王座是权，也是毒。他受着。

坤宁宫

今夜的洞房，并不比平常的宫殿华美多少。带有朱雀纹印的器物都来不及制造，只能从皇宫宝库里调用从前朱雀的贡品。龙凤红烛空自燃烧过半，红彤彤的洞房里冷静了大半夜，雀丹飏与影娘刚刚回到他们的婚房，坐在婚床上，雀丹飏默默将头依偎在影娘的怀中。

“影娘，这是怎么了……”他迷茫地呢喃。

她轻轻抚摸着他的长发。

“曾经，我喜悦、兴奋，以为我终于突破了重重难关，拿到了我梦寐以求的奖励，可是到头来，这一切都只是刚刚开始。我原本以为我做足了准备，但是这一刻，影娘，我忽然觉得累……”

“休息一下就好了。”影娘亲吻他的额头，“别害怕，开弓没有回头箭，我们已经开始了，不是吗？”

他对她的善解人意感到惭愧，她曾经劝他离开，但他选择了留下。在他感到怯懦时，她却又坚强地守护在自己身边，没有怨言，只有支持。

“既然这些都是你想要的，就坚持下去。”

“嗯。”雀丹飏默默点头。

“我会为你生儿育女，为你开枝散叶，绝不让你为这件事担心。”

“嗯。”

“如果真的会打仗，就好好保卫好你来之不易的王座，即便创造下一片废墟，在废墟之后，重建一个全新的国家。我相信你有这个能力。”影娘一番话，让雀丹飏大感意外与振作。

“影娘，你怎么会有如此的大见解与大智慧？”

“我并非有什么见解智慧，我曾经是一名杀手，青堂的规矩，只要给出一个合适的价位与理由，我们就能为你杀掉世上任何一个人。我只是转换理念想了想，帝王，不过也是一个杀手，他可以去用性命交换来更大的利益。不过如此。能毁灭，必能创造。我就是这么想的。”影娘说罢，双唇被他吻上。

“你是我的灵丹妙药，是我源源不断的力量与能源。”他笑着，边说边吻她，轻轻解开她的衣带。

影娘忽然想到什么，害羞地提醒他："我们还未曾喝合卺酒。"

雀丹飚笑了，拍拍脑门说道："我可真心急。"

说罢起身到桌边取来喜酒，二人含情脉脉地斟了酒，交互双杯将酒饮下，搁下酒盏，要继续方才的亲热，忽然双双感到一阵头晕目眩，影娘说了一声不好，但来不及反应，同雀丹飚一起晕倒在床上。

又听了一会儿，小夫妻确实没动静了，鸢尾紫绮从床底爬了出来，拍拍手上灰尘，开开心心地爬上了床，将影娘推去一边，自己则趴到了雀丹飚的身上，拨拨他的刘海，亲亲他的脸颊。

"眉飞入鬓，眸若星辰，美玉一般的仙人，我真是从来没见过比你更美的男人。"紫绮轻轻掀开他的衣襟看了看，"脸蛋儿美，身上的肌肤也像瓷器一般光滑，我真是越看你越喜欢，不对，我对你就是一见钟情。"

紫绮亲吻他的嘴唇，乐得心花怒放。"多亏我自己不顾艰难险阻，一路跟来了京城。本以为是我被什么迷了心窍，想不到是为了与你相遇。我们俩注定有些缘分，你注定会是我的男人。"

说到此，她瞥了一眼影娘，认出她好像是在军营里救自己的人，但她只是"嗤"了一声，一点也没有把她放在眼里。

她挑衅地抱着雀丹飚，对她说了一句："他是我的，你不过是比我早了点遇见他，就让你捡了便宜，这儿本该是我的洞房。"

一边说着，一边动手解起了雀丹飚的腰带，将他的婚袍一件件褪去。

"你知道不知道，你爹爹那个铁人铁疙瘩，为什么会对我姐姐珍爱动情，我姐姐虽说是第一美人，可是你爹爹心思都在军营里，他拼命与各种女人交合也不过是为了繁衍。但是我姐姐有了他的身体还有了他的心，不止用美貌，还有这个！”紫绮说着，从锦囊里取出了一只青瓷的小瓶，“这可是能令寒铁岩石动情的媚药，我们鸢尾家的秘方，今天就来给你试一试。”

说罢，紫绮将药水倒在掌心，沿着雀丹飏赤裸的胸膛一路抹了下去，随即褪去自己的裙裤跨到他身上，很快便感受到了他的反应。

“我和我家佣人小哥试过几次，很好玩哒。”她俯下身去亲吻他与他胸口的朱雀印记。

雀丹飏意识虽不清楚，两眼发沉，双眼无法打开，不能看也不能听，但只觉得身体燥热如火，有一股狂烈的劲头想要发泄出去，身上有一个柔软香绵的女子，他能感受到她的湿润与紧致，有些陌生，像是一个梦。

梦里那个女人始终是影娘的脸，他想象不出其他任何人。于是接纳她，任由她撩拨自己，占据自己，狂热地索要与纠缠。

晨曦照进窗棂时，影娘缓缓醒来了，有些记不清昨晚究竟发生了什么，看见床顶的红帐想起是他们的婚礼，面带幸福地侧过脸去看雀丹飏，眼前，透过红纱照进的暧昧阳光，两具赤裸的身体映入她的眼帘。

有个比她更满脸春色与愉悦的女孩，不着丝绺地趴在雀丹飏怀中，他昏睡着，甜蜜地搂着她。

影娘在这一刹那崩溃了，撕心裂肺地喊叫起来。

“有迷信的地方，就有生意。我一手调动阴兵的好本事，装神弄鬼小菜一碟，绝对骗得到钱，说不定都能成立一个门派，做全国连锁的大生意。”千寻骑着新买来的小毛驴，吃饱喝足，踏上全新但悠闲的路程。

凛央子骑着另一头小毛驴，神采飞扬地和她胡扯：“咳咳，以后是那谁的天下，你在他的王国里搞邪教？不怕给他添堵啊。再说了，你用你玄武的本领赚这种钱，不怕你祖宗一个个从墓里气得活过来？！”

“唔……他们不会因为这种事活过来的，不过你说得对，这事我们干不了，还是去盗墓吧，或者……我能看风水穴位，这个也赚钱。”

“你怎么脑子里想的都是赚钱？”

“又热闹又好玩呀！”

“清粥小菜的日子不能过？”

“能过！”

“那就好呗，找个依山傍水的世外仙境，搭个小竹楼，耕种纺织打猎，不慌不忙地看日出月落，山高水长，多好。”

“好……好多人……”玄武千寻手往前方一指，官道旁边的树林子里聚着许多来往的过路客，“不赶路，都围在这里，必定发生了很大的事。”

千寻催促小毛驴向那儿冲了过去，又嫌毛驴慢，用轻功连翻了两个跟头，径直钻进人堆里去。过了不一会儿，凛央子看见她面色惨白地冲了出来，跑到他面前，一头栽进他怀里。

“怎么啦，看到什么啦？我不信这世上有你看了会怕的东西。”

“我……我高祖……我高祖死在那了……”

“什么高祖……”

“我爷爷的爷爷……我都看他死了好几遍了……”玄武千寻在那哆嗦，其实这一次是情感上接受不了。她还记得他们最后一次面对面，互相竖大拇指的情形，那一刹那挺温暖的。但是刚才看他的死状太可怖，又是身首分离，又是死不瞑目……实在不忍心看……

凛央子拍拍她的背：“乖乖在这里待着，我过去看看。”

他说完走向人群。

玄武梦寒青色、带着尸斑的头颅挂在树上，身躯在另一棵树下，肩膀、大腿与胸膛，几乎被野兽啃烂了，生着蛆虫，苍蝇嗡嗡作响。玄武千寻的高祖，怎么可能为普通野兽所伤，凛央子深感蹊跷，慢慢靠近那具腐烂的身体，在胸口的肌肤上看见一块黑紫色的印迹，旁人不认识，他身为前白鸦却看得明白。不由倒吸一口冷气，退出人群来到千寻面前，低声说道：“你高祖身上有兽王印。”

“兽王印？白虎族？！白虎族人在这儿？”玄武千寻大感意外，“怎么可能，那伙懒人，退守西域已近千年，他们怎么可能跑到东边来……不过……我高祖与白虎族有宿怨，狭路相逢，拔刀相见也是可能……只是我高祖这么厉害，能杀死他的人……”千寻边说边在原地缓缓转了一圈，“必是高人。”

凛央子一把握住她的手：“会对你有危险吗？”

“应该不会，没人轻易认得出我。”

“还是快点离开这里比较好。”凛央子说道，“如今我没能力保护你，真有凶险，你还得分神来保护我，能避则避，能躲则躲，我们以不生事不结怨为大。”

“我懂。”千寻点点头，去牵毛驴缰绳，可是想了想，同凛央子道，“我高祖是找我而来的，路上遇了难。他虽然对我不善，但好歹是我先人，我不能见他悲惨地暴尸野外，让我去把他好好埋葬了吧。”

玄武千寻说着，深呼吸，鼓起勇气重新走向人群，绷起脸来喊：“看什么看，一伙人围着一个可怜人，明明知道是被野兽咬死的，也没个人帮忙动手收个尸，都说死者为大吧！真没同情心。”

“哟，这姑娘好锋利的口齿。你要发善心，就自己收去呀，这是你爹还是你男人呢？路边的无名尸也敢乱管？”看热闹的中年男人们哄笑起来。

千寻等的就是这句话，可以正大光明收尸了，于是走向树枝，蹦了起来，将玄武梦寒的头颅取了下来，抱在怀中，又跑向他的尸体。凛央子急忙赶去帮忙，但那丫头一把子怪力，“嗖”一下就将躯体提起来了，也不嫌脏，往肩膀上一扛朝林子深处走去，直把围观人群看得是目瞪口呆，全都好奇地跟在后头，要看她想做什么。

凛央子跑到她身边，看见她嘴皮子在动，像是絮叨着什么，仔细听，发现她是在骂人。

“老不死的。一把年纪就少折腾吧，你看最后死在荒郊野外，死得这么难看，还没一块风水好的地方葬身。你到底是玄武族名垂千古的英雄，临了落这么个下场，我虽然讨厌你，但作为后人，看着也心酸，好吗？”她提着他的头，扛着他的身子，边走边骂边找着一块合适的位置，但四周看起来太寒酸了，哪都不能令她满意，于是她伤心了起来，玄武家的高祖难道就这么用草裹尸，潦草一生了吗？

凛央子急忙替她擦眼泪，好声安慰她："不难过啊，不伤心呀，乖，乖。"

"我不是伤心，我是生气。"千寻噘嘴，"破地方，只好以后等我发财了，再过来给他重修一下墓。"

"是呀，是呀，我们还是去搞有前途的死人生意吧。"凛央子着急哄她。

千寻在地上跺了下脚："算了，不挑了，就这吧。"

说罢她将尸体搁下，打开了玄冥盾，盾身折射着阳光，璀璨夺目。围观的众人知道这是件宝物，无不惊叹。

"玄冥盾？"凛央子道，"竟没留神你带着件宝贝。"

"来的时候，从高祖这里抢的……"

凛央子噎了一下，看来两个人还有仇。

"别跟过来哦，小心被伤着。"玄武千寻说道，顾自往前走了二十来步，点地一跃而去，凌空翻腾，用玄冥盾正面撞击土地。一声沉闷的巨响，地面陷出一个深坑来。千寻跃出坑，拍拍身上尘土。

"少侠好身手。"凛央子提起头颅，抱起尸体，朝那深坑走去，"这玄冥盾可随主人的力量渐强，能量根本没有上限。是你们玄武族珍稀的宝贝，既然到了你的手上，你可要好好运用它。"

“对啊，用来挖坑……”她接过尸体与头颅，带着它们再次跃进坑底，将尸首衔接，平整地放好。她试着用手去抚了一下玄武梦寒的眼睛，但这次它们没有睁开。

没有奇迹了……

“高祖，永别了。”她一声叹息，为他念完玄武族的安息祷词，然后爬出了深坑，用四周的石土填了下去，凛央子在旁边默默帮忙。

“你们到底是什么人啊？”围观者中有人问。

“不关你们的闲事，人都埋了，你们可以散了。”千寻回答道。

但是有几个好奇的，依旧凑了上来，在坑洞边指指点点，评头论足。

“你们这样对死者很不礼貌，知道吗？”千寻瞪着他们。

“这又不是你爹，你管葬管埋，还管我们说什么？”有个粗俗的家伙边说边往坑里吐了口痰，“啐，什么东西！”

千寻站了起来，凛央子拉住她的手：“说好不杀人的。”

千寻想了想，咬牙蹲了下去。

凛央子站了起来：“你别脏了手，我来。欺负我老婆的家人，就是欺负我的家人。”

凛央子走向那个男人：“唉，没家教的，我给你个机会猜猜我过去是干什么的。”

“我凭什么要猜？！”

“听着啊，我以前，白发，白眉，白色翅膀，霜雪这样的颜色，说起话来腔调很阴，像这样。”凛央子嘴角弯动，肩膀摇晃，像微风吹动了一下莲叶，“这……就是……惹到我……凛央子……

的下场。”

话音未落，一道寒光闪现。

玄武千寻的玄冥盾沿上沾着一行血迹。

那个挑衅者觉得自己身体斜斜的，低头一看，自己从右腰侧到左肩被一削为二，上半身滑入了坑中，接着下半身也栽了进去。死得连一声都未吭。其他围观者全都吓傻了，愣在原地好一会儿，才鬼哭狼嚎地四散跑掉。

玄武千寻找了一片大树叶，把盾上的血擦了，笑眯眯地说："挺帅啊小伙。”

“喂，不是说了不要你动手吗？”压根没出手的凛央子，无奈地说道。

“你负责积德行善，我负责快意恩仇，不是挺好的吗？”千寻看看坑内的两具尸体，“这下我高祖有祭品了，可惜他身体毁坏太严重，应该是活不过来了。我们继续把他埋了吧。”

千寻推起土来，凛央子也没啥好说的，蹲下身帮忙。

“你以前当白鸦的时候挺威风的呀。”她说。

“少提督嘛，风光过一阵。”

“那时候嗓子好细，比太监就粗这么一点点。”

“也不准婚娶，也不能动情，就是一奴才，说穿了和太监也差不多。”凛央子现在挺坦然那段过去，“不过，不是说好不聊的吗？”

“要是我刚才不出手，你会怎么杀他？”

“真的不知道，变成普通人后，我还没有动过武。我想可能是锁手折颈这一招吧。”

“你可以对我试试，我看成不成，反正你伤不了我的。”千寻与他切磋起武功来。

凛央子含糊地比画了一下。

“哎呀，认真点，认真点。”

“认真个鬼啦。”凛央子说着，突然一下擒住千寻的手朝身后一锁，一把扼住她的咽喉，然后亲了她脸颊一下。

“哇，速度挺快的其实。”

“少唬人了，差过去很多，我自己心里清楚。换以前，如果能和你对战一场，打到你哭还是没问题的。”

“放屁！老子打到你哭才对吧。”

“呀，小样的！跟你相公爆粗口。”他掐她的脸，两个人连比画带胡闹地吵了起来。完全没有注意到，深坑底下被泥土埋了七分的玄武梦寒，面上溅到了那名被杀者的鲜血。他的眼皮轻轻动了一下，细微得难以察觉。

坤宁宫

雀丹燎空堺冲进宫殿，看到那张大半化为灰烬，还保持着形状的婚床，床上有一具已经被烧成焦炭的女人的身体。

“我杀的她。”雀丹飏用毯子裹着影娘，两个人紧紧抱在一起。雀丹飏冷冷复述道：“她说她叫鸢尾紫绮，朱雀血统，堺王王妃的亲妹妹。完全就是一个疯子。”

“她，对你们做了什么？”雀丹燎空堺惊诧地问。

“在我的大婚之夜，在合卺酒中下了迷药，羞辱了我与我的妻子。”雀丹飔说到这里，心中只觉得恶心，恨不能将那床上的焦炭再毁成粉末。

“我知道她顽劣骄纵，还不知道她会做出这样疯狂的事。恕我，来时焦急心切，没有好好整顿军务，错将她带到京城，毁了你俩的婚礼，希望这件事不会影响到你们。”

“我真的不愿意再想起她，请将她的骨灰远远带离京城。”

“行，我这就派人将它收拾干净，送回南海。”雀丹燎空堺向宫人们使了个眼色，心想若早一步将她送走，也不用赔上一条性命。宫人们忙碌收拾，雀丹燎空堺看向惊魂未定的小两口，也不知道该安慰些什么，黯然退了出去。

影娘在雀丹飔怀中一直发抖，泪落不止。

雀丹飔一把将她抱起，带她走了出去，缓缓步上阶梯，走上七星阁，来到最顶层安静的角落，将她放下。碧空万里，艳阳高照，澄澈的天色下，让人想不起这世上种种的阴暗与可恶。

“影娘。”他一手握着她的手，一手挽着她的美颈，与她额头贴着额头，“我知道，在你心里，经过这一幕，那个完美无瑕的雀丹飔一定破碎了，即使拼回来，一定有缝隙，一定有阴影。但是我要你记得，要你知道，无论我多么脏污不堪，我心里永远会有一方净土，那里只有你，唯一的你。”

影娘不说话。

“我深爱你，对不起。”他亲吻她的额头与嘴唇。

“雀丹……”

“嗯？”

“为什么？”

“我……”

“为什么……这么难……”她轻声问。

“什么？”

“为什么，爱你们这样的男人，这么痛苦，这么难……”她的泪水如同脱线珍珠，大颗大颗地滚落，“我以为我准备好了，其实我并没有。这一切只是刚刚开始……”

“不！不！影娘，别把这些话还给我。我迷失的时候，我还有你，你迷失的时候，同样也有我呀！”

“你的痛苦，来自你的皇权；而我的痛苦，却来自你。”

“影娘，要知道，若不是被设计，我绝不会想去伤害你，我根本想象不出会发生这么恶心的事情。我恨那个女人！恨到想将她挫骨扬灰！”

“还会有别的女人，对吗？”

“不！影娘，别这样想！我不是兰霖，我这辈子心里只有你。”他紧紧抱着她，恨不能掏心挖肺地向她剖白。

“雀丹飚，我后悔了。”她说，“我不喜欢你在人前，我不希望你坐拥天下，我想你是我一个人的。我真的后悔了，我心里的那个声音告诉我，我真正想要的生活，是和你一起，生活在……”

“影娘，别说了，影娘。”他垂下头，打开衣服，让她看他胸口的朱雀印迹，他将她的手轻轻放在上头，“我身体里跳动着的，不是我的心脏，是朱雀神魄，是火焰，是未来。影娘，请相信我，能在这座皇宫给你一个家。”

影娘的手指，轻轻滑过印迹，它很烫，高于常人的体温，它是雀丹飏身体的一部分，一样那么美。

“我做不到，太难了，雀丹……太难了……”

“再试试，我们一起再试试，影娘，深爱一个人，就会从心里不舍得，对吗？”

“深爱一个人，就会从心里不舍得……”她呢喃着，合上他的衣服，依偎进他的怀中。

“影娘，请你为了我，再隐忍一次，我保证是最后一次，我一定会用我的权力保护住你的幸福，我这一生绝不会再有任何女人，雀丹飏这一生只会有你影娘一位妻子，你是我未来也是永远的皇后。”

“雀丹……”她泪眼迷离。

“别哭了……”他心疼得吻去她的眼泪，“我们离圆满很近了，再往前走一步，就一步！就能达到永恒的幸福了。”

“雀丹……”

“影娘，相信我。”

“我……”她沉默，俯在他肩头哭泣。

“雀丹飏，你要记住，你很痛苦，但你选择留在这里，是为了你自己。我很痛苦，我选择留在这里，是为了你。”

说到此，影娘失声痛哭起来。

“我知道，我知道，我很感激你，影娘，你是我一生挚爱，今生唯一的伴侣。我对此充满感激与庆幸，谢谢苍天给我这苦难的一生，赐予了你。”他吻她的眼泪，竭尽全力安抚她。

雀丹飏哽咽了一声，终于忍不住感慨，也陪着她一起低声啜泣起来。两个伤心人在高阁上紧紧搂在一起，虽是晴阳之下，却莫名带着寒夜素雪的哀伤景象。

此刻，捧着黑匣的宫人急匆匆走出坤宁宫，黑匣中装着鸢尾紫绮的骨灰，这是不祥之物，要急速送出去。奇怪的是刚走了几步，宫人便觉得那黑匣在微微颤动，宫人吓了一跳，停下来盯着黑匣，它像是平静了。宫人继续往前走了几步，它又瑟瑟晃动了起来，匣中发出一声细微的悲鸣声。宫人吓得差点把黑匣扔掉。

“把它交给我吧。”一名宫人迎面而来，从他手中取走了黑匣。

“你……你是……”宫人觉得来者很面生。

“惨死之人，必是恶鬼。你要是不怕，那就继续由你处理。”陌生宫人道。

宫人一想很是胆寒，急忙挥手：“还是交给你办这差吧，远远带出京城，找条河扬了就好。”

“呵呵。”陌生宫人冷笑了一声，捧着黑匣走远。

虽是宫仆的制服，但怎么看都没见过。宫人望着他的背影越来越远，心中蹊跷，但也不觉得这事会有多麻烦，便扭头忙自己的去了，再也没对谁提起过。

第二十七章　忘情水

安雅城

青铜色的砖瓦上，积着一层薄薄的雪，青白相间，让建筑古朴的安雅城，显现出一层素净清透的质感。

龙王普摩，身着一身灰蓝嵌银的安国铠甲，仗着厚重的雪虚长剑，威严地踏上五层楼高的拱廊。他临空眺望着，看着遥远天际滚涌的雪云，双眉渐渐蹙起，用一副沙哑粗糙的嗓子，召唤身后的军谋。

“你们看东方。”

东方？众人犹疑地看去，那不是雪云吗。跟随龙王普摩一生戎马的战士，哪一个没见识过类似场面，普摩的暴雪咒，一旦施行，便有如此壮阔的景象。只是京城未到，战局未开，为何要兴起这么大的架势呢？众人迷惑不解，再一思考一观察，人群顿时躁动起来。

没有人知道那汹涌云潮到底是什么，从东方快速涌来。直到一直飘着细雪的天空，落下一片白色羽毛，停在普摩眼前的栏杆上。他捻起它，细细打量，又从侍官手里取来望远镜朝天上瞧。

一个白发白眉，身有双翅的白衣战士，高高停在空中，此刻朝他俯冲而来，在众人眼前打了个旋，高声禀报道：“青龙新帝即刻便到，藩王普摩请接驾！”

尾音未落，便振翅朝东方飞去，与那一大片白云汇合。

“青龙新帝？！谁允的你自称新帝？！”普摩大怒，吹了一声响亮的口哨，一匹青色天马从阁楼上的马厩振翅飞了出来，停在廊前，普摩一个单手撑，翻越出去，稳稳地跨在马背，策马追随那只白鸦飞了出去。

天马速度极快，转眼拦在了那只白鸦身前，凌空中普摩拔剑指向他，立着眉毛凶狠地说道：“莫以为我身在边疆，不记得宫里事，你们白鸦什么时候轮到你这只无名小卒来我跟前通报？！无束与凛央子在哪？！”

“皆已经不在了，一死一贬。而今白鸦无封将。”

“那你又算是个什么东西。”

“是个替我传话的孩子。”一个清朗的声音在普摩身后响起。

普摩紧锁眉头，缓缓转过身一看，眼前立着的人物似雪霁之天，皓洁明净，修长挺拔地站立在飞天辇上，少年英姿，颇有青龙先帝遗风，让人会心一喜。但左脸颊上的面具着实可恶，一看便是玄武族的东西，普摩便用剑指着它，恶狠狠地说：“异族之物！丢掉！”

“呵呵，我就说吧。”鸦神从兰霖身后露出脸来，“你要老带这个式样，你的族人都不会待见你。”

“你是鸦神女？！”普摩吃惊地看着她，“你明明被青龙封印在蓬莱，怎么有资格离开？！”

鸦神一听便怒了，冷眼看着他：“呵，藩王普摩，你可别以为你有资格来议论我！”

兰霖不动声色，静静观察着普摩，皮肤黝黑，言语专横，可见是个刚愎自用的男人，新继承了他父亲的封号，年纪也不过三十五六岁。自己尚未正式封王，照亲缘关系，要叫他一声堂兄。对付这样的男人，谦卑礼让点反而讨他亲近，尤其是在鸦神如此嚣张的情况下，退一步，让普摩二中择一，将来也多了个制衡鸦神的助力。

兰霖向他行了一个晚辈的礼，笑着说道：“普摩堂兄说得对，只不过我龙霖没用鸦鼓，单凭身上的龙鳞为证，向鸦神讨得了这十万白鸦兵。这面具是我们的誓约，龙霖是言而有信之人，所以不得擅自取走。”

“可为什么是骷髅形状。”

“我又没叫你戴骷髅形状的面具。”鸦神道。

“龙霖长相过于娟秀，带兵入阵怕无威慑力，这骷髅面具能增我杀气，我并没觉得有什么不好，也并不觉得它就一定是玄武之物。”

“哼。”鸦神在旁边冷笑。

“请普摩堂兄理谅。”

“你真有龙鳞？”普摩昂首看着远远的云潮，那汹涌之景竟全是白鸦的羽翅构成。

兰霖丝毫不介意他的质疑，欲解开衣衫给他看后背，鸦神伸手制止他。

“你怎么此刻失了威风！你是真龙天子，与他这一封疆小王证明什么，他有什么资格来看你的龙鳞？！”

“你！”普摩顶恨人小瞧他，不由火冒三丈。

“唉，普摩堂兄是我的亲人呐，亲人之间，有何顾忌。”兰霖自然不听从鸦神，坚持解开衣裳，让普摩验看了龙鳞。

“咝……”普摩倒抽了一口凉气，“我收到朝中内臣拼死送来的书信，怎么都没想到龙王聂就这么一夜间丢了天下。信中太多事写得含糊不清，可万万想不到这龙王聂竟是个假皇帝？！”

“我早说过，不要与人族通婚，人族只配被奴役。”鸦神道，“真正的龙子，就被一个人族皇后换掉了，在外颠沛流离吃了这么多苦。皇宫内鸠占鹊巢，一个贱民和恶妇祸害宫闱，毁乱朝纲，白白将青龙天下送给一个朱雀囚徒掌管。真是又悲哀又可耻。”

“你不过也是青龙的囚徒，不配议论皇族事！”普摩冷冷道，不知为何，鸦神美则美矣，但他就是看不惯敢在他面前狂妄的女人。他一贯认定，身为女子，若不贤淑谦卑便该死。

“你好大的胆子！我是龙王霖的妻子，是你的皇后。”

“哈哈哈，青龙后宫，从来没有资格干涉朝臣！管你什么皇后不皇后，不过是生育的工具！”普摩说了一句大不敬的话，话中之意其实是大战未了，到底谁称帝还难说。

“杀了他！杀了他！”鸦神咆哮起来，“有我十万白鸦兵为你助力，还要他这雪暴军有何用！”

普摩也吼道：“我雪暴军没用？！要不要和你这些白乌鸦打一场试试？！”

兰霖两手抬高，慢慢鼓起掌来："不错不错，我倒是想见识一下控雪术。龙王在东，翻江倒海；龙王在北，暴雪狂风。是青龙皇族的男儿，就得是天上天下，唯吾独尊的气势。堂兄你是有王者之仪的人，我十分钦佩啊。"

"算你有见识。"

"什么？！霖，你何苦自降身份地讨好他？！"鸦神大感沮丧。

兰霖将手伸到她背后，轻拍了一下她的腰，什么也没说，只是对她美美地笑了笑。鸦神顿时觉得骨头都酥了，低眉顺眼地回了他一个笑容。

"你们是来谈情说爱的，还是来打仗的？"

"原本是要直赴京城，讨伐朱雀。我的先锋军回报说，龙王普摩刚到，军驻安雅城，我们便绕了一个弯，先与堂兄你会合。我龙霖自幼生长在江南酒庄，虽对青龙皇族不熟悉，但是百姓间流传着西北龙王的盛名，镇守北疆，保家安邦，是世上少见的英雄与悍将。龙霖听着这些长大，对堂兄与叔父深怀敬意。无论如何，身为晚辈的我是一定要先过来拜会堂兄的。"

"你们白鸦军飞得倒是快，竟不先去擒杀朱雀异贼，占了王座为先，反而顾及我的面子……呵呵……"普摩毕竟是听了恭维话，情不自禁地笑了起来，"怎么，是怕我率军南下，跑了一趟无用功而失落吗？"

"不辞万里，南下救国是何等的忠义壮举，我可是只有钦佩啊，堂兄。"

"你就不怕我有私心？"

"举贤不避亲，凡事自有天意。我龙霖是懂事人。"

“好一句懂事人！哈哈哈。”龙王普摩仰头大笑起来，“小子，你也给我听好了，我既背了这个忠字，就绝不会当一个逆臣。青龙家有青龙家的规矩，天子是龙神挑的，既然他挑的人是你，我就会帮助你，绝不贪天之功！”

果然是个顺毛驴呀，兰霖心中暗笑。

“只是，你得管好你这个女人。”龙王普摩瞪了鸦神一眼。

“你！”鸦神气得直咬牙。兰霖将她挡在身后，浅笑一句讲和：“你们都是为我好，我分得出好坏轻重。”

“那就好。小子，你的先锋军可有替你探听到京城情形？”龙王普摩话锋一转。

“我们转道来了安雅城，那一批哨探还不曾归队。”

“呵呵，我这边已经有了第一手的情报。恐怕你听到时，也会像我一样扼腕叹愤。”龙王普摩的神色变了。

“怎么……京城发生了什么……”

“南海朱雀王雀丹燎空堺带军北上，应是知晓兵力稀薄，便用朱雀神魄召唤出了炽焰巨人，整整焚烧掉了一片仙真区，用千百人口火祭。仙真区居民皆为青龙族与人族通婚后繁衍的后代百姓，其恶毒与凶残，俱是对我们青龙的疯狂报复！”

兰霖听到此，沉默良久，面色哀伤。“我离开江南时，江南水难，亡者不计其数；雀丹飚夺宫后，他的弟弟雀丹炅残害青龙皇族，又是死了无数，如今可怜这些无辜百姓，化作悲凉亡魂。你我，怎可再让那朱雀火燃烧于龙空之下！”

“朱雀火能化雪暴，我正惆怅，你这白鸦军来得正好。只是能破解炽焰巨人的，非得你青龙帝的控水术，你可通晓它的最高境界？！”龙王普摩好奇地问道。

恰恰问在死穴上。兰霖看了看鸦神，将双手无奈一摊。

“你不会吗？”鸦神与普摩再次异口同声地问道。

难道你们也不能教我？！兰霖用眼神表达，尴尬得笑了一笑。

三人顿时哑然无声。

铁翼营

雀丹燎空堺双手用力摁着额头上的穴位，以此来缓解头痛的苦楚，不知从哪年起，染上这么一个顽疾，药石不灵，只有在疼痛的时候，独自默默承受。

“若肯用巫药，你这头痛早就好了。”一个粗糙的嗓音突然在他身后响起，声音委实难听，就像两张摩擦着的砂纸。

雀丹燎空堺一惊，回头一看，是佥事鹤关，但那明显不是他的声音。雀丹燎空堺拔出佩刀，指着他冷冷问道：“你是谁？”

“堺王，我就是鹤关啊。”佥事诡异地笑着。

雀丹燎空堺冷静下来快速想了想，说道：“有些声音过耳不忘，你是真卿长老身边的烧丹弟子九猿吧。”

“哈哈，堺王就是堺王，连我这种无名小辈的名字也记得一清二楚。”佥事将脸一抹，化去障眼法，露出原本的面孔，但这张面孔上用永远无法洗去的朱砂色颜料画满了符印，双瞳颜色发白，目光像狼一般凶狠，即使是白昼看起来也十分可怖。

“哼，我忽然明白，鸢尾紫绮是用什么办法混迹在铁翼营中，原来是有你的巫术相助。你到底还在我的营中藏了多少人？”

“只有我们二人而已。”九猿说道，“我深深喜爱着紫绮姑娘，她想跟来京城玩耍，我就帮了她一下。”

说到这里，雀丹燎空堺原本该指责他的罪过。但是想到鸢尾紫绮已经惨死，话便停住，二人静默对视，雀丹燎空堺只以长辈的口吻道：“胡闹，念你是真卿长老的弟子，我不用军规责罚你，你速速启程回南海去吧。”

“真卿长老已经惨死在雀丹炅手里，师傅死了，弟子们散了，等于我的家也没了，我回南海又有何意义。”

“你留在京城一样是无用。”

“呵呵。堺王说的没错。自古朱雀兴巫重道，历代帝王与巫师都有解不开的渊源与倚重，唯有堺王您不一样，对巫师虽尊敬却避而远之，长老们世袭国师礼遇，却没有实权。我留下来只能是一个平头百姓，自然无用。”九猿显然是奚落与责备的口吻，语调一转更是愤怒了起来，“若不是这般冷遇，您的儿子怎么会有胆量残杀长老？！为了逼迫玉玺与朱雀血的下落，真卿长老在我们面前被他一截截砍断了身体。我们当时用巫术抵抗了吗？没有。为什么不呢，是因为还念及您是我们的王！堺王！心寒啊！”

这番话说得雀丹燎空堺愈发头痛，他不得以坐了下来，调整气息。“我知道我对不起你们，我也重惩了雀丹炅，用他的性命来告慰长老们在天之灵。”

“但还是要回避巫术，回避您祖宗们的信仰是吗？”

“怪力乱神，怎可做国之根本。”雀丹燎空堺紧锁眉头，疼痛使他的语调失了君主的力道。

“您坚信回避巫术，就是避免朱雀族孱弱多年的根本，是吗？您真心想做逆转祖业的一代圣君？堺王！朱雀何以成为朱雀？！为青龙所制多年，并不意味着要将自己变得像敌人一样啊！”九猿痛心疾首道。

雀丹燎空堺勃然大怒，一拳砸在案上。“一个黄毛小儿，妄论什么国之根本！烧丹之巫，妄论什么青龙朱雀！”

“行……”九猿冷笑着点头，“我来，也没打算过真能说服您。我算是个什么东西，呵呵呵呵。”

九猿说着，用手缓缓抚脸，又变回了佥事鹤关的模样。“去鬼市卖蛊，也比在南海数日子等死来得强。”

“那就去啊！”雀丹燎空堺强忍头痛，厉声吼道，“趁我还没改主意惩治你前，滚出我的军营！”

“行。他日再见，愿君莫悔。”九猿点头，冷冷吐出最后一句，阔步离开了军营。

“疯子！这一代人怎么净出疯子！”雀丹燎空堺想到雀丹烎，九猿与鸢尾紫绮，都是相仿的年龄，个性一样极端，自私怪异。压根还没活明白，却对这个世界有诸多理论与建议，自以为能掌控一切，却不过都是黄口小儿的胡闹！

雀丹燎空堺在书案前气得不行，想到雀丹飏，才算是找到了一丝安慰。

九猿离开军营，独自来到森林深处，山泉边，真正的鹤关在那里等着他。一看见九猿，鹤关急切地跑到他面前，双手紧握着他的肩膀连声问道：“你们谈得怎么样？”

九猿摇头。

鹤关再三确认他的神情，失望地连连后退，跌坐在岩石上。“你们要是没谈成，我也就回不去了。九猿，为了帮你，我把我的前程都断送掉了……”

“你依然可以回去，不用跟着我。”

“怎么回去。你变化成我的样貌，还穿着我的制服，拿我的腰牌在军营中行走，堺王又不傻，琢磨一下就会察觉。”

“那你要我如何？堺王对我师尊的死，一点愧疚都没有，他骨子里咬定了巫术辅政无效，咬定了巫术是外道。你让我还能怎样？！”

“你不是有十足把握去的吗？！”

“我有十足把握的是叫他后悔！”

“后悔？”鹤关吓得双手发冷，“你……你要做什么，这可是朱雀立国的关键时候。而且我们不是说好的嘛，要向他证明你的本事，如果你有机会成为国师，那我们……我们不就过上顺心日子了？”

九猿冷笑，狠狠捏紧拳头：“没错，国师，我一定要做，无论以什么方式，无论是谁的天下。”

“最……最后一句什么意思……”

“良禽择木而栖。若无龙门可跃，鲤鱼永远是鲤鱼。既然堺王不是那道龙门，就要去找真正愿为我一掷千金的人！”

“什……什么意思？”鹤关依然很诧异。

“呵呵，你不用明白，你只用选择跟不跟我走就行。”

“我……我……”鹤关扭头看了看岩石上的锦囊，里头装着盛有紫绮骨灰的木匣。心想我要是跟着去了，会不会落得和她一样下场。若是不去，我将来又怎么生活？

九猿走上前，谨慎地抱起木匣。“随你决定跟不跟我走。但我与紫绮办冥婚，请你为我们做证婚人。”

鹤关吓了一跳：“冥婚？你是不是疯了？”

九猿不可捉摸地笑着，并没有回答。

安雅城

“朱雀兵员稀少，原本战俘的人族士兵，也未必忠心为他们卖命。因此绝对不会拉长战线。加上炽焰巨人在仙真区，每次攻防转移，都会吞噬一批城民，他们准备好了一场旷日持久的守城战。即便不能赢，留给胜利者的也是一片废墟。”普摩在硕大的壁挂地图前分析战局，“京城繁盛富饶，灌注着青龙的心血，这场战争偏偏以一国中心为阵地，赌的就是我们输不输得起。”

大殿里各级将士与军谋，有二十来人。盔甲森严，肃穆紧张。在这样的氛围里，兰霖带着两名白鸦，静静坐在椅上，用手指蘸着茶水，在桌上画着一些没特别含义的符号，听完各种信息后，悠悠问了一句：“一定要正面硬拼吗？”

“你有十万白鸦军，能从四面八方的上空，直接控制战局。炽焰巨人只要燃料充足，可以无限增大，用火旋风反击，但是只要你烧得起，十万白鸦军还是能与它对抗……”

“所以我才问，一定要正面硬拼吗？”

“若你会控雨暴，先压制仙真区的问题倒还好说，可显然你不会，偏偏我们的敌人似乎也知道你不会。”普摩这句明显是嘲讽。

但兰霖并不生气，只是笑着摇摇头，表示真的不会，同时想到了雀丹飏。把朱雀堺王、嘉波龙王、十万白鸦军和炽焰巨人全都撇开不看，重重人群之后，他的敌人其实就是雀丹飏这么一个人。他们还像是过去在雀阁相见的第一面——他胸有成竹，他谦卑低微；他步步为营，他退让小心。那个一口一声“朋友”的男人，现在也是春风得意吧？下一次见面，兰霖提醒自己，一定要记得以朋友的身份规劝他一句：宁做太平犬，莫做离乱人。

想着想着，兰霖不由微笑了起来。

普摩走到他面前敲了敲桌子：“大战在即，你怎么这么漫不经心？”

“想着怎么赢，不用全表现在脸上的。”兰霖亲自替他斟了杯茶，“堂兄，喝茶。”

普摩又好气又好笑，一屁股坐在椅子上，瞪着兰霖。“你怎么能这么不着急呢？还是你心中已有对策了？！”

“堺王这个人如何，我不了解。雀丹飏此人，我却是一清二楚。有件事情，我也一直挺好奇的，突然想起来，倒觉得可以试一试。既然硬攻会有巨大的损失，诱攻他们也不敢贸然离城反击。那你我会合在这安雅城，不如少安毋躁。让我用我的优势，去做一件事情看看。”

“什么事情，别卖关子。”

“成，则以一抵万千；不成，也没什么损失。”

“明说啊！”普摩急躁地将杯子重重朝桌面上一拍。

“我们兵分两路，堂兄请派几人乔装改扮去京城鬼市，买一样东西。我会安排白鸦去找一个人。”兰霖说到此在普摩耳边轻声说出了那件东西的名称。

“那你们要去找谁？”

兰霖偏偏没理会，起身带着随从拂袖而去。

普摩怔住了，本以为兰霖对自己事事恭敬，想不到关键时候却又卖起了关子，照理说，他应该发火才是，但不明为何，在这样一个行事难预测的少年面前，他迟疑了。

约莫三天后的破晓时分，兰霖在安雅城清冷无人的神殿里重见影娘。她穿着亵衣，被捆绑得结结实实，无法动弹。白鸦在京城上空不眠不休等了整整两天两夜，才找到机会将独自凭栏夜思的她偷袭绑走。兰霖解下披风，轻轻为她盖上，影娘惊恐地抬头，烛光下，她看到熟悉的身影和半张恐怖的骷髅面具。

“听说你半夜一个人悄悄在露台上想心事，不知道你在惆怅些什么。”兰霖的口吻依然像是在与一位旧友说话，甚至听起来还像当她是一位久别的爱人那样心疼。

“兰霖……”影娘知道捉自己来的是白鸦，现在四角的守卫也都是白鸦，而这雪色王袍男子就是他们的主人，这个人真的是他吗？影娘不敢相信自己的眼睛和耳朵。像是已经睽违了一个世纪般久远，上一次他离开后，她就再没有期望他回来过。

兰霖没有与她面对面，而是走到了神坛边，那里有一瓶水，他用手指轻轻摩挲着瓶子。“我看你挽着发髻，已是成婚的妇人，是嫁给雀丹飏了吗？青梅竹马，不曾喝到你的喜酒，想来很是可惜。”

“兰霖？！兰霖！”影娘叫他名字，往昔爱人，如今却像是看见恶魔一般，“为什么要回来？！为什么？！”

“为什么我不能回来呢？”兰霖反问，“忽然之间，就成了你们的世界，我没有资格存在了吗？”

“你为什么不能去别的地方……好好地生活呢？”影娘垂头哭泣起来。

“你一直希望我去别的地方，好好生活。最初是为了和你在一起，现在是为了让你和他在一起……也罢，我不和你计较过去的事，影娘，现在的你，一定是很爱他吧。”兰霖轻轻握住了瓶子。

“啊！”影娘却是撕心裂肺地喊叫，“不要利用我去报复雀丹飏！我知道你在想什么，别做这种盘算，我情愿你杀死我。”

兰霖听到这句话，诧异地扭头走向影娘，蹲下身用手捏住她的下颌，“我们俩重逢，十句话都没有聊上，你却认定了我要利用你来报复雀丹飏，这么激动，这么坚决。你清楚这意味着什么吗？”

影娘泪光楚楚看着兰霖，他的面具，他的眼神，他的口吻，完全都变了，变得不像过去那个温柔儒雅的他，即便掩饰也掩饰不了。她太熟悉他了，甚至当他被仇恨笼罩双眼时，也清楚他会怎么报复。“我知道雀丹飏对你不好，他抢了本该属于你的一切，甚至还一心想要杀了你。我清楚你们在争夺什么，所以求你，不要利用我去对付他。”

“那你可明白，他曾经利用你来要挟过我？但你却都默许了，默许了他对我的全部欺骗与伤害。在我和他之间，选择彻底牺牲掉我。”

“我们彼此深爱，这有什么错……”影娘痛哭失声。

“难道全是我错了？！”兰霖第一次暴怒了，毫不掩饰他的愤怒，“我曾经觉得是我辜负了你的感情，随你做一切都是我理该承担的。但是你选择站在我仇者的身边，宁愿叫我流离失所，宁愿任由我去死，宁愿让我的族人与城池在你爱人的烈火中焚烧！只要不干扰你的幸福生活，只要不影响你们的爱情，我就必须消失，必须让位？！我接受不了啊影娘，你都知道我不爱你了，我怎么可能为你接受这些，影娘？”

兰霖终于直言不讳出这个答案，影娘一直在追寻但如今并不想知道的答案，他终于亲自说出口，清楚地当着她的面。

“那你为什么又要一再辜负我，一再伤害我呢？！”影娘痛苦地反问，“我是何其无辜地牵连在其中！”

“所以你应该明白，我有多么恨……不，不是恨，他不配。我是深深地讨厌着他，他一手将你牵扯到这整件事里。”

“他深爱着我，需要我，才留我在身边，他与你不一样。”

“有多爱？”兰霖笑，骷髅面具透着森森寒光，“你怎么不好奇他有多爱你？能爱到情愿为你而死吗？他就这么看轻我兰霖，不信我会带着白鸦军重返而来，就这么疏于空中的防范，让我能轻松掳来你？！他到底爱你有多少？”

“这么久以来，你以为只有你饱受磨难？！雀丹飏也很辛苦！”影娘替爱人争辩。

兰霖却针锋相对，一句不让：“辛苦是他的事，没保护好你也是他的错。”

“不！你根本不明白！总之我不想测试他，我相信他。”

“哈哈哈。”兰霖大笑，用手指戳了戳她的眉心，“影娘啊影娘。其实当年你也没有多爱我吧，你对比一下就知道了，差别有多大。无条件地信任一个人，不试探，不计较。你对他与对我，其实不一样。”

“兰霖，你别说了，别说了，一路走来，我也爱得很痛苦……真的很痛苦。”

“唉……”兰霖叹息着站起身，又回到神坛边上，拿起那只瓶子，轻轻揭掉锡封的瓶盖，看看瓶中浅琥珀色的液体，“影娘，撇开我与雀丹飐的私人恩怨，我还背着国仇家恨。就算不计较我与他的爱恨情仇，青龙与朱雀也是永世的死敌。无论我怎么选，从任何一个角度看，战争都已经触发了，只有一方的灭亡才能使一切休止。”

“不……兰霖，求求你，你去战场上与他厮杀吧，我可以接受，但是我求求你，不要用我去伤害他，不要，那对雀丹飐来说太残忍了，太残忍，你真的不明白他经历过多少痛苦，兰霖，我求求你……”她哀声不止。

“还是一口一声雀丹飐，完全无视掉我的苦痛。呵，你当初对我，不外乎是欲望，而今对他，倒是真爱。祝福你们啊，相亲相爱，多么难得。”他邪魅一笑，“可是我为什么要为了成全你们，去牺牲我的战士，他们就不是血肉与生命吗？为了两个不爱我的人，去委屈忠诚于我的人，抱歉，做不到，我想做仁君啊，影娘，不如你成全我？”

“兰霖，我求你……”她泣不成声。

“不可能。”兰霖微含双眸，闪烁过黑暗的光芒。他心里还有一番打算不能明说出来，用自己的白鸦去战场上牺牲，若是炽焰巨人非常厉害，就算十万鸦兵也不经几回烧，当他兵力越来越微弱之时，就是他必须忌惮嘉波龙王的时候。他不会选择这条路，他需要保存实力与嘉波龙王制衡，不能白忙一场，最后又将王冠拱手送人。

“那……那求你……放我回去，我去劝雀丹飏，我与他远走高飞，不与你争……”

“哈哈哈，影娘你在痴人说梦吧？事已至此，就别痴心妄想了。青龙与朱雀本就势若水火，现在更是生死难容。你既然要个保障，不如我就答应你一件事情。我永远不会伤害雀丹飏，不会杀了他。但我的条件是，我希望你……死去，永远离开他，这样我对他的讨厌才可以消除掉，真的，说不定，还能平心静气地继续做朋友。”兰霖提着瓶子走向影娘，盘腿坐下，很温柔地对她说，“怎么说呢，我和他在一定程度上是挺像的，身世、遭遇、脾气、性格。但是命运却差了好多，目前来说，他确实把我想要拥有的一切都夺走了，皇宫、王座、你。有他在，我就像照着一面镜子，我面对着他的荣光，他面对着我的可怜。不应该是这样的……影娘……你懂的吧。”

她点点头，地砖上皆是她的泪迹，这些她都懂。

“所以，我就和你商量这一件事。你消失，我退兵。就这么简单。”

她沉默。

“就这一件事，你消失，我退兵。你再想想。”兰霖提起瓶子给她看，“当时天下与你，我和他都做了一个抉择。表面上，我被迫选了天下。其实他两样都夺走了。不过他肯定会坚持说你更重要，你重于天下，那我就夺走他最重要的那件东西看看，他到底会不会伤心，有多伤心。”

会不会伤心，有多伤心，影娘自己也不知道。

“影娘，你真爱他吗？爱就试试？”他微笑怂恿着，戴着那张面具，像个绝美的鬼。

影娘啜泣着，痛苦地思虑再三，沉默良久，最终说道："你发誓永远不伤他性命，永远不与他为难？"

兰霖耸耸肩膀："赌上我兰霖自己的尊严和整个青龙皇族的尊严。"

影娘忽然苦笑起来："一直在想我的结局会怎样，总是在忐忑，觉得自己不像是做皇后的人……只是很爱他，不想与他分开……原来结局如此……若你俩永世不相争，也好……"

她认命了，深呼吸，终于默认了这个结果。

她注视着那个瓶子，知道里面装着她的结局。也许会是解脱吧，她笑中带泪，终于可以停止面对了，而爱情却会永远停留在这一刻。也好，也好。她闭上眼睛。

兰霖轻轻喂她，看着她饮下全部的药，满意地将瓶子扔在地上。

"我曾经，在一栋草舍门外悄悄听到两个女孩聊天，她们说到鬼市一种名叫忘情水的东西。提到它的那个女孩，活了数百年，有很多见识和阅历，不过最重要的是，她说的话，我都相信。"兰霖轻轻说到这里，看着影娘不可置信的眼神渐渐模糊，她在药力的影响下昏迷倒地。兰霖没有扶她，没有带着一丝柔情，只是漠然地观望着，"那个女孩你也见过，她叫千寻……嗯，不说这个，总之先给你试试，我想它一定会成功的。"

兰霖用手指轻轻探了探她的鼻息，她还活着。

"影娘，叫我说你什么好呢。我说过这么多话，你总是该信的不信，不该信的乱信，叫我怎么说你。"兰霖笑，在这座冷清的大殿里继续与她说话，不过这是最后一句，"我答应你退兵，因为接下来会领兵去打仗的人，要为难死雀丹飏的人，是你呀，影娘。"

兰霖看着昏睡中的影娘，笑微微地站了起来。什么赌咒发誓，除非成为一世的强者，否则尊严这种东西对弱者而言，在这个世上一点用处都没有，只会被人凌辱践踏和利用，还不如当成自己的武器，想怎么运用就怎么运用。

何况，讨厌的人就得教训。

兰霖拂袖，叮嘱白鸦们看守好影娘，她一旦清醒就来禀报。

他朝门外走，看见一直守在外面偷听的鸦神。

“你相好不少呀，除了她，还有谁。”她醋意浓浓地问。

“一定要从神沦为这么俗气的凡人女子吗？”他反唇相讥。

“你……”鸦神想了想，这么追问确实有失身份，只能强忍怒火，改了口吻，“我们夫妻之间有什么不好聊的，我只是关心一下你的过去。”

“没有什么过去，只有一大把未来。”兰霖揽着她，在她额头亲吻了一下，像是哄着一个小宠物。鸦神却也受用，甜蜜地依偎在他怀中。

兰霖继续哄她：“你放宽心且享一个小女人的福气，梳妆打扮，华服美衣。军事就由我与我堂兄思量，我只希望你每天快快乐乐的，好吗？”

鸦神何曾受过青龙宠爱，满意得都快疯了，笑着亲吻他，连声说好。

兰霖也不躲闪，只像是真的与她相爱，那样宠溺与温存。

他微笑着，眼里却没有任何光彩，像一块沉沦在玄武墓室里的寒玉，一点也焐不暖。

第二十八章　人间烟火里的公主

鹿家村

“莲藕炖排骨、糖醋莲藕、炸藕盒、桂花糯米糖藕，总之好多好多！”千寻眉飞色舞地和村妇们坐在一起，一边择菜一边聊天。凛央子在不远处打水，偶尔看她一眼，阳光下穿衣打扮都像个十足的小村姑，不施脂粉，没有钗环，不说诗文，只说菜谱。

“我家老头子呀就是嫌我做菜没味道，也不会翻花样，吃了几十年都是这样。最近你教我的，我回家一做呀，他可喜欢啦！”

“我家那口子也是呢。说起来都一样的材料，可我们怎么就想不到有这么多做法呢？”几个婆婆婶婶欢乐地围着千寻。

“你这么会做饭，你家相公可高兴了。不过你得快点教会他做饭。”一位婶婶好心提醒千寻。

“为啥？有我在，还愁他的吃喝？”

“可你怀孩子的时候，坐月子的时候，不可能挺着大肚子还在那给他做饭吧，教会他几样，也是必要的。”

千寻对手指："生孩子这么遥远的事……"

凛央子挑着扁担跑过来点头："说得真有道理，你还真得教教我做饭。我这么厉害的相公，我觉得你真的会很快就生孩子。"

"不说话又不会死。"千寻拧他大腿。大家笑作一团。

"你们两口子真可爱，就留在鹿家村别走啦，虽然不是本地人，可我们全村人都喜欢你们呀，租着的房子完全可以卖给你们，永远住下别走啦。"一位和蔼的胖婆婆劝他们。

这里就是一个普通的村庄，虽然也是依山傍水，渔歌唱晚，可这风景离他俩想要的差很远很远，纯粹只是路过。凛央子与千寻互相看看，眼神交流，觉得永远留下不可能，长住一段倒是可以。

"如果你在这里把儿子给我生了。"凛央子说道。

"呸，就知道你要讲这个。没羞。"千寻当着好多人面前臊得慌，拍他一下跑走了，凛央子急忙追。身后的人又乐成一团。

"我发现你真的很喜欢人群，很喜欢热闹。"凛央子追上千寻，已经回到家中了。他搁下扁担，往水缸里倒上水。

"对呀，喜欢人间烟火，喜欢人声鼎沸。"

"喜欢人来疯。"他补刀。

"对呀，我承认。以前当作食物，后来发现，他们很可爱。你也是吧？"

"是呀，因为觉得你很可爱，所以看你喜欢的人和事物都觉得很可爱。"他说着，抱住她亲了亲，"给我生个儿子吧，像你一样虎头虎脑的。"

"为什么口口声声要儿子，我偏要生个女儿。"她瞪他。

"女儿也行呀，就是担心以后找不到像我这么好的夫婿。你这样的姑娘，还真不是一般人娶得起的。”

“嘿呀，可别拐弯抹角夸自己啦。”

“不管儿子女儿都好。那，老婆，我们来生宝宝吧。”他坏坏地笑。

“大白天啦！”她扭来扭去。

“哟，你玄武千寻会害臊呀？”他笑，跑去关门，却看见村民们都在陆续往一个方向跑。

“怎么啦这是？”他问其中一个。

“村长家在京城的亲戚，全家老小投奔来了，说是京城出了了不得的大事，我们这都赶去听呐……”村民说。

凛央子看看千寻。

“这是打起来了吧……”千寻小声说。

“要不，就去听听。”凛央子知道她好奇，牵着她的手，一道前往村长家。

“还好我们走得早，花了钱买通了人族士兵。听说在我们后面一批，城门就封禁啦，叛逃的人都得杀。朱雀族可真狠，听说护城河都被血染红了。”刚落脚的人们，边卸行李边与村民们说话，风尘仆仆，看起来都受了不小的惊吓。

“皇城都被他们占了，为什么还要杀人，老百姓只想过安稳日子，又不管谁做皇帝，为难老百姓做什么呢？”村长愤慨地问。

“可不是。尤其是听说西北的嘉波龙王南下救国，要打大仗，朱雀族呀不知道用了什么妖法，一夜间天降火流星把一整片仙真区，一整片呐，化为了火海，那大火变成了通天高的火焰巨人，通宵达旦地燃烧着……视人命如草芥，就这样百姓能不逃吗？谁知道啥时候全家就葬身在火海里呢。我家真心算是逃得快的……”那人还在絮絮叨叨讲着。

凛央子与千寻震惊地对视，心里都知道那是炽焰巨人。

嘉波龙王普摩用的是雪暴术，但雪暴抵抗不了朱雀火，会疾速融化，失去威慑力……兰霖虽有十万白鸦军，空袭有优势，但那炽焰巨人可以无限升高，火焰对白鸦依旧有巨大的威胁。

他会控水术吗？凛央子心里问。

他根本还没学会控水术呐！千寻也在心里着急。不由看看凛央子，不知道鸦神会不会教兰霖学会控水术。

鸦神怎么可能会控水术，青龙对她其实防备得很严密。

糟糕……两个人心里都各有担忧。

一定会牺牲很多白鸦。凛央子为同胞感到悲哀。

炽焰巨人超猛的，除非他会控雨暴，青龙雨对朱雀火……偏偏他不会……万一打不过被生俘怎么办。千寻脸色都变了。

一时间，两个人都郁郁寡欢，听着村民们议论纷纷，心事越来越重。

安雅城

“兰霖？”影娘坐起身，看着地上松散一地的绳索，她不记得自己何时被绑到这座陌生的城池里来的，“我不是……应该在青堂吗？”

她的记忆看来回到很久远的过去了。

“影娘。”他想了想，没太靠近，“你还知道我是谁？”

影娘皱皱眉头，“朋友吧，泛泛之交。你为何戴这张恐怖的面具？”

兰霖笑了，原来连他们那段旧情也抹去了。

“是，没错，很好。”他搀扶她起来，但她拒绝了，“很抱歉我用这个办法请你过来，其实是要谈笔交易，一个委托。希望你能帮我处理掉一个人。”

“谁？”

“姓雀丹，单名一个飏字。”

“雀丹姓氏，朱雀族人。什么来历？”

“目前为止，他是京城皇宫中王座的拥有者。”

“哈哈，天大的买卖。”影娘笑了起来，活动一下手脚，四周一打量，皆是白鸦，“怎么，这是青龙族的地盘吗？为什么你们自己不出手？你一个卖酒的，又何时与青龙族扯上了关系？”

“在商言商，我们就谈交易成吗？”

“找青堂出手，需要一个好价钱和一个绝对合适的理由……”

“我明白，我明白。”兰霖笑，这些他早有准备，每一步都在计算之中，精准得毫无偏差，“青龙要杀朱雀，绝对合适的理由。青堂堂主，也就是令堂，一直钟爱着江南凤仙城，你若助我为帝，这整座城市，我可以赠送给青堂，永世不反悔。”

影娘在他面前来回踱了几步：“虽然不知道你怎么忽然从一个卖酒的变成了一个想当帝王的野心家，但这果然是笔好买卖。”

“成与不成，就看姑娘一句话了。”

“虽然有难度，而且有违青堂不干涉国事的规矩，但……”

“一城之主，不得了的利益呀。”兰霖怂恿道。

影娘点头：“可是一手交人头，一手交城契？”

“不不，不用你杀他，我不要他的性命，我要他好好地活着。”

“哈，那就是断手断脚喽。”

“都不用，我不要你伤他的人。”

“青堂可是杀手买卖，你叫我去不伤他？那要做什么？兰霖，你可别做鬼打算，若不是看在你我相识，我可就要赏你耳光了。”影娘凶狠地说道。

“放心吧，也不是叫你去色诱或什么为难你的事。我会给你一支精锐部队，由你带领，潜伏进皇宫将雀丹飚控制住就行。”

“呵，精锐部队，能有多精锐？杀手从来是独来独往，哪要什么部队。”影娘冷笑，满心瞧不起的高傲姿态。

“我是缺个行军打仗的好将领，十万白鸦军呢，若无好统帅，岂不白白牺牲他们。”兰霖欲擒故纵。

影娘眼神中流露出好奇，“你的意思是……”

兰霖扔给她一块玉腰牌，说：“特地让安雅城的玉石匠人连夜为你赶制的。身为一个足智多谋的杀手，有诡谋的战法与思略，有非常手段，也不死心眼。我偏偏不要我的白鸦军去正面厮杀与牺牲，我有的是时间与朱雀族人耗，你就放心地带着他们去玩，怎么神鬼莫测，怎么干扰，怎么阴魂不散……任由你去发挥。”

影娘接住腰牌，抚摸着这块无瑕美玉，雕刻有青堂的鬼头符，雕着“影”字。她脑海中划过一个很破碎的画面，仿佛是她曾经也赠送过一件类似的东西给兰霖，她抬头看了看他，那半张骷髅面具，熟悉又陌生的故人。实在是记不起来了，一定是幻觉吧。

"行。我明白你的意思了。"影娘道。兰霖微笑点头。

她松了松手脚筋骨，傲慢地问他："所以现在我可以自由来去了？虽然我不清楚你们是用什么办法将我绑来的，但是你给我记清楚，绝对不会有第二次！"

"如卿所愿。"兰霖摊开手，示意绝不再干涉她，影娘阔步走了出去。

她在阶梯上与龙王普摩擦肩而过，一个轻功翻越便不知道去往何方了。普摩紧锁眉头望着她消失的方向，心头升起一股无名之火，这时兰霖缓缓从台阶上走下来，站在他的面前。

"虽然你昨晚已经将你的计划都告诉了我，我也知道这个女子的来历，可是你真的相信鬼市卖的药水有效，相信这个女人能帮你完成使命？"普摩越说声音越大，"而且最令我恼火的是，环绕你左右的怎么都是女人！你信任她们，重用她们，依赖她们！"

这种明显在责备他无能的话，兰霖却只是笑笑，有什么必要与他争论这种事。心中默默回了一句，愚人以天地文理圣，我以时物文理哲。成大事者不拘小节。

"堂兄莫躁。接下来还要仰仗堂兄的本领，也是你最威风的能耐。"兰霖轻松将话题转开，"用雪暴术断掉京城粮草，让那里积雪冰寒，但不用攻击他们。"

"你这种若有似无的战术，就是拖延时间了？"普摩自然明白他想做什么，"呵，你倒不怕给他们时间用朱雀玉玺正式在四神柱前请出朱雀，那时天下可是真正的改朝易主。"

"又能怎样？开国帝是亡国君。堂兄，太在意名义，反而会束缚住自己的手脚。"

“我不像你，心大！什么法子都用，简直是鸡鸣狗盗。”普摩不以为然。

呵呵。兰霖的手指在身后摩挲，善战者，求之于势，不责于人，故能择人而任势。

他一言不发，普摩气生完了又烦躁起来，“罢罢罢，我千里迢迢奔来就是为了维护青龙族的尊严，你这个嫡传正统反而面子里子都不想要，我还着什么急！我就听你的，让干啥干啥！倒是你，到时候别丢了王座哭鼻子！”

说到底是把他当小孩呀，兰霖心想，其实普摩自己倒是个沉不住气的毛躁人。

“堂兄。”兰霖亲热地叫了一声，“龙霖是没有真才实学才来投奔您的。”

“哪里哪里，我看你运筹帷幄强得很。”

“您是镇守西北多年的大英雄，我是初出茅庐的浑小子，如今堂兄对我虽多有责备数落，但也皆是寄厚望于我，为我担忧。我深知好歹，心里感激得很。何况堂兄骂归骂，一切不还是顺顺当当地在帮助着我嘛。您说我器重女人，但我深知我的皇族根本在哪里。对吗，堂兄？”兰霖哄他。

普摩从第一句就已经开心了，每回吹胡子瞪眼，其实就是为了顺耳好听的。他点头，朝上走了几级台阶，故意要比兰霖站得高些，“你心里明白就好。”

何等的明白。兰霖仰视他，微微笑着，笑意深远。龙生九子，人生百态。人分三六九等，劣根性却不出左右。明白这些道理，清楚与糊涂之间，便游刃有余了。

鹿家村

三更半夜，千寻在床上翻来覆去，怎么也睡不着。月光透进窗棂，倾泻在床上。凛央子的轮廓在月色的映照下真是好看极了，千寻轻轻用手指勾勒他的五官曲线，滑过他长长的睫毛，在他的臂弯里像只小猫一样动来动去，但是无论如何就是睡不着。

凛央子终于按捺不住，闭着眼睛问了一句："小脑袋瓜子在想什么呐？"

她吓了一跳，吐吐舌头："什么也没想啊。"

"说实话。"他像个严肃的老师。

"真的是没有想什么嘛……"

"说实话就帮你。"他再引导了一句。

"啊？！真的吗？"她笑着坐了起来，把床单都掀开了。

他睁开眼睛，拍拍她的脸蛋，拖着她趴到自己胸膛上，然后替她盖好被子。"不冷吗小笨蛋，每天身上都冰凉的，躺上床要帮你焐好久才暖。"

"你真的愿意帮我哦？"

"是呀，但是首先，你必须告诉我，你想到了什么？"

"可是，明明是你提议，大家一起说好了再也不提故人的名字和事情。"

"行行行，破一次例好了吧。"他妥协。

"当然好呀！"千寻用力亲了他一口，"真爷们！"

"那当然。"他欣然接受夸奖。

"那我可要说喽，我觉得吧……就是那个谁吧……"

“少废话，快讲。”

“就是那个兰霖嘛……他不会控水术耶，怎么对付炽焰巨人？你也知道炽焰巨人的对吧，只要燃料足够，可以无限扩张的那个……超级厉害的。我们玄武阴兵有多少都不经烧！除非是青龙雨暴可以对付，偏偏兰霖不会呀。你们鸦神会教他吗？”

“鸦神自然不会青龙的咒语。青龙对鸦神真的不好，鸦神用白鸦兵帮助青龙子嗣也是一厢情愿的事。我也为这事担忧，硬碰硬的话，注定牺牲的只能是白鸦。”

“那于情于理，都得帮帮他们，对吧？”

“怎么帮？你会？兰霖的父王早死啦，青龙神也没被召唤出来过。感觉完全没可能了。”

“我倒是有一个死马当成活马医的办法。”

“什么办法？”

“玄武族有一个秘咒，用来调动黄泉水，也就是改变地下的阳脉阴流，让一个地方气运与土壤衰竭，其实是风水咒……”

凛央子超级服气，“风水咒和控水咒，这两者真的是一点关系也没有啊！”

“可是兰霖这么聪明，说不定能通过这条秘咒，参悟自己的本事也难说。”

“从玄武参悟到青龙去？亏你想得出来。”凛央子说完哈哈大笑起来。

“四神早年间还是一体呢，有共性的嘛。”

“哈哈哈！”凛央子觉得太可笑了。

“哼，还说帮我，压根不理解我在说什么。”千寻赌气地拍他一下，不理他了。

凛央子猛地翻身将她压在身下，“考考你，四神为何分裂？”

“我正统玄武皇族，你拿这个考我？”

“不说就欺负你。”他坏笑。

“啊啊，因为各种劣性嘛，渐渐失控分化成了四神，青龙傲慢贪婪，白虎懒惰好色，玄武暴虐杀戮，朱雀猜疑妒忌。这些也成为他们骨子里最鲜明的劣性。以前在弘德殿里读书，成天背这些，引以为戒。但是基本上，大家都是道理都懂，事到关键，错误也全犯的状态。”

“果然是话痨，听着都要睡着了，我们来做些睡不着的事情吧。”凛央子逗她。

“啊啊啊，明明是在讲帮忙的事呀！”她急了。

“如果你真要那么做……你会那个咒语吗？”他问。

“不会，但我知道这个秘卷藏在哪里，在一个有一点点危险的地方，你不用陪我，我自己去取。”

“你都说了有危险，我怎么可能放你独自去。”

“如果我分心保护你会更危险嘛。”

“那就不准去。过好我们俩的日子，不用管兰霖死活。”他霸道地回答。

“明明说好会帮助我……”她不开心了，“答应的事情，说好的事情，我才告诉你的，竟然又变卦，出尔反尔……”

“怎样！我是你相公，说不准就不准！”他用力压住她。

千寻委屈了。

“怎么啦，不开心啦。”

“说话不算话。”

“这么想帮他啊？”

“明明你也想帮你的白鸦兄弟。”

两个人沉默了一会儿。他紧紧抱住她，“就是不想让你冒险。”

“我保证一定全须全尾地回来，保证好好地、安全地回来给你生宝宝。”她笑，亲亲他的肩膀。她又不傻，现在这么辛苦，怎么可能白白牺牲掉自己，“我答应你，一点儿也不冒险，有危险我立马就跑，这以后就再也不管兰霖怎么着了。”

“这可是你说的哦！”

“来拉钩，骗人的是小狗。”她用小指勾住他的小指，两个人像小朋友一样约定好了。

他翻身，将她重新抱回怀里。“既然老婆要去战斗，就不辛苦你啦，好好睡觉，养足精神，好好去，好好回到我身边。”

“嗯！”千寻抱紧凛央子，“无论跑到天涯海角去，这个世上，我最想回到你身边，最喜欢在你身边。你是我的。”

“你才是我的。”

“都是！”她肯定地说，说完笑，觉得身边有他在真好。

第二十九章　不死即战

皇极殿

辰时，禁卫森严的皇宫。手执火把的兵队来回交错着，不停地跑来跑去，他们已经这样疯狂搜索了一天一夜。

雀丹燎空堺手持双锏，站在大殿前以锏为令，当下制止皇宫中所有被雀丹飚调动的军队，去疯狂寻找一个失踪的女人。雀丹飚很快赶到他面前，双眼熬得通红，情绪也几近崩溃了。

雀丹燎空堺上前便是狠狠一掌，掴得雀丹飚发冠凌乱。

“清醒点！只不过是一个女人选择离开你！”

“她绝对不可能抛下我独自离开。”

“这个时候，我们根本不应该浪费时间在这里谈她！清醒点，雀丹飚！”雀丹燎空堺完全不能理解他的感受，并且坚信这种事可以用意志来克服。

与此同时，突然有士兵前来禀报，在西北方的常御殿上空，突然掉下许许多多蛇虫与蛤蟆。因是从很高的地方坠落，摔得四处血肉模糊。雀丹飏愣在原地，似是对这种消息漠不关心，雀丹燎空堺急忙带兵去看。兵分二路，雀丹飏只与十来个侍卫与宫仆停在原地。

“雀丹飏！”雀丹燎空堺半路上扭头吼了一声，但见他失魂落魄的样子，不由心寒，自己攥紧了双锏前往常御殿。

雀丹飏停留在原地，双眼失焦，他独自朝前走，来到四神柱前围绕着它缓缓行进了一圈，心中竟找不到一点神圣的感觉。于是背对着它，对天空大声喊着："影娘，我知道你没有走，你没有离开过，影娘！影娘！"

而此刻的影娘，带着一支白鸦小队已经完成了她的第一次任务，高高飞在云端，观察着宫中焦急忙乱的火光，正得意地准备离去，依稀听见有人呼唤她的名字，撕心裂肺，贯穿云天。她纳闷地问身边白鸦，是否有听见，但他们都摇头不语。影娘左思右想，现在是依靠厚密的云层掩护，倘若贸然飞下去寻找那个声音源头，一定会被发现，尤其她乘坐的是兰霖的飞天辇，外形庞大华丽，不适合潜行作战，她心想着回去后一定要向他更换交通工具，又心想那呼喊声也许只是幻觉，便带着白鸦部队飞回安雅城复命。

她离开的那一瞬间，雀丹飏忽然转身盯着她的方向看，天空中雨云低垂，空气沉闷压抑。他看着这座宫殿的飞檐与兽雕，忽然觉得陌生，觉得由她带来的颜色忽然灰暗了，她的气息淡去，一切又回到她从未曾来时的皇宫，那么丑陋。

朱雀是红色，影娘的红拂也是红色，两抹红却没有融到一起。

他的心重重一沉，有那么一刹那，他觉得已经失去她了，痛苦得连一丝希望都提不起来。

“我在做什么……我到底在做什么……我这是怎么了？”他闭上眼睛，深呼吸，细密的雨滴一点点落在他的身上，像千针刺肤，理智提示他一定要保持清醒，情感上却又沦陷迷茫。他清楚自己在放纵，跟随着情绪胡来，忽然间，龙王聂的脸孔出现在他眼前，阴险地笑着，像是在对他说，终于你也尝到了为情所困的味道。

龙王聂死前的那张脸，就是那样失魂落魄，那样不顾一切地疯狂。

“不……不……我不是你，我永远不会是你！”雀丹飏用力拍打自己的面颊，跟自己说着，“影娘走了，影娘离开了，让她走，让她走，这也是为了她好，不要想，不要想！”

可是越说越痛苦，他是那么需要这个女人，落在他的心口上的朱红，成为他永远的精神支柱。

因为她在，心口才温暖着，但她不在了。

一切皆成了黑白。

不知该如何是好。

“影娘……回来……你可以神不知鬼不觉地离开，我却要怎么办……”

“活该！”黑暗中，龙王聂冷冷的声音。那些不甘心的亡魂，在这座宫殿里阴魂不散。

“不！”雀丹飏捂住耳朵，不要听这个声音。

雀丹燎空堺策马冲了回来，凌空跃下马，上前一把揪起雀丹飏，给他看手中的白色羽毛。“是白鸦！你的死敌回来了！他成功召唤出了白鸦军！他们在空中！”

雀丹燎空堺短促但凶狠地喊着，他是最急于让儿子清醒的父亲，一点情面都不讲。“你是要让自己毁在这个女人手上，还是振作起来面对你的敌人？！”

敌人……白鸦……

“我一直以为那是嘉波龙王的飞马，可确实是白鸦！必须在皇宫各处高阁顶部部署下火坛，让炽焰巨人看守皇城上空！”雀丹燎空堺说道，“如此一来，我们还是占有优势。只要他们永远不会调动出……”

“青龙雨暴……兰霖……”雀丹飚默默念出这个名字。

“你没能杀掉的那个人，兰霖。”雀丹燎空堺恨恨地说，“其实，我早就暗中调查过，曾经在你眼皮子底下亲手放走兰霖的人，是影娘。一个被你敌手舍弃的女人，你偏偏要捡起来。要是没有她，你不知道会比今天成功多少倍。你卧薪尝胆走到今天，难道要被世上最没有意义的男女之情毁掉一切吗？！”

“我们……”

“龙王聂是怎么死的？！你说！”

又是这个可恶的名字，雀丹飚抗拒道：“我和他不一样！”

“他的王位就是毁在女人手上！是什么女人重要吗？！一样都是祸水！”雀丹燎空堺嘶吼道。

“啊！”雀丹飚痛苦地咆哮回应，被雀丹燎空堺兜心一脚踹飞了出去。

他倒在地上吐出一口血来，捂着胸口苦笑。

“清醒了吗？！你犯下巨大疏漏！死敌的强大来自你的失误！

雀丹飚，这可是天大的漏洞，你必须亲手去弥补！！”雀丹燎空堺用锏指着他，“再不振作，再不清醒！下一次就是用它来教训你。一个男人最难堪的是死于愚蠢！与其见你为一个女人颓废到死，不如当我从没生过你！”

雀丹飚抹去口角鲜血，心说，过去那些年，你又何曾当作生下过我？

雀丹燎空堺看着雀丹飚冷冷的眼神，只觉得一阵剧烈的头痛，也许是意识到了自己将巨大的恐慌和焦虑强加在儿子身上，他却无能为力，只能残酷的鞭策。雀丹燎空堺长叹一口气，口吻缓和了一些：“就当她离开你了，放手吧。就当是为她挣一个太平盛世，等她感到安全可靠了，自然会回到你身边。”

说到此，雀丹燎空堺头痛得微微一个晕眩，双脚颤了一下，但他坚持住不让儿子察觉。

雀丹飚果然没有发现，沉默良久，默默地点了点头，宫人们试图搀扶他起身，他拒绝了，努力靠自己爬了起来，向父亲作揖请罪。雀丹燎空堺没有什么是说错的，字字句句都是为他好，是时候该清醒了，好不容易走到这一步，不能功亏一篑。就当她短暂离开了，因为伤心因为疲惫，因为什么都好……

她……雀丹飚的目光突然停在羽毛上。

“她会不会是被白鸦掳走的，趁我们没注意空中夜袭掳走了影娘？”雀丹飚猛地反应过来。

“从你的床上？你会不知道？”

“我……我醒来时，只见到露台的门虚掩着……我以为影娘轻功极好，所以离开了也是悄无声息……”

雀丹燎空堺默不作声。

“我们一定要尝试抓住一只白鸦，拷问出影娘的下落！”雀丹飏欣喜。

雀丹燎空堺依旧不回答。

“怎么了，难道我的推测没有可能？”

雀丹燎空堺冷冷摇头，告诉他：“我只是想到，万一中的万一，影娘被掳，成为要挟你的人质。我不会管你怎么想，不管你任何阻拦，两军阵前，我绝不会顾她死活。”

“父王！”雀丹飏心一寒。

雀丹燎空堺紧锁着眉头，负手离去，再不与他争辩，一切争辩都毫无意义。只希望影娘是真的离开，而不是被俘，否则……他亲手杀了她也在所不惜。

也许是气急攻心，也许是忧思过度，雀丹燎空堺无法忍住头痛，走出十步后双眼一黑，全身瘫软了下去。他身边的将士都傻眼了，没有一个来得及伸手搀扶住他。雀丹飏震惊地冲上前去将父亲抱住。

雀丹燎空堺鼻腔中涌出浓浓的两道黑血来，他竭力睁开眼睛，视线模糊地看着雀丹飏。

雀丹燎空堺满腹沧桑：“我怕，我连恨铁不成钢的时间都快没有了……”

“父王，您这是怎么了？”雀丹飏担忧地问。

“你听我说。”

“飏儿听着。”

“你怪我残忍也好，无情也罢，女人与王国之间，你只能选一样。好好站起来，去面对你的敌人。或者……你趁早退出，去找你的爱情……我，雀丹燎空堺会誓死守在这里。来时我就已经决定好了，哪怕马革裹尸，哪怕挫骨扬灰，也绝不回南海那个耻辱的地方！玄武没落，青龙凋零，白虎懒散，这是朱雀最好的机会，错过了就很难再有！”说到此，雀丹燎空堺一把握住雀丹飏的手，紧紧攥着，“告诉我你的选择，就现在，告诉我，你从小吃了这么多苦是为了什么。”

雀丹飏哽咽了。

“给我一个答案！”雀丹燎空堺激动起来，头也再一次剧痛，他不得已痛苦地呻吟了一声。

“我选择与您并肩而战！”雀丹飏说道。

雀丹燎空堺欣慰地笑了：“那我们一定会赢，我有强大的直觉，我们会赢。”

雀丹飏含泪点头。他默许了自己战斗下去，也就等于默许了影娘的离开甚至死亡。但他一直往前行进着，没有半点退路，他突然恨那一天硬充优雅与情怀的自己，没有用最快的速度结果兰霖。为什么要享受那一丁点可怜的优越感，如今只能一切重来。

重新战斗下去。

没完没了，何时是个尽头。

幽山镇狱殿

幽山之土有毒，虽不伤人畜，却不生花树。巍峨群山像是从泥土里长出的钢铁，黑红如鬼，万丈厚土，寸草不生。四面八方尽是险山恶水，人踪绝迹。千寻日夜兼程来到这里，北方风雪正盛，她来时雪却停住了，四野静悄悄的，只听得到她独自行进，靴下“咯吱咯吱”的踏雪声。

她很小时候来过镇狱殿，依稀记得此地地图，手执一副罗盘，凭着风水定位就能找到入口。到底是玄武族自家造的密室，有何等机关，都逃不出她的计算。眼看稳当当入口便近了，却见那龟壳形的门洞被火药炸开了一个大窟窿，显然有人潜入过这里。

不应该呀，镇狱殿一来秘密，二来压根不藏珍宝。说穿了是玄武族的一座私家图书馆，不是本族人还看不懂呢，冒险杀进这里偷东西一点意义都没有。千寻心想哪些人这么不开眼敢闯阎王殿，点亮油灯从窟窿里钻了进去，结果脚下一个踩空，笔直往下摔落，滑过一条漫长的通道，骨碌碌掉到一个冰凉的水池里。

千寻嗷呜乱叫着爬上岸，破口大骂：“杀千刀的贼，玄武家的地盘也敢动炸药，看！看！把机关炸开了吧，把老子我都弄倒了！”

“谁！”黑暗中一声吼。

千寻吓了一跳，擦擦脸，在黑暗中摸索墙壁。

“谁在那儿！”又是一声吼，男人的声音。忽见一道红光从远方晃了过来，光如烟与影，变化成凤凰的样子，展开翅膀朝前冲来。

糟糕，朱雀毒烟。千寻连忙捂住口鼻，一下匍匐到地面，可以肯定的是，对方也看不到自己，所以用烟探路。红烟掠过她的头顶，朝方才的笔直通道冲了上去，千寻这才缓过一口气来。

她想了又想，决定与对方沟通沟通。

“喂！都是盗墓的！有话好商量！”

“撒谎，你刚刚说是玄武家的。”对方拆穿了她。

唉哟，听得可真清楚。千寻心中掂量了一下，反而不怕了，跳起来大声说道：“对，我是玄武家的。我来时看雪地上没脚印，你们也被困了一阵了吧，再没人救就得死在这里。这儿又黑又冷又没食物，好在来了我这么一个认路的，你们看是讲和呢，还是鱼死网破地斗上一斗？听清楚我真是玄武族的哦，在我家的地盘跟我打，就等死吧！”

这堆话扔过去，对方果然静悄悄的。

“玄武姑娘……”忽然响起一个陌生的声音，难听低哑的就像两片粗糙的砂纸在摩擦，“我们讲和。”

“哟，你们到底有几个人？”千寻问。

“只有两人。”

“大家说好甭使诡计啊，你们要是阴我，就真的只能在这里等死了。”千寻再次声明了一遍。

“一言为定。”对方倒也爽快。但是随即传来小声争辩，好像第一个说话的男人在计较说玄武族的都是吃人不吐骨头的鬼。

“你俩别动啊，我知道壁灯的机关在哪里，我来弄。喂，你俩怎么称呼呀。我叫玄武千寻。要是听过我名字的可别害怕哦。”千寻说，对面一片静寂。应该是被吓到了。千寻吐吐舌头，摸到墙壁上雕刻着的各种特殊符号，按照指示一点点摸出壁灯机关的位置。

就是这儿了，千寻朝拳头上哈了口气，一拳朝墙板砸去，只听“砰”的一声响，果然是中空的，千寻扳动藏在里头的铜柄，甬道两侧的油灯自行点燃，虽不亮堂却也足够照明。

千寻侧脸，看向离自己二十来步远，轮廓有一半隐没在昏暗中的两人，笑眯眯地走向他们说道：“胆子挺大呀，敢闯镇狱殿。这儿不藏宝贝你们知道不？！藏的都是经典书籍，偷出去也没用。何况这儿特别危险，你看刚才那潭水，搁在狠点的玄武帝王陵中就是强酸，掉进去骨头渣子都化没了。懂我意思吗？玄武族的墓不值得拿命来盗，因为我们的钱，有命来拿，没命去花。懂不？”

九猿缓缓摘下斗篷，捧起搁在地上的木匣，朝前迎了三步，忽然跪下。跟在后头的鹤关愣住了，不明白他为啥要跪一个来路不明的小姑娘。

“朱雀族真卿长老门下弟子九猿，叩见玄武族花笙万乐公主。”那个破损的声音说道。

“果然知道我是谁，连我的封号都清楚。”千寻笑了，“八百年没听到有人叫我万乐公主了。万乐千寻，注定我是为了找乐子而生的……嗯……等等，朱雀真卿长老？是朱雀大巫士吗？我离开人世有点久，但这长老名字是世袭哒，我还猜得出来……你们跑这儿来干吗？”

千寻走到他跟前，看着他的满脸红符。

“不瞒公主，我为找《玄武中阴卷》而来。”

“找着也看不懂，不骗你。四族的秘密经文是不通的，不只要用眼睛看，还得有天赋去感悟……你这满脸符咒，是打小入门的巫师弟子吧，有符文刺身的加持后行朱雀法术会增强能量，但也就此被封印住了智慧，想看懂玄武族的东西更是别想。”

“但我自学了一些幽冥术，玄武有留在朱雀这里的战利品，我们也研究。”

“哦！这我懂，但是画虎不成反类犬嘛。说破天去也没什么大能耐，就凭这个也想闯镇狱殿……等等等等再等等……莫非你有什么迫不得已的事情吗？”

九猿点头，将木匣往她跟前捧了一捧。“我与我的妻子已经办了冥婚，我知道玄武有阴阳术，可以让她与我思想一致……”

千寻皱起眉头来，立刻打断他的话：“你说的我知道，说白了就是操纵她当你的阴间傀儡。生死冥灭，归于土尘。你要是真爱她，会让她这么不消停？”

“我妻子是枉死鬼，生前受了莫大的冤屈，我有心替她报仇，但我能力有限。我真爱着她，所以不能看她惨死。”九猿说道。

千寻将手往木匣上一搁，默念咒语，感应起来。“不得了，确实是死得很惨，而且怨气冲天，这位姑娘……生前就是一个别扭人啊，性格很刚烈执拗吧，没倔脾气绝没这么大的怨念……哎呀，不对啊，感觉真的是神叨叨的，比我要疯……”

千寻边说边摇头，怎么觉得感应怪怪的。“谁杀的她啊？呲……她肚子里有你的孩子？这一尸两命呀……”

九猿吃了一惊，忙道：“她是被朱雀王孙雀丹飏奸杀的。”

“你说雀什么？！雀丹飏？”千寻吓一跳，“他竟然是个人面兽心的家伙！”

“正是。”九猿说到此落下泪来，“我师尊是被他的弟弟雀丹炅残杀致死，我的师门被他们的父亲雀丹燎空堺冷落辱没，我身上背着血海深仇，以我单薄之力实在无法报仇，只能出此下策，冒险前来惊扰玄武族镇狱殿殿灵。”

千寻长长地“啊”了一声，“朱雀重巫术……怎么可能欺负你们……”

“堺王将亡国归罪于巫术横行，早就不重视了。所以我和我兄弟鹤关离开了朱雀，誓死也不回返。只是未见明君，一身本领，无处报效施展，也报仇无门，满心凄凉。”九猿说到这里停了一停，“若万乐公主不弃……”

“不不不不，我不是嫌弃你们啊，我是真的不想称王称霸，我想过普通人的日子……”千寻挠挠头，“史上彻底抛弃族人，为其他族类建功立业的名将良臣，有是有，屈指可数，因为背负的东西太多了，特别艰辛。想不到你们竟然也想这么做……”

说到这儿，千寻挠脸，觉得很发愁，“我可真没想到会遇上你们这么一档子事。”

“请问万乐公主来到镇狱殿所为何事，我们可能帮得上忙，若是可以，赴汤蹈火在所不辞。”

“我……”千寻想了想，“不是吧，在我家的地盘，你们能帮我什么忙？不给我添乱就算不错了。”

说到此，气氛尴尬。九猿认为自己尚未获得千寻的信任。

千寻也不明白自己到底该不该帮助他们，视线落在木盒子上。“你的妻子命是真苦。但她性格太倔，怨气太强，我怕她被召唤回来后一旦失控会变成可怕的东西……所以我只能帮你做一个最初级的灵魂傀儡召唤术，以后她可以在梦境中与你感应沟通，她没有记忆，没有仇恨，只会简单的语言，在现实世界里什么也不能替你做。”

“可我是期望我妻子具备力量为自己报仇。”

“那是玄武家的高级法术，你控制不了的。一旦失控，会害人害己，会反噬。你真爱她，就留她在梦中做个念想，不好吗？”

九猿沉默。

“那你想想吧，我先去取我要的东西，回来再带你们离开。镇狱殿机关密布，你们想要活命，千万老实待着。”玄武千寻叮嘱道。

“可我们在这儿推敲过了，都是死胡同，你打算往哪里去？”鹤关好奇地问。

千寻笑笑，走到墙壁上继续摸符号，通过指示又回到了那潭冰水前。

“搞了半天还是这儿。”她喃喃自语，要是潜得深点可能早找到另一个出口了，也许命中注定要遇到这两个人呀。她嚷了一声：“你们好好待着！”随即纵身跃进了水中。

鹤关惴惴不安地问九猿：“她去哪了？！这丫头可信吗？我们真要在这里等她回来？她会暗算我们吗？”

九猿走到潭边，看着水中涟漪若有所悟：“我用烟气试探出口都没结果，原来是在水中。要拿《中阴卷》，还得潜下去。”

“这水冰冷刺骨，我们爬出来的时候缓了好久才熬过寒气，难道还得再跳一次？我可不去！”鹤关连连后退，他虽然是铁翼营佥事之一，艰苦训练下却没磨炼出什么钢铁意志，他只是凭小聪明与竭力表现，才争到了佥事一位，除了收拾书籍摆摆地图画画沙盘，根本不受堺王的器重与正视。现在他彻底摆脱了堺王，就不想再隐藏自己的胆怯与自私，他拒绝和九猿胡乱冒险。“我就在这里等她回来。”

“哼。”这时倒相信她了。九猿冷笑，也不与他多话，将箱子交给他，“也好，你就在这里等着，好好保管着它。”

鹤关抱过木匣，心知只要它在，九猿就一定会回来，倒也乐意看管。

九猿转头直接跳入水中，转眼便沉了下去，消失不见。

雀阁

“把这里的一切都丢弃烧毁吧。永远别让我在这座宫殿里看到它了。”雀丹飏说着用手指轻轻滑过书架上堆积如山的书籍，随即一下推翻了它们。自己从小刻到大的印章，作过的字卷与画轴，那些兴趣爱好，皆一样样推翻，曾经舍不得，现在忽然感到恶心，一件都不想再保留了。

宫人们跟在他身后，仓皇地搬动着所有东西。

他拂袖离去，没有留恋一丝一毫，踏出雀阁时，他的心和眼神一同变凉了。

不能为情所困，不能妇人之仁。

一片鹅毛大雪落到他的刘海上，他抬起手指，指尖随即也落上了雪花。还不到下雪的时候，却已经是第二场雪，一次比一次时间漫长，他抬头望天，白茫茫的雪云笼罩在京城上空，寒风突然凛冽呼啸，雪片像是松散的柳絮，洋洋洒洒地降了下来。

父亲的话言犹在耳。

“嘉波龙王军驻安雅城，白鸦军已经与他们会合，并向两翼城市进驻。城主皆是青龙族旧部，每一次会合，都会壮大一次势力。他们按兵不动，却掌控了京城的气候，用极寒来对付我们，妄图用寒冰积雪来断我方粮草资源。”

“你根基不固，但要帝成正统，成生物之主，兴益之宗，要号令天下，一统四方，就要准备好一场艰苦漫长的战斗。无论多艰难，这场战争，我陪你走下去。”

“水本克火，火反因之而不燥。戒骄戒躁，守心恒志，我相信你一定能为朱雀族闯出全新的局面。”

“雀丹飔，你准备好了吗？”

他行进在长廊中，两侧是穿戴严整的士兵，丛列的刀戟，寒光迸发。

有个尖嗓子的宫人从长廊尽头兴冲冲地跑来，一边跑一边喊：“火德之瑞，火德之瑞啊，主子，君权神授，朱雀玉玺完成啦。主子，您可以正式加冕了。”

众士兵一听，皆以长刀底部敲击地面，高喊道：“朱雀王，朱雀王……”

整座宫殿也随之喧嚣起来，响彻着喜悦的欢呼声。

雀丹飔“呵”地笑了一下，视线落到四神柱的方向，谁都不记得今天是他生日，没人为此向他道贺，但却都知道他将称帝为王，成为四海之主，因此为他呐喊欢呼。二十岁，成亲弱冠加冕，唯独最后一样受人瞩目。

无论如何，当是荣耀的一年。

他闭上眼，深呼吸，随即睁开眼，坚定地接受所有人的喝彩声，朝前走去。

影娘混迹在洗衣房的宫女里，听见这震耳欲聋的欢叫声，心想这事也算一条消息，回去可以告诉兰霖。一边想着，一边往那些晒干净的衣服筐里洒药。穿了这些污染过的衣服，皮肤在寒冷天气里就更容易干燥裂口，被盔甲摩擦后管保叫这些南方人难受死。兰霖说只管放手去做，她便有一堆江湖办法来折磨人。从没接过这样的差使，不杀人，只作弄，闲得好像是度假一样。她把士兵们的衣服全祸害了一遍，随即一个梯云纵来到房顶，拿出白鸦哨来吹了一声，不等朱雀兵反应过来，数名白鸦从云头俯冲而下将她接走。弓箭飞射，掠过她的腰边。

“也就这么点本事嘛，名叫朱雀却不会飞，呵呵。”影娘冷笑，忽然听到一声咆哮，扭头看，迎面联檐通脊的狮子阁上有个巨大的铜缸，从里头猛地蹿出来一丈高的火人，而且愈长愈长，转眼长到三丈来高，口中喷出一道火柱，直接烧穿了一名白鸦的翅膀。白鸦兵像破了的风筝，打着旋儿往下落，被他的弟兄一把捉住，带着他往回飞。

“呼嗽”一声，又是一道火柱喷来，影娘的衣摆被烧着了，火苗很快蹿到了腰带上，她双脚踢蹬，怎么也弄不熄它。白鸦们拽着她往上疾飞，带到冰冷的高空才借着大雪将火焰熄灭。

影娘呼了一声，心想刚才对朱雀的奚落真是太轻敌了，自己差点儿就变成了一只烤鸭。行军打仗在明，潜杀在暗，还不如趁早找个机会把雀丹飏杀了算了，何必这么一次次冒险，敌人的防范只会日渐加强。

影娘心想，虽然棘手，但是青堂永远不可能有人会接到像她这样大的买卖。为一个帝王候选者去对付另一个帝王候选者。青堂早晚由她继承，光这一宗能赢取城池的交易，就能令她与青堂扬名立万。

想来想去，一切都还是得继续。

她低头看看被烧损的衣服，望着依稀远去的皇宫，脸上只是漠然的神情。

“这是从空中掉落的衣带，是潜入者的。”士兵将一角布片呈给堺王，雀丹燎空堺翻看这块布片，赫然发现上面绣着一个影字，不由心头一寒，“他们在宫内做了什么。”

“判定飞起的方向四周全部搜寻了个遍，在士兵浆洗干净的衣服上发现不明粉末。”

“全都烧毁！”堺王恨恨将布片在手中烧成一团火焰，“此事严禁任何人告诉雀丹飏，再有来犯者，第一时间通报我到场。来犯者格杀勿论，若取其首级，定有重赏。”

“喏。”众人响应。

镇狱殿

千寻再次湿漉漉地爬出水面，冻得够呛，心想她要是玄武皇帝，绝不搞这么多机关，什么破书，爱谁看谁看去，除了折腾人啥也不会。她摸到机关，打开照明。才哆嗦着往前走了几步，便停下了，地上有八块微微突起的地砖，不明事的人一踩上去就会触动可怕的陷阱。

呵呵，骗得了谁也骗不了我呀。千寻心想，紧了紧腰带，踮起脚朝前蹦跶了过去，到底是身手灵敏，轻松便跃过了这片机关区，谁料想鞋子被水一浸，加了分量，“啪哒”一声落地。千寻下意识伸脚去勾鞋子，只听“嗖嗖”连响，她急忙朝前一扑，开启玄冥盾护住前方，几十支铜箭从她身旁蹿了过去，有两支撞到盾上，激起一片火花，盾身当当作响。

“啊呀！”忽听一声惨叫。

千寻扭头看去，水里刚爬出来的人身中一箭又跌回了水里。

“糟糕！”千寻喊道，冲过去救人，费劲把那人从水中捞了出来，发现是九猿。

“你为什么非要跟过来。”

“一来担心你安危，二也是希望自己如愿。”九猿咬牙忍着痛与寒冷，试图拔出胳膊上中的一箭。

“别拔，肯定带着倒钩，拔出来伤口反而扩大。”千寻伸手将箭折断，只留下箭头，点穴封住他的伤口，“得出去找一个好医生帮你解决。”

“行，小伤，我能忍得住，不耽误你的时间，我们继续走。”九猿站了起来。

“你可真是执着啊。”

“如果你有我这样的仇恨，就会明白我为什么会执着。”九猿苦笑。

千寻也苦笑：“放心吧朋友，我正是有过你这样的仇恨，才知道仇恨这东西什么也不是。无谓的执着，只能把自己的一生也搭进去。”

“不，你不明白。”九猿看着她，虽然大致了解她的身世，但她看起来太过幼稚年轻，声调尤其稚嫩，不像是懂沧桑的人。

千寻看看水池，不像还有人要冒上来的样子。“那么……挑明了讲吧。方才有你兄弟在，我不忍心拆穿，现在就你我二人，我直截了当告诉你。你想利用灵魂傀儡来壮大自己的实力，这件事……没门。不是我不肯帮你，是因为……你真的资质差。打通朱雀与玄武关，学通两家的能耐，凭你？不行。”

九猿心一沉，“是因为我身上的符文封印吗？”

“不是，就是资质。我不信你师尊没和你提起过。”

“唉……”九猿长叹一口气，悲哀道：“他的确提起过，我只是一个烧丹僮，依靠刻苦努力，已经学习了些法术，我本以为我可以。”

“所以想依靠你妻子的力量？你不行，一定会被她反噬。”千寻摇摇头，往前走，“来，你跟我来。”

九猿听从地跟着她。千寻每遇到机关都会提醒他如何应付，二人小心翼翼在通道中穿行了一阵。忽听四面八方的墙壁里透出一阵阵诡叫，随即是令人毛骨悚然的一声吼，那声音比九猿的嗓音更恐怖上千万倍。

“来者何人。”

“玄武千寻！”

话音落，眼前的铜墙上突然凸起一只硕大的鬼头，直勾勾地瞪着他们，“啪”一下吐出一条巨大的舌头来。千寻挥舞双手振作了一下精神，然后将手指摁在了大铜舌头上，然后“嗞”了一声，看见一道血流从铜舌头的中缝中倒流了上去。千寻收回手，把血舔干净。

“镇狱殿，镇狱殿，镇守地狱的殿府。金银珠宝都不行，唯有书籍经卷镇得住。听起来最没用，最安全，其实最可怕，全是恶鬼，只有玄武才压制得住，懂吗？你们还好在上一层就困住了，越往里越是死路。不是来找书，是来找死。”千寻说话间，铜舌头卷了进去，鬼头里机关连动，发出一串金属相碰的声响。

验证了血液，惨嚎声像是得到了抚慰，渐渐低沉了下去，鬼首“砰”地一下从中间打开，露出一个巨大的窟窿。

“玄武家的东西就是这么鬼里鬼气的，不过也有特别，等下你就会看到。”千寻吐槽，说了一声“爬”，两个人陆续钻到窟窿里去，等跳出来的时候，像是完全跑到了另一个地方。

玳瑁质感的八角大殿，恢宏气派地展现在眼前，四周灯火通明，照得这特殊质感的殿室，泛着一层一层粼粼波光。

“想不到吧，玄武家的东西也可以这么美。”千寻展开双手在大殿里转了一圈，“我来时还小得很，母后抱在手里呐。我觉得这儿太漂亮了，我说要住在这儿。母后说，等半夜鬼叫时，我就要怕得哭啦，哈哈。矛盾不矛盾，这么美的地方，夜夜有恶鬼惨嚎。”

千寻絮叨着。

“书……我没看见一本书啊……”九猿也跟着转了一圈，硕大的宫殿，上下三层，只看到墙壁上仿若龟甲一般一层层突起的花纹，连个架子都没有。

“哈哈哈。”千寻边笑边朝宫殿中央走去，念了一声，“玄武花笙万乐公主归位！”

双脚朝地面一跺，中央缓缓浮出一个龟壳状高台来。八角刻有时辰与方位。

“空寂灵知宝书阁，十二时中万念合。妙诀五千，阴符八百！浩浩无穷极！”千寻耍了一套酷酷的手势，立定大喝一声，“我要玄武黄泉咒诀，速从里出！”

龟壳转动起来，将她带到一个方向，只听“咔”一声机械响动，眼前的墙壁突然往前凸起，变成整排的书柜，千寻飞跃而去，从一只只锦盒上辨认出黄泉咒的字样，打开锦盒，取出了书册。

九猿在真卿长老门下，见过朱雀不少秘宝与异法，也是开过眼界的人，但在此地依然啧啧称奇，他情不自禁站到龟壳上，模仿千寻方才的模样，把口诀和想要的书籍都念了一遍。但是一切都不听从他的指挥。

千寻回头看看他，笑了，原地喊道：“我要玄武《中阴卷》，速从里出！”

说完，不一会儿，只听“咔”一声响，那本书籍也找出来了。

“为什么你不用继续站在龟壳上，念那一串口诀，做那一套手法？”九猿不解地问。

“因为它们已经认出我的玄武神魄了呀。我是主子，对一遍口诀就够啦。你在那上头念一万遍也不会搭理你哒。”千寻笑着拍拍胸口。

九猿点点头，急忙跑到书架去，喜出望外地找书，可是看每一个锦盒上的字符，全都不认识。“这些和我们那儿的玄武书籍字不一样……”

“当然了，平常用的流传本都是通用语，真有用的真卷全是古语。”千寻说，又喊了一声，“我要纸墨。”

从龟壳边缓缓升起了巨大的书案，文房四宝一应俱全。九猿识相，急忙抢在前头跑了过去，替她铺纸研墨。千寻跑过来，将黄泉咒打开细细看了一遍，挑出最有用的口诀抄写在纸上。九猿一看，这种书写的新字体，他又不认识。

“这……这又是什么？”

“这是天文。有神魄的人会无师自通地学会，这种天赋有了是要与神明沟通的。当然除此之外，大法师啦，有奇能异赋的隐士啦，会的人也不少。不过对我们而言，这是必备技能，懂呗？”千寻絮叨。

九猿不可思议地看着她，娇小的外貌，甜美的口吻，一副稚气未脱的神情，说出来的话，做出来的事，却让人惊为天人。实在难以想象她经历过多少训练，到底有怎样阅历，幼稚的模样下像是一个深渊，藏着无穷无尽的奇思妙想。

九猿走到书案前，郑重跪下，给她叩了三个大大的响头。“愿作万乐公主门下犬马，恳请公主收留。”

千寻大大叹了一口气：“我还以为你会知难而退呢，想不到更坚决了。”

“贤臣择主而事。我九猿实在不愿意怀着仇恨，碌碌无为度过一生。”

“可是我想碌碌无为度一生呀，你当我骗你是吗？”千寻摇头，看了看抄好的口诀。忽然想到了什么。那个人不是经常说她太容易相信人吗？也不懂得分辨人的好坏。既然如此，是不是优秀的材料，就交给他去分辨好了。

千寻点点头，有了决定。“我倒是有一个明君可以推荐给你，不过是否能赢得他的信任与器重，要看你自己的本事。我只能保证你到他面前可以好去好还，不伤及性命。怎么样？”

千寻将字纸卷了起来，放在信筒中，细细封了一层蜡，交到九猿手中。

“若他与你一般智慧通达，我愿意尝试一下。”

“我觉得他比我强。”千寻指着九猿的伤口，“这个箭头也能找他处理。帮我把信交给他，告诉他一窍通时百窍通。”

“冒昧问一声，此人到底是谁？”九猿忍不住好奇。

千寻笑了，摸摸九猿的头。

第三十章　生亦何苦，死亦何怖

安雅城

“塄王，我们制造的粮草陷阱，一共囚住来犯鸦兵四十一人。但他们口口声声说冤枉，他们只是安雅城外的山匪，贪慕钱财被青龙族招了安，化装成白鸦来劫我们粮草。查验之后，发现他们的白发与眉毛都是染的，也无羽翼，确实是普通人。”一名将令向雀丹燎空塄禀报。

雀丹燎空塄站在空旷的午门广场上冷笑，用锏指着前方。“全都拖到这里来，火刑示众。无所谓白鸦不白鸦，只要替青龙族卖命，皆是这个下场。我看他们下一次招募得到什么人来？”

雀丹燎空塄说完，抬头朝天上吼去：“我知道你们在空中，白鸦细作，回去告诉你们的主子。雀丹飏今日登基！今日之后，你们主子是彻底的流寇！青龙气数尽了！看天下还有谁愿为他做反贼。”

雀丹燎空塄骄傲地咆哮着，吼着，笑着。笑声冲透云层。

白鸦们匆匆带着消息去回报龙王。

那时的兰霖刚收到一份礼物，刀螂店十二名翠衣女子神气活现地走进大殿，当着嘉波龙王与一殿将臣的面，向兰霖捧上了一只金匣，匣盖顶上硕大的珍珠挂着一股金丝流苏，盒盖打开时，闪烁出阳光下水波的光泽，满殿粼粼波光，令人啧啧稀奇。兰霖将盒中玉印捧了出来，金玉雕刻栩栩如生，四条金龙在波涛上昂首翻腾，四面玉上各镶一颗稀世明珠，即使在白天也绽放异彩，握在手中竟能感受到一股强烈的吉祥气运在流动。

“青龙玉玺！”嘉波龙王震惊地喊道。众人纷纷稽首下跪，山呼万岁。刀螂店女子们皆不下跪，只向兰霖笑着行了一个江湖礼，也不求任何奖赏，在众人低头之时纷纷飞跃出大殿。只字未提刀忆慈，也没带任何嘱咐，甚至不提醒他在登基后要顾念与刀螂店的情分，透着无比的气度与自信。

兰霖会心一喜，心说这刀忆慈到底是聪明女人，若要像鸦神那样拿腔作势来控制自己，反而弄巧成拙。他将玉玺搁置好，并未仔细欣赏，而是一边请诸臣平身，一边亲自下座去扶嘉波龙王。

普摩站起身，高兴地与兰霖双手相搀，大笑起来：“哈哈哈！你这人到底是不是有神相助，要什么东西自然会有人替你送来。”

兰霖笑而不语。

“我还是忍不住要说你，鸡鸣狗盗啊鸡鸣狗盗！鬼市的药，刀螂店的玉玺，用山匪去打前哨……哈哈哈，你到底还有多少野路子？！”普摩挖苦归挖苦，但神情是非常高兴的，兰霖的种种出乎人意料，却都在点子上，让人看得见希望。普摩说着拍拍他肩膀，“趁你还未登基，我与你称兄道弟，打趣几句，你可别放在心上。”

“堂兄个性爽朗耿直，谏言不讳，是十分令我欣赏的好性格。无论将来怎样，堂兄你与我，切莫生分。”兰霖微笑道，“我以险衅，夙遭闵凶。能得亲援，不知心怀多少温暖与感激。”

“哼哼，未来可不好说。先帝登位时，我父王自愿镇守西北……”普摩噘着嘴说道，心中颇有不甘愿。

刚愎自用到近乎愚蠢，兰霖心想，但脸上依旧是春风十里的微笑。

这时白鸦匆匆来报，说及那群山匪中了陷阱被俘，正被绑于午门遭受火刑，说及雀丹飏今日登基。

普摩吼了一声："这还了得，我一直在提醒你的事发生了。今日必要硬攻，无论如何不能让他们如愿。"

兰霖早有影娘密报，知道朱雀玉玺已经制作成功，他默默掐指推算了一下今日的各个时辰。“恐怕又是个阴谋，若今日强攻，必中埋伏。”

“你怎么能屡屡推算出他们的阴谋？万一他们是将计就计？他们以为我们觉得是陷阱，故意不进攻，故意给了他们召唤出朱雀真神的机会？何况，这么大的事，无论如何也得阻止吧！”普摩连番问道。

“朱雀族人天性多疑，并非是永远比他们多想一步就会赢。要时刻懂得做加减法，虽说加冕一事迫在眉睫。但今日是朱雀历的鬼节，只适宜盖棺落葬祭祖，他们再焦急也不可能选这种晦气的日子登基。”

“你还能背得出朱雀历？！”普摩道。

兰霖笑道：“我童年在江南一座酒坊长大，有个酷爱读书的弟弟，平常父母与老师布置的功课都不算什么，最有意思的是彼此考学问，若每天不能用新鲜的知识考倒对方，自己都会害臊地睡不着呢。”

“倒是有意思的兄弟俩，你这位弟弟现在何方？”普摩问。

兰霖苦笑，答不上来，只能将话题转开。“硬战是不必，但也不能让他们长了威风士气。今日是影娘出手的好时机，我相信有她在，一定能将朱雀玉玺为我们盗来。”

“你对这女人好生信赖，她有什么本事？朱雀族的防守重重加固，听说她上次回来，被火烧得衣冠不整，这次去还能自保？”

“堂兄可还记得，我说过这个女人，有以一敌千军万马的能力？”

“我可不信！”

“呵呵，是时候验证一下了。”兰霖召唤来一名白鸦卫士，“去与影娘说，若她能盗来朱雀玉玺，我即刻便写城契与她，再不要求她做任何事。”

白鸦领命退下。

此时又有士兵来报，有两名朱雀男子请求见龙王，说有重要物品呈送上。

此言一出，举座皆惊。一臣子追问那二人模样与来时方向，回报说是从北方日夜兼程赶来的，其中一人满脸红符，手臂有箭伤。

“怕是有诈，斩立决，不可放进来。”普摩吩咐道。

兰霖急忙阻止：“慢。这脸上有符印的人，是朱雀巫士，不用密法而认真求见，恐怕确有要事，请他们上殿来吧。”

“你不怕？”普摩问。

“应该是他们怕我们才是。”兰霖点点头，示意士兵们带人进来。

大殿上议论纷纷，不一会儿，九猿捧着黑匣阔步走了进来，鹤关怯懦地躲在他身后，大气也不敢出。二人走到两位龙王面前犹豫了一下，陆续下跪。这一跪便是彻底背叛了朱雀族。如果最后会被青龙族斩杀，就是一世的骂名与耻辱。

“朱雀巫士真卿长老门下弟子九猿，铁翼营前佥事鹤关，叩见龙王。”二人道。举座哗然，这二人皆不是普通寻常的朱雀族人，而是来自于朱雀最重要的两个地方。

“你们要进献什么？！这黑匣子里是什么？”普摩凶狠地问道。

九猿难免害怕，牙关打战，但还是强作镇定道：“不……这并非是我要交于龙王的东西。我要送递的是这个……”

九猿从怀中取出一只蜡封的信筒。

普摩按住兰霖的手，不让他去接。“不能接受。谁知道有没有毒。”

“是一位故人托我们转呈于龙王霖。”九猿的眼神在普摩与兰霖间来回，不知道哪一个才是真正的龙王霖。一个太过霸道专横，一个虽说佩戴了半张骷髅面具，依然太过年轻美貌。

“哪位故人？”兰霖好言相问。

“她说，只要做一个动作，龙王霖就会明白，也会知道我们二人是真诚投奔于龙王，绝无欺诈阴谋之心，求龙王收留。”

“好笑！收留敌族的人？！就算你俩有通天的本事，也休想得逞。”普摩道。

鹤关听这话腿都软了，一下瘫坐在地。众人哄笑起来，九猿扭头吼他："怕什么！我们投奔的就是雄主明君，是能承天命于宇厦将倾、社稷飘零的衰世，励精图治、中兴家国的中兴之主！若因拘泥于种族之别而被他们舍弃，就算我们眼拙！"

说到此，九猿硬是搀扶着鹤关站了起来，箭伤渗出血来。

兰霖不顾普摩阻拦，走向九猿，验看了一下他的伤口。"箭头还在里面，已经拖延了许多时间吧，得尽快找医生取出来。"

九猿怔怔望着他，仍不信眼前这个绝色出尘的男子会是龙王，他太过年轻柔和，太过飘飘仙然，没有帝王的那种架势。面具倒是狰狞古怪，但与雀丹燎空堺的男人气概相比……差得远吧……

"你……"九猿皱起眉头来。

"不能直说出故人是谁，那你就做那个动作，我确实很好奇。"

众人猛地寂静下来，大殿里鸦雀无声。

九猿咬紧牙关想了一想，横竖豁了出去。他长得没有兰霖高，于是他抬起手，学小丫头的模样微微踮起脚来，照着嘱托，轻轻摸了摸兰霖的头。

万籁俱静，不少人倒抽了一口凉气。

只听"呛啷"一声，普摩在一边猛地抽出雪虚长剑，兰霖急忙伸手将他按住。

"确实是我故人。"兰霖笑了，这一抹笑容仿若晨曦，没有一丝虚假。

他急急接过信筒，打开封蜡，从里头拿出写着天文的纸卷来。一点点看着她的字迹，温热的眼泪盈满眼眶。

"这是什么？"普摩凑上前打量，知道是天文，但他看不懂。

兰霖也愣了愣，这不是玄武的咒诀吗，看起来是控制黄泉改风水的口语……他有点弄不明白，“这是……”

“哦，对了，她还托我转达一句，一窍通时百窍通。”

“一窍通时百窍通？这都什么和什么呀？怎么尽是奇奇怪怪的人给你送东西？”普摩烦躁地问。

兰霖喜悦的泪水却已经溅在纸卷上，打湿了文字，他立刻心疼地将纸卷收好，装回信筒又小心翼翼揣进了自己的怀中，哪怕这纸上一字皆无，只凭她传递的那个动作，她送来的空信筒都值得他一世珍藏。珍贵远远胜于玉玺。

“将他们带下去先疗伤，用食更衣，好好休息。”兰霖说道，又追加一句，“切莫为难他们。”

九猿与鹤关面面相觑，想不到玄武公主的办法竟如此灵验，鹤关转忧为喜，一把拉住九猿的手，恨不能蹦跳。宫人们将他们带下去休息。普摩瞪着他们远去的背影。

“开玩笑吧，真要留他们下来。到底是你什么故人，这人又到底给了你什么？”

“字卷上是玄武黄泉咒心法与口诀，故人希望我能从它参悟出青龙控水术的奥秘。”兰霖一点也不隐瞒，因为他相信普摩压根无法理解此事。

普摩果然大吼：“什么！你……你……刀螂店有人帮你……鸦神帮你……朱雀有人帮你……连，连玄武族都有人帮你……你到底做过什么？”

兰霖浅笑，轻轻回答：“唯有顺应天命而已。”

“那你为何落泪？！”普摩不懂。

偏偏对这一件事，兰霖丝毫不做解释。

香甸谷

漫山遍野的银杏，堆积似毯的树叶，风起之时，星空下仿佛飞满了金色的蝴蝶，梦幻至极。千寻将马匹给了九猿与鹤关，自己凭轻功回家，一路胡飞来到了这长满银杏树的神奇山谷，迷恋当地景色，久久不愿挪步。

若当皇帝，困在围城之中，怎会轻易看到这般美景。

又一阵清风拂来，金黄色的银杏叶漫天飞舞，千寻在树叶海中奔跑了一阵，仰望浩瀚星空，紫蓝色的夜空绮丽无限，那银河仿佛唾手可得。此刻的千寻一点儿也不觉得孤单，家里有凛央子等着，兰霖的事情也算处理好了。心头一点烦恼也没有，反而很享受这么孤单一人，四周空寂的感觉。

“喂！”她开心地喊，听山谷里自己的回音。

“我要吃包子！”她喊，“凛央子是笨蛋！兰霖也是！哈哈哈。”

无忧无虑真开心，她伸了一个大大的懒腰。

忽然感到肚子凉凉的，她低头看，肚脐前突出一块银灿灿的乌金长条，尖锐闪亮冰凉，如同星尘坠地……

她不明白，彻底蒙了，这世上没几个人可以神不知鬼不觉地伤到她。

她缓缓扭头，看见玄武梦寒。

千寻皱起眉头，但他只是将剑更深地插入她的身体，并且将剑身横转了过来。

千寻痛苦地跪了下去，被他揪起了头发，头昂着，于是那柄剑被抽出来横在她的颈项上，显然是准备环首结果了她。

隐隐预感到镇狱殿一行会有危险，原来是这样，她苦笑道："真后悔，埋你时我还哭了。"

"谢谢。"他比长剑还要冰冷无情。

"我是不是比那个杀害你的人还要可恶？"

"闭嘴。我不想听你说话。"

"为什么？怕会狠不下心吗？"千寻捂着腹部的伤口，血汩汩涌出，她痛得汗如雨下，却抬起血手，用手指弹了一下长剑。"幽无三世剑……用它杀我，魂魄都会烟消云散的。高祖，你的仇报完没有，还是用我先试剑？"

玄武梦寒丝毫没搭理她，只是伸手解开她的玄冥盾，佩戴到自己手上。

随即将她按倒在地，单膝压在她的腹上，撕开她的衣襟，扯开亵衣。他的手指在她赤裸光滑的胸膛上划了一个位置，神魄所在的位置。曾经被他剖开，但是恢复得很好，一点伤疤印迹也没有留下。

"非要我把你的头先割下来，你才闭得上嘴是吗？！"玄武梦寒凶狠地问道。

千寻不说话了，瞪大眼睛看着他。

"闭上眼睛！不准看着我！"他吼。

"当祖宗的把后辈衣服扒光了！还不准我瞪着你？！讲理吗？！"她也吼。

他猛地挥舞了一下剑，她闭上眼睛，过了好一会儿，偷偷睁开一只眼睛瞧他。玄武梦寒也怔怔地看着她，小丫头疼痛得已经面无血色，嘴唇发青，额头上全是汗珠。肌肤像是白色丝绸，绽放着细腻的微光。

“闭嘴！现在起，我问你答！”

“凭什么！”千寻吼完，他的膝盖向下用力地压住，她痛得不行，眼泪都迸出来了。

等她安静下来，他问。

“你父母亲想过杀了你吗？”

“他们没有，爷爷有。”

“知道为什么吗？”

“祖上出过一个沉寐公主，身有神魄，嫁了亲弟弟成了王后，后来夺了皇权，成为玄武一代女皇，但也为玄武皇族的男人们所不齿。爷爷怕历史重演一次，也重男轻女，嫌弃我……”

“好了，够了，每次一说就说一堆。闭嘴。”

“不让我说话，那能把我衣服合上吗？！”

“不行！这个位置是你的神魄，也是你的羞耻心，你比沉寐更可恶，知道吗？”

玄武千寻笑了，心想，我做过更可恶的事你还都不知道呢。我嫁了白鸦，帮了青龙，败了玄武。又怎样呢？

他伸手用力掐住她的面颊，说：“没皮没脸。”

千寻这次真的觉得自己要死在这里了，鲜血淋漓地洒在金灿灿的银杏叶上，她抬起手来，看看粘在手上的鱼尾形树叶，依然觉得好美。

“只是可惜，我答应回去后就给我相公生宝宝的，做不到了……”她黯然地自言自语，眼神已经完全不在玄武梦寒身上了。她索性忘掉这个无情的长辈，无视现在的处境，在死前灵魂也要是自由自在的。

玄武梦寒皱起眉头："你已经成婚了？那个骑着天马带你逃走的男人？"

"唉！不是他！"千寻痛得不行了，双手摊开，不想再挣扎了，也不想说话。

玄武梦寒没有动手，二人陷在诡异的寂静里，一个等死，一个却迟迟不动手。

"你成婚了……"他着实感到意外，愣了很久。

"行。"不知为何，他口吻突然变了，"你把我埋在荒山野岭，让天意决定我死活，我也还你一个人情，留你独自在这里三天。我取幽无三世剑确实是要找白虎族的人报仇的。三天后解决完我的事，我来这里找你，无论你死活，我取你神魄。但倘若你逃走了，我便不追杀……"玄武梦寒说到这里，不再踩压着她，轻轻替她合上衣衫，"等你生下孩子之后，我再来找你。若是儿子，由我抚养，若是女儿，母债女偿。"

"疯……子……"千寻冷冷地骂。

玄武梦寒只是冷笑："我给了你一个活命的机会。傻丫头，我说过你命里欠我的。"

千寻懒得争了，如果活下去，谁也不可能从她身边带走她的孩子。她闭着眼睛，再次沉默，懒得和这个疯子争辩。玄武梦寒将剑插入后背上的剑鞘，最后看了她一眼，面无表情地带着玄冥盾转身离开。

千寻身下的血泊越来越大，像一块红色圆形的琉璃，她渐渐疲惫得连眼睛都睁不开了。心里想着答应的事要做到，但是怎么做到……她开始想念凛央子了。

以后无论怎样美好的景色一定要两个人一起分享。

再也不要什么孤独的自由。

她真的疯狂想念着他，不想就这么独自死在野地里，连一声再见也没有说着。

想着想着，她哭了。

真的非常委屈，无法言表的委屈。

命运太痛苦了，她实在不知道还能做什么才可以摆脱掉了。

闭上眼睛，她在脑海里拥抱着他的影子，昏睡了过去。

天玺阁

影娘站在十张白玉基座前瞠目结舌，十张基座上放置有十个玉玺锦盒。很明显内有机关，若猜错哪一尊是真玉玺，一定会触动陷阱。好个守株待兔，影娘心想，莫不是这次要空手而归。她不甘心地往窗边退去。

轻轻推开窗子，看见远处有一个清华如松风水月一般的红衣男子朝天玺阁走来，一颦一笑胜似谪仙，身后跟着大堆的宫人与士兵。若论外貌，兰霖之美要更胜于他。影娘并不为此所动，只觉得这男人第一眼看起来有一种莫名的熟悉感。她鬼使神差决定留下来，潜藏在隐秘的角落，想要观察他一下。

雀丹飏遣退宫人，独自踏进殿室，但也没有靠近十尊玉玺。他召唤守卫兵士询问，何故将玉玺安排成这样，却见一名兵士匆匆跑了出去，显然是向堺王通报。如此一来，雀丹飚确定是父亲做的陷阱，默默退到门外，不知思忖了些什么。

他再次走了进来，将门关上。

他轻轻呼唤道："影娘。"

影娘躲在帷幕后的暗角里，不由诧异一惊。

"你衣衫的香气，我刻骨铭心记得，广藿香叶与牡丹的香味。你在这里，对吗？若你在，切莫触动什么，这里恐怕有危险。"他一边提醒道，一边用手轻轻去掀开每一重帷幕，想发现她的影踪。影娘又羞恼又愕然，不知为何愣在原地，待他一重重幕帘找了过来，离她越来越近，几乎就要掀起他们之间唯一一层屏障时，雀丹燎空堺猛地推门而入，雀丹飚吃惊回头，强作镇定来到他面前，挡住影娘的方向。

"飚儿，你来看玉玺吗？"他阔步走到十尊玉玺间，意味深长地笑着，"这里十尊都非真玺。真玉玺在这阵形中央的上空，悬在梁上，你抬头瞧。"

果然今日登基是假，十尊玉玺也是陷阱，好歹毒的人。影娘心想。

"我重重防范就是怕白鸦再出现。"雀丹燎空堺说着做了一个手势，显然是要带他离开。

雀丹飚就势顺应着他，与他一道走了出去。比起让父亲发现影娘，与她为难，倒宁肯错过这一次见她的机会。虽未相见，他却深深觉得她就站在那层帷幕后面，一定在那里。因此不怨不恼，会心一笑。但也许这一切只是他思念过深后的幻觉……明明说过不想念她了呀……希望她快些安全离开。

他内心忐忑，却佯装无事，陪着雀丹燎空堺慢慢步下高阁。

影娘从虚掩的窗口看着父子俩越走越远，眉头紧锁，抬起手来闻了闻自己的袖口，也许是对自己的气味太熟悉而忽略了，清冷的香味，确实是来自他说的那种花与叶。但他根本就是一个陌生男人，从未见过，为何喊她名字的时候，口吻熟悉亲昵？还要为她着想，劝她离开？

影娘拍拍自己的额头，提醒自己保持清醒，朱雀族男子诡诈，说不定是什么新的计谋。回想起来，真玉玺的线索才最重要，她走出帷幕，抬头看向上方，顶梁上确实悬挂着一只锦盒，就是它了。影娘踮脚一跃，轻松飞起，紧紧抓住它往下一扯，猛然间只觉得四周一片阴影笼罩而来，再一反应，全身已经被裹入铁丝网中，越挣扎裹得越紧，转眼从半空中跌下，全身被束缚得像是一条铁蛇一般。

她挣扎不脱，困了好久。

猛然间，雀丹燎空堺与侍卫们推门而入，雀丹燎空堺冷笑一声，也不说话，将昊天王锏烧得通红，照着影娘的腿部铁丝烧了下去，空气里顿时弥漫着皮肉的焦煳之味，绝色美人受酷刑于此，在场所有铁翼营兵士皆面不动色，心硬如石。

影娘痛地嘶吼道：“畜生！我既落你手中，你宰了我便是。”

雀丹燎空堺冷冷哼了一声：“你果然没将我放在眼里，玩弄雀丹颷的感情，成为无耻的青龙细作，哪一条罪行都够千刀万剐你。”

雀丹燎空堺说着，将灼灼昊天王锏一下刺入她的右腿，连着铁丝一起捅穿，再拔了出来。影娘的右腿顿时现出一个烧焦的窟窿，此生都不可能再愈合。

影娘怎么受得这等屈辱，痛喊道：“老贼，你杀了我吧！”

“曾想过要亲手断你首级，现在想来，让你活下去才是对你最大的惩罚，我恨不能亲手将你全身烙满窟窿！”

“啊！！！你杀了我吧！”影娘痛吼。

“钉上！”雀丹燎空堺喝令道。八名手执铁锤的士兵走了过来，一掌长的铁钉分别钉入影娘的手脚，将她活活钉在地上。影娘痛得昏死过去。

“割破她的舌头，我此生都不要再听到她说话。”

雀丹燎空堺命令道。兵士们用匕首撬开了影娘的嘴。

他懒得欣赏他的战利品，甚至由心底觉得恶心。他阔步走了出去，看见雀丹飏不顾宫人阻拦正步上楼梯。雀丹飏抬头看见偷偷折返的父亲，觉得楼上肯定有异样，而且他刚才分明远远听到了影娘的惨叫声。他低头往上跑，雀丹燎空堺上前一掌将他推了下去。

“回去。”雀丹燎空堺强压怒火。

雀丹飏稳住脚步，忍着痛，抬头问他：“是不是我妻子在上面？！你把她怎样了？”

“上面没有你的妻子，只是一个恶心的细作。”

“你是不是偷听到我在屋子里呼唤她的名字？！上面就是影娘对不对？！你把她怎样了？你折磨她了？你杀了她？！”雀丹飏方寸大乱，不顾一切往上冲，却又被雀丹燎空堺一脚踹了下去。

雀丹飏这一下终于恼怒了，双手中用火焰变化出一副与昊天王锏一模一样的锏。

父子双锏相抵，怒目而视，眼看决裂一触即发。

“你……你……想为她杀了我吗？！”

雀丹飕不语也不收手。

“我苦口婆心劝你一万句，抵不过她一个名字？！”雀丹燎空塄怒不可遏地咆哮道，“她来偷你的玉玺，她手里还抱着那只锦盒！她带领白鸦祸乱我们！你那该死的妻子是青龙的内奸！你这个色迷心窍的傻子！瞎子！”

“你可以骂死我。把她还给我！若她负我，这世上能亲手结果她的也必须是我。”雀丹飕双目噙泪。

“你以为我会相信你？！”雀丹燎空塄恨铁不成钢，对他伤心透了，一时间怨愤交加，竟也是老泪纵横。一场暴雪顷刻间又洋洋洒洒落了下来，大风吹动着二人的火狐皮氅。气氛凛冽萧瑟，雀丹燎空塄想不到在这种时候，还要继续为了一个该死的女人与儿子对峙，肝肠俱焚。“我真的不懂，每一次我们都像是达成了共识，结成了我理想中的钢铁联盟，可是为什么每一次，都变成一场空？”

有多大期望，就有多大的失落与痛恨。

他觉得自己濒临崩溃。

“我的兵还在屋子里头看守着她！你要再往上踏一步，我就叫他们立刻结果了她。你要是非她不可，就从我的尸体上踏上去。”雀丹燎空塄将铜一横，沧桑的面孔上却是泪水涟涟，他都不记得自己上一次哭泣是什么时候了，但是今天他的羞怨愤恼都到了顶点，完全失控。

雀丹飕也清楚自己是疯了，见他的泪水，手中火焰不由得熄灭了。他跪下去，向父亲磕头：“求求你，将她交还给我。”

“啊！”雀丹燎空塄嘶吼，“你此刻下跪比杀了我更让我不能忍受！！”

他高高举起锏，恨不能一下杀了他解恨，但那锏落到雀丹飏发丝上，再也无法压下去。

杀雀丹炗如此轻松，杀这个儿子，竟有骨肉连心之痛。

雀丹燎空堺苦笑起来，笑声震得鹅毛大雪也在嗡嗡作响，整座皇宫盘旋着这中年人的苦痛之声。雀丹飏则匍匐在原地，纹丝不动。

"站起来！"雀丹燎空堺吼。

雀丹飏低着头，捉摸不出表情。

"堺王。"他忽然这样称呼他，"是要我以儿子的身份请求您，还是以君主的身份命令你？"

这句话的凉薄，差些让雀丹燎空堺手中兵器落到地上。

他想要儿子展现的帝王之威，竟是施展在他自己身上，怎不悲哀。

良久沉默后，他退让了。

"行……行……"他垂手，一瞬间强硬的心完全崩塌，显出老态龙钟与疲惫来，"活到这一步田地，从此刻起，你我君君臣臣……君君臣臣……再无父子之恩……"

他肩膀打战，在原地眩晕了一下，强作镇定地说罢，含恨离去，一步也不曾回头。

天玺阁留下他凄凉背影，士兵见之无不唏嘘。

没了阻挡，雀丹飏急忙拔腿冲了上去，推开门看见昏死在地的影娘，满嘴是血，看着那四颗粗大的黑铁钉钉在她雪白的肌肤上，看着她腿上焦痕狰狞的伤口。雀丹飏心如刀绞，忍不住扑上去号啕大哭，一边哭一边用手去拔那铁钉，指甲都折断了也不肯松手。

“她是我的妻子！是我的妻子！你们怎么可以这样做！”雀丹飏吼。士兵们乱了方寸。

雀丹飏双手鲜血斑斑，一声声痛哭，一次次看向影娘。

这时她微微睁开眼睛，视线模糊地看着他，嘴唇微微动着。

他欣喜地凑近她，想与她沟通，却听到她满嘴血肉模糊，含糊不清地说了一声：畜生，滚开。

第三十一章　用杀以吓天下，是帝德

香甸谷

凛央子深呼了一口气，一句话也未说，脱下衣袍，将树叶中奄奄一息的女孩轻轻包裹好，心疼地抱了起来。见到这样可怜痛苦的她，总比永远找不着要强。心痛归心痛，抱回去治好了再往死里骂。逞强，嘴硬，多管闲事，结果呢？

凛央子转过头，眼前多出一个陌生男子。

“你是她嫁的那个？”陌生人问。

神经病，关你屁事。凛央子瞟了他一眼，没说话，径直往前走。一柄剑拦在他的面前。

剑长四尺，黑色的刃在阳光映照下像是乌金的蛇皮，篆刻着所有夜叉王的名姓，剑绳上坠着九头鬼挂饰，扭曲的白骨缠绕剑柄，剑锋犹如夜叉牙，森厉、恐怖，带着炼狱的气息。

“幽无三世剑。你，玄武族，冷眼旁观，不问她的伤势，只问我的来历。想要她的神魄？”凛央子几句便分析出他的动机。

“哟，不是凡夫。”玄武梦寒冷笑，用剑锋沿着他的轮廓游走，很显然，他感应到，玄武千寻嫁的这个男人只是有见识，战能上却连一点威胁力都没有。

凛央子懒得理他，继续往前走，被玄武梦寒用肩膀撞回原地。

“我这可只是轻轻地碰了你一下。”玄武梦寒一副戏谑的口吻。

“我知道，千寻伤成这样是你做的，能打过她的人，都是千百年的老妖怪。”凛央子挑挑眉毛，打嘴仗这辈子他只输给过一个小丫头。

“哈哈，牙尖齿利。”玄武梦寒一把掐住他的面颊，“你俩好生一样的夫妻相！脾性和语调也是一模一样。”

“谁说不是呢。”凛央子挣开他的手指。

“小家伙，敢叫我老妖怪。我可以用这把剑把你剔得只剩一副骨架子，你信不信？”

“信，为什么不信。剔骨，剜眼，剁指，剥皮，只要是想，有什么做不出来。”凛央子回想到过去的自己，真不觉得这些事算事。

“你……挺镇静的哈……”玄武梦寒绕着他走了一圈，怎么看都是普通人，但这傲然非凡的气场真不知道是怎么来的，他实在猜不出他的来历，哪一族人都不是。若说是普通人，又多了一种莫名其妙的气势。

“呵，剔成骨架子也能抱她回家。”

“那我倒想试试。”

“你的庙号是？”凛央子话锋一转猛然问道。

玄武梦寒愣了愣，转念一想，不如告诉他，看看他猜不猜得出自己是谁，“蟠魁高宗。”

凛央子抬头思索，“蟠魁王朝，高宗，玄武梦寒，往上推，是玄武千寻的高祖辈……你们玄武真是，呵呵。”

“这声‘呵呵’是什么意思？！”

“老不死的意思。”他冷冷说道，好好抱住千寻继续往前走。

“嘿！以我这脾气，竟然忍你！”玄武梦寒哭笑不得，抬起剑来一下横到凛央子的后颈上，“再往前走一步试试？！”

“你杀了仇人心情正好，估计下不了手。”凛央子却来了这么一句。

“啊？！你怎么知道！”玄武梦寒大吃一惊道。

“左肩到颈部有伤，玄武一族愈合奇快，皮肤上痕迹没了，衣服上的兽牙印与血迹十分清楚。剑身与护腕上都有血污，皮靴靴跟后侧朝右一向磨损严重，必是受重力后剧烈摩擦所致，皮领上还粘着一小丛紫斑豹毛，不过最明显的是你腰上挂的那块金佩，足色的虎贲金，嵌着红色宝礁珊瑚，印铸有白虎族猎王者的号印。以你的身份，愿意屈尊捡来佩戴，明显是一件战利品，证明了一场恶战，而你是最终的胜利者。”

“哈哈哈……”玄武梦寒仰头大笑，透着自负的喜悦，也有对他的激赏，“我为王时，若得你这般贤才是会高兴的……呲……贤能之士，屈为肉胎凡身……白鸦啊？你是白鸦？”

玄武梦寒将信将疑地问，如此见识必曾是异类，但发色并非朱雀族，五官不是西域白虎族，气质非玄武，也断然不是妖魔两道，非王非帝，那就只剩下一个选项。

凛央子没说话，一副关你屁事的表情。心说高宗这种庙号，都是给衰亡国家的败家帝用的，配使什么贤才。

“哈哈哈！”玄武梦寒却笑得肚子疼，大笑着绕到他前方去，对着他的脸指指点点，屡屡弯腰扶着膝盖，“我对这个死丫头佩服到五体投地，你能体会吗？！嫁白鸦，哈哈哈，嫁白鸦，嫁白鸦！嫁白鸦！！”

最后一声，玄武梦寒猛地咆哮了，地动山摇一般巨响，山谷中满是回音，银杏叶震得一阵飘扬，密密麻麻的金色，绚烂得竟有一丝恐怖。

“玄武公主！嫁青龙奴才！”玄武梦寒怒吼。

凛央子一脸风淡云清，“又怎样呢，不过是你自己受不了。”

玄武梦寒伸手扼住他的脖子，恶狠狠地问道：“狗材！你真的不怕死吗？！”

“以前还没娶到她时，估计怕死，可能跪着求你。现在她就在我怀里，奄奄一息，我不救她，她也活不了，不如同去，没什么可怕。除此之外，你不把她打成这样，怕这次我也会动手，这丫头欠教训，活该。”

“唉？”玄武梦寒又愣了一愣。好像有些话说到他心里去了。

“唉……和她相处久了，我也成话痨了。”凛央子无奈地摇了摇头。以前一句话说不到，人就杀光了。现在聊了半天，一滴血未见，自己真是变了啊。“觉得她有一堆麻烦，可就是喜欢她，把自己变成了傻子、疯子。卸除盔甲，暴露软肋，沦为凡尘蝼蚁，还是很快乐。”

凛央子笑，人之将死，有什么话说不得，有什么情表不得，他才不怕，也不在乎，管谁听着。

“呼……”玄武梦寒的剑不知为何，缓缓垂了下去。有些事戳中了他的心，尘封久远的记忆。他喃喃重复：“卸除盔甲，暴露软肋，沦为凡尘蝼蚁，还是很快乐……这种心境……我多想再体验一次……”

玄武梦寒怔在原地发愣。

“哼，真替她不值，上次埋你，说见不得祖宗这样潦草埋葬，将来一定要挣钱给你把墓修上，边说还边落那些眼泪。因为别人羞辱你几句，便又开了杀戒。你为难她这样久，临了她惦记的竟然是血脉亲情，比起今天，她落这下场，不是活该又是什么？”凛央子冷笑。

玄武梦寒又是一怔。

“老不死的，竟然还知道傻眼吗？要杀便杀，愣着不动干吗？”凛央子等了一等，但玄武梦寒没有反应。凛央子觉得干耗时间不是事，干脆问道，“你觉得她还能挺多久，是吃了鲜活之物就能复原对吗？你要是不急着杀我们，我就去打只鹿或熊，要是着急，就赶快。”

“呵呵。”玄武梦寒笑了。这夫妻俩真是一个德行。

凛央子撇撇嘴，比他更不耐烦。

“我和这丫头有个约定，我留她在这里三天，若我回来还见到她，就要她的命。”

“所以赶紧的，别叨叨。”

玄武梦寒出人意料地没有生气，竟然笑着拍拍他的肩膀：“我是提前回来的，其实你们已经赢了。”

这句话激得凛央子后背上出了一层冷汗，心头狠狠松了一口气。想不到这二人还有这种凶险的约定，要是赢了，只要玄武梦寒不负信，就可以安全离开。

玄武梦寒微笑，不含一丝险恶。“我见你，忽然觉得，如同见当初自己，当年的心情纤毫毕现，知道是什么感受，我清楚你还是害怕的，想保护她，想活着带她离开。我都明白。你想不到吧，我这个渴望玄武神魄的凶神恶煞，我这个老不死的，偏偏懂你在说什么，我也曾为我的爱人，不顾一切过。今天见过你，我总算是了然了，小丫头她没爱错人。”

说着，玄武梦寒把剑插入剑鞘，凛央子一直抱着千寻腾不出手，玄武梦寒就亲手把剑挂到他腰上，这突兀出格的举动令凛央子大惊失色，甚至下意识往后退了一退。

“别动。玄冥盾我取走了，幽无剑留给她，告诉她别只会后退防守，世上要她命的人除了我还大有人在，唯有剑能保护自己。用杀以吓天下，是帝德。”

“什么……”凛央子真的蒙了，不理解他的举动。

玄武梦寒拍拍他的肩膀，眼神如同和蔼长辈一般。“带上我的那份，就这么傻乎乎地生活下去吧，多生几个孩子，山野田园里快活去。未来你还会再见我一次，你那个继承神魄的孩子会被我带走。记得用这柄剑来对抗我，无论输赢，记得这是我们的缘分。”

说完，他向他们竖了一下大拇指，就像很久以前，他在巨坑底下，与小丫头遥相呼应的那个手势。帝王家事，有许多不得不为之，也有很可怜的一小部分，能用来惺惺相惜。

小丫头有些事料想得不错，她活脱脱像是继承了他脾气性格的后人。

“玄武族吗，老不死的……哈哈哈，时间悠长，我可以再等！”

“什么？！”凛央子彻底迷茫了。

玄武梦寒与他擦肩而过，徒步离开，双脚踩在厚密的树叶堆里，咔嚓的声音清脆动听，清风拂过，此刻山谷里的金色梦幻迷离。

“我都很久没有好好看过日升月落了……浪汐海潮……是什么样子竟然记不得了……”玄武梦寒喃喃自语，越走越远，心里琢磨起广阔的天下，并非权柄，而是风景。

“神经病吧！”凛央子骂，看看怀中千寻，又骂，“神经病家尽出神经病！”

千寻一直昏睡着，没有回应。

他心软了，亲亲她额头。“走了，带你回家。”

她嘴里突突一声，吹了一个好大的血泡泡，仿佛是在回应。

安雅城

兰霖屏退所有人，独自坐在寝殿之中。

面前有一樽水，他试着调动它，凝神屏息了半天，除了偶尔碰到桌子带出的一点水纹，其他动静一丝没有。他不免有些灰心，将怀中信筒拿出来又摸了一摸，得到了一些安慰。

千寻为他找的口诀其实一点用处也没有。身为青龙皇族，怎么可能调得动幽冥的黄泉水，他背下了口诀，只当是一种温暖，却不曾当成一回事。即便他照口诀所述，到地面上找到风水位，一番运功，地下会发生什么，其实他一点也不会知晓。

不是嫌弃千寻没用，而是彻底被她可爱到了。

一窍通则百窍通，只能争取自己琢磨出调动水力的方法。苦思冥想，冥想苦思，满脑子都是她的身影，不知道她现在怎么样了，想念她的声音、表情、所有的小动作，受伤时才会一声不吭地躲在他怀里。

越想越思念，他反复质疑自己当初是怎么亲手放她走的，越想越只有痛苦而已。他低下头去，心中如沸水翻腾起伏。念着她的名字，念着她给的口诀，越痛越想，越想越痛。

这时突然有人来到他身边，他以为是普摩，只能强迫自己振作起来面对。眼前却是一名普通的青龙士兵，带着头盔与面罩，双眸泛着苍鹰一般的阴鸷光芒。

“有紧急军情？”兰霖下意识地站起来。

“是啊，有紧急军情。”那人抽出佩刀指向他，“我守了你好几日，终于等到你身边没多少守卫的机会。当然要把这个紧急军情亲口传达给你。”

兰霖听出他的声音来，轻轻问：“傲月寂？”

“哈，难得你还记得我。”他摘下面具，一脸孤傲地瞪着他。

“记得。君子之守，以恒以坚，我从心底钦佩你，独行四方也要追查到我的决心。”兰霖点头，悠然说道，“这么久以来，朱雀族内乱动荡，各种变化，你应该多少有些耳闻。你选择孤胆闯入敌营，二分为了朱雀未来，八分为了挚友的深仇。我也有仇恨，但比不上你执着。”

“闭嘴！”傲月寂冷面如霜。

“刺杀我的结果，只有一条，你完全不可能逃出安雅城，逃出嘉波龙王的捕杀。何苦这般下场？既已久离朱雀，不如来我军下，他年出将拜相，我以亲王之礼待你！”

“住口！你莫用这些好话诓我。我还是那句话，我只要你的命，不要与你做朋友！受死吧！”傲月寂不由分说挥刀向兰霖斩杀。他深知敌营之中步步凶险，半点时间不可拖延。

刀走上空，横挥竖斩，转眼将他逼到墙角。兰霖本无功夫，身上皆是空门，脚下一个踉跄朝后跌了下去。以傲月寂的力道与速度，刀锋转眼便再次斩杀了下来，兰霖抓起溯流神杖横向一挡，杖身如被雷击一般，震得他手一麻一松，神杖顿时落于地面。

“哈哈哈，你满腹诗文，却只能是个文弱男人！这柄神杖一看便不是凡尘俗物，你却用不了它！活该你今天要死。”说到此，傲月寂将长刀一抛，双手变化出火刺来，“绛天晓的炎爆术，我掌控得不好，但我可以用这火刺扎入你的脑门中，酝酿一个火球，让它在你这装满锦绣文章的脑袋里爆炸！连着你这块莫名其妙丑陋的面具！嘣！血肉片片，焦香四溢。去你的出将拜相！你还不了我的绛天晓！”

“呵呵，你到底有多爱这个男人。”兰霖冷笑，怎么想都觉得这二人的情谊超过了君子之礼。

“我叫你住口！”傲月寂咆哮，高举火刺朝兰霖头颅刺去。

生死关头，玄武口诀突然在兰霖的脑海中浮现并且散乱，在一刹那间重新组合排列，变成了完全不同的字符，青蓝之光越来越清楚明晰，一字一字写着：斗罗水魂，天流运物，晃朗太真，浑元速见！

“啊！！！”满殿是傲月寂的吼叫声。

生死一刹。兰霖闭上眼睛，又顿时睁开，闪烁着晨曦之锐。

一柄硬物穿透傲月寂的胸膛，兰霖伸手一把握住，傲月寂的鲜血溅了他一身一脸，他看着他胸口的血窟窿，傲月寂也愣愣地低头，双手火刺熄灭，他闷哼了一声，双腿发软跪跌在地。怎么会……

兰霖慢慢将掌心中的东西摊开，还不见形状，它已经化成了一摊水，从指缝里滴落下去。兰霖看向前方桌面，那只青铜樽面朝他倒下，内里是空的。

“怎么了！发生了什么！门口卫兵怎么死了？！龙霖，龙霖！”普摩疾呼，一路带着侍卫冲了进来，看见满脸血的兰霖与一名陌生男子，“什么人！是刺客？！”

“怎……怎么会……”傲月寂无法咽下这口气，死不瞑目。

兰霖伸手轻轻为他合上眼睛，默默起身，看着普摩。

“到底发生了何事？！”

兰霖长出一口气，整理一下衣冠，用双手抹了一把脸，皆是敌人鲜血。

“是时候了。”他平静地吐出一句，“万事皆安，正是我们大战朱雀的时刻。”

“大战朱雀的时刻？正式宣战吗？”普摩一惊，随即喜出望外，“别告诉我，你，你……你真的参透了……”

兰霖镇定颔首，拾起溯流神杖，见它顶端突然缓缓生出一颗水珠，拳头般大小，由东向西自循环转动，带着一股水流与深海的青魅蓝色，滚滚不息。原来这才是它真正的模样。

兰霖笑了，举起神杖。

在场众人顿时群情激昂，山呼龙王。

坤宁宫

“是何天色。”

“习习寒风，以阴以雨。雪霜茂茂，蕾蕾于冬。”

“是何曲声。”

“庙堂箫鼓，白茶箜篌，溯世之曲，离人之歌。”

“你是何人。”

“谦谦静思，沉郁君子。星辰其眸，苍火其魂。”

“有何期许。”

“死生契阔，与子成说。执子之手，与子偕老。”

影娘微笑着，轻手拭去他的泪痕，亲吻他的双眼，在他耳边用一种抽丝般的声音说道：“但是我依然不认得你。”

随即远去，缥缈无迹。

他猛地醒过来，看见手中握着的她的手，她瞪着他，因为手伤无法将自己的手挪开。

一切只是梦。

他面对着的是无情、仇恨、完全陌生的眼神。

他很想问她关于背叛的事情，但是她残破如此……

他什么质疑都没有了，背叛就背叛吧，敌视就敌视，他只要她好好地复原，用尽任何方法都可以。

“影娘，你是我的挚爱、我的火焰、我的晨光、我的宫殿。我爱你，我永远不与你为敌。我在这座皇宫里，早被囚禁成了一个畸形怪物，原来我放不开的不是王座，是爱。我需要你，影娘，别与我为敌，我需要你。”

影娘从鼻子里冷哼了一声，闭上眼睛，懒得听他说话。

雀丹飚却欣喜地想到一个消息，急于告诉她：“最好的太医都来为你包扎诊治，他们为你号脉，说你已经身怀有孕，影娘，是我的孩子，我们的孩子。你知道吗？所以你现在唯一要做的事就是好好休养，我衣不解带地守着你，陪着你，陪着我们的孩子。”

影娘被这些话震惊得睁开了眼睛，用一种“你是疯了吗”的眼神瞪向雀丹飚。

但他已经决心永远不与她生气，即便心中流泪流血，也要永远对她微笑。

“子时已过。请新王摆驾皇极殿，请神加冕。”屏风之后传来一个刻板如制的低沉声音，亦从熟悉转为了陌生，毫无亲切，“新王嗣业，功参宝命，虽为继体，事实艰难。御衮垂旒，深存政典。察道者帝，政典尔尔。上刚毅有断，为治总大体。恳请新王，倾己勤劳，以行德义，克情克爱，中兴朱雀。中兴朱雀！”

重复最后一句结语时，雀丹燎空堺觉得自己的灵魂都被掏空了，一时间头脑一片空白，眉头深锁，握剑之手瑟瑟颤抖。不是兴奋，不是期盼，而是恐惧。他怕自己在这里化成石又风化成土，也等不到雀丹飚踏出一步。

坤宁宫沉寂如墓，所有朱雀族人都在悲壮地翘首企盼。

不战即亡，若雀丹飏放弃王位，他们死在这里，也只能算是孤魂野鬼。

沉默又沉默，等待复等待。

雀丹燎空堺愁目紧闭，仰天长叹一声，恸然说道：“也罢也罢，我不以父子之名教斥你，不以君臣之名谏劝你，我以一个男人的立场同你说，你若不握起长剑，不佩戴帝甲，便是凡夫俗子，你若甘心沦为草木微尘，你便永远失去力量，无法保护你心爱的女人。我是外人，敌人也是，我能伤她，敌人也能。”

雀丹飏用力捂住双耳的手忽然松开了。书典早看惯，墨字无情人有情，教义他听不进去。但是雀丹燎空堺最后一席话，他听得明明白白、真真切切，确实是这样的道理。若无铠甲，只有一副肉身，怎么保护已经残破不堪的影娘。莫非来日，带着妻儿一道做囚徒。

雀丹飏肃然起身，在她床边停了又停，觉得有些事箭在弦上，不得不发。

“影娘，你等我。”他温柔说罢，振袖走了出去。

雀丹燎空堺听见脚步声，睁开双眼，看见他朝前走的挺拔背影，心中千斤之石只觉得松了一半，急忙正了正衣冠，跟从而去。

安雅城

九猿与鹤关再次被带到兰霖面前。眼见满堂盔甲森严，一众军仪整齐，在这亥子之交，必是有准备奇袭的打算。九猿与鹤关下跪行礼，抬头再看龙王，一身鳞彩之铠，鳞色炫耀，众色无光。

一手掌握傲尊溯流神杖，一指轻点龙玺。眉宇有千山，眼颦蕴万水，若说威仪纵横，却又多出一种风流，若说风情绮丽，却又生得是一番战龙在野的傲心狂气。

九猿心中不由感叹道："百个雀丹燎空堺抵不过一个龙王，十个雀丹飏比不过一位兰霖。玄武公主到底是好眼光，我们所投奔的正是我所渴求的贤主明君。"

"哈，好一张会夸人的油嘴滑舌。"普摩笑道。

兰霖悠然道："莫拘泥于衣冠之相。宣战之时，只说奇谋战略，不说歌功颂德。你们既已到我跟前，那么告诉我，你们能为我做什么。"

话音刚落，鹤关忽然朝前跪了两步，说道："我背得出铁翼营各层级军职名单，能为您奉上京城与皇宫的全部军力配备数目，我知道铁翼营的准确位置，知道他们铠甲的弱点，兵器的强韧，惯用的战略……"

"哟，简直是个宝贝了，雀丹燎空堺替我们养了你这么一个大宝贝。"普摩说完，哄堂大笑起来。唯独兰霖只是嘴角轻轻勾动一下，并无表情。

"不不，请龙王听我说完，我有肺腑之言呈表。"鹤关连连摆手。

"说吧。"

"我本来就是没有回头路的人，也知道这种出卖老主家的下场。我绝不是要以此邀得什么重赏，也不要封臣拜相。奔波流亡的这些日子，我深深思量清楚了我自己是什么，掂清了我的分量。一个薄情寡义的叛臣，怎么可能得到新君的重用？我鹤关，只求龙王平定四海后，赏赐我一个轻闲的文职，誊抄也好，守库录卷也好，离朝政战务远远的，俸禄够我娶妻生子置地就好。”鹤关说到此磕了一个大大的响头，匍匐在地面，“只此一个请求，再无其他观想。”

这些话，鹤关对九猿也不曾提过，九猿心说，此人夜夜辗转反侧，原来是在考虑这些，骨子里到底是懦弱之人，早看出不是同道，也罢。

普摩与兰霖对视一眼，心想这鹤关倒是有自知之明。

“准了。”兰霖点点头，悠悠看向九猿。

九猿与鹤关截然相反，他站了起来，揭开斗篷，露出刻画满符咒的红色脸庞。“诚如所见，我是一名巫师。朱雀兴巫重巫，但青龙族以巫邪之道为耻。我能为您做的，是玄武花笙万乐公主帮助我做到的。我与我的亡妻能在梦境中连心相通，而我会朱雀族变化面容的心法，两术相合，能使京城所有黎民百姓在梦境中受到龙王感召，壮其声威，全民皆兵，奋起反抗朱雀。”

普摩倒不关心什么全民皆兵与内外响应，只恶声问道：“这是玄冥傀儡术，是邪魔歪道中的邪魔歪道！她帮你修行到第几层？！”

“最初一层，梦境相通。”兰霖道，“梦中托化，应该是他自己琢磨出来的。他脸上是朱雀封印，修炼玄冥术永远不可能精进，只此而已了。而且与全城人族梦境相通，消耗非浅，我怕你是用命相搏，来为我效力。”

九猿两眉一立，圆睁双目，心想这龙王太过厉害，简直像是与玄武公主思境合一一般。

“哦？！青龙战役，出了第一位死士，还是来自朱雀族的。”普摩说完，又是哄堂大笑。

“所以你现在可以说你想要的封赏了。”兰霖淡定依然。

九猿咽了一口唾沫，紧握双拳道：“我……我！九猿，想成为青龙国师！”

“啐！痴人说梦。”人群里有人直接鄙夷了。

九猿却更大声地吼道：“我九猿，想成为青龙国师！我会倾我一生，证明我的能力与我的忠诚！”

普摩冷笑着背过身去，啥也不说，放了个响屁，以示回应。

大殿里顿时嘘声一片，将臣们以长枪戳地，纷纷嘲笑他痴心妄想。

这一次，兰霖被普摩逗乐了，掩住鼻尖，侧脸笑了起来。

九猿见龙王也讥笑自己，不由心寒，气愤地怒目圆睁，双瞳激红。

兰霖却忽然起身，走向他，慢悠悠绕着他走了一圈，一边走，一边道：“站着说话，除了声音壮，并不壮本事。旁人也许因为你一时气概被震住，但绝非久长。我的确能赐予你理想的职务与名望，但是受不受人排挤质疑，取决于你日后所展示的本领、威望与德行。”

听到此，普摩扶剑吼了一声：“什么，你真想封个狗屁的朱雀狗国师出来？！信不信我即刻当堂斩杀了他！”

“堂兄莫急，听我说完。九猿。”兰霖微笑着看向他，“我要革你旧族籍，削你朱雀红发，你要向全青龙族人写一份罪己书，言明你以罪人之身立誓为我族效力的决心，一生不可再娶，不可有子嗣。以此，我封你为龙袴国师，但，有教无政；赐你御林殿中院，但，一世不能踏出此院，不能结党，不能营私。你若觉得能接受，不视此为屈辱，就留下。我会尊重你，以国师之礼待你，换而言之，你在青龙境内，只我一位朋友知己；若不接受，我赏你金银田宅，废你法术，送你远去东海沿岸享清福，我也不用你在梦境托化，为我效力。”

普摩听完翻着白眼想了又想，似乎就是赏了个名号，等同于被软禁的奴隶，有教无政，相当于关门做学问，有任何事只能与皇帝一个人讲。好像也没什么大不妥，但又觉得便宜了他……普摩忍不住提醒道：“青龙族以巫为贱啊，你留这么一个人在身边，全族人都要笑话你。”

“堂兄也说我是鸡鸣狗盗成帝，我的事迹一定会被记录到历史中去。洪荒前后，经纬内外，找不出似我这样第二个弃子成道的龙王。众口销金，淆乱褒贬，我龙霖担得起。”

话说到这般田地，哪还有人辩驳。普摩咽声，冷冷看着九猿：“那就看他呗，气性这么大，说不定以为你在捉弄他。”

“不！我留下！”九猿当机立断，向兰霖跪下磕了三个响头。兰霖微笑着向他伸手，请他起身。

随即兰霖一振皮氅，走出大殿，面向苍穹，向罗列星斗傲然道：“诸将听令！摆酒祭旗！”

第三十二章　朕敢

京城

千寻迷迷糊糊的，如同腾云驾雾，周转了好一会儿，也不知道在哪里，只闻到一股酒香，听见万千旌旗招展，还有风雪声。

有个男人，用他清澈动听的嗓音念着："敬礼众鳞之长，顶礼四灵之首，五行四海，一百一十六名龙王，金刚至尊，其熠其煌！请令我显真广大，令我至极坚固，请令我成一切功业，令我心具足大勇，令我起五智大用，令我于水生一体，起神明大智慧，降伏一切魔仇，降伏一切敌手！"

千寻听得隐隐约约，心说，这是在做梦吗？怎么听见青龙王的宣战词。死则死矣，死错地方了吧，明明好像是在山谷里，不烂在土壤，跑青龙的地盘来干吗，得回去，得回去。跑这来显得特别不守妇道。回家回家，变成鬼魂也要在凛央子身边飘。

她胡思乱想时，忽然觉得脸上冰凉，有怪怪的东西贴到左脸颊上了，用手指抠都抠不下来。什么呀！她吼，但是没人能听见她的声音。

“呛啷”一声，有刀锋从他眼前划了过去，从剑身倒影中，他看见她的脸，她则看见了兰霖的面庞。两个人都吓到了，心跳怦怦作响。

完蛋了，是不是帮九猿做傀儡术时，记住了咒词，自己成了鬼魂，就莫名其妙跑过来附体了？乱了，乱了，谁要和兰霖在一起。

千寻？他意念一动，她感受到了。

“啊啊啊啊啊……不是吧……”她急得抓耳挠腮，但是这些都不影响他的举动，她像是单纯附在这张骷髅面具上，要跟他一起打仗去。

咦？今日大战？半夜？她心想。感觉到他踏上飞天辇来到高空。

兰霖与普摩并驾同乘，十名白鸦带一部战车，战车上站立六名青龙族战士。

云潮浪滚，浩浩荡荡。兰霖抬起手腕，从腕部铠甲上的精钢倒影，又一次看见了依稀的千寻的脸庞，心中既惊讶又温暖。千寻却是又挠又跳，但困在面具中完全出不去，难道要这么跟他一辈子吗？千寻目瞪口呆，觉着自己跟千军万马越飞越高，越飞越远。

东南西北四门皆架铜鼎点火，上下通红，火把缭乱，四门皆有伏兵。雀丹燎空堺叮嘱全城内外，盯住天空，存硫黄焰硝与火种，要使火焰冲天，黑烟铺地，乃至一片焦土，即便无鸡犬人烟二三百里，今夜也要守住城池。

雀丹飏在四神柱前，黄袍加身，头佩帝冠，手捧一方玉玺左右环顾，却不见雀丹燎空堺，询问宫人，得知雀丹燎空堺已赶去北门镇守，调度全城军力，确保他今日万无一失地请出朱雀神。

雀丹飂点燃帝香，抬头看四神柱，积雪皑皑，四神伏雪，除此之外还是那副旧模样，看不出一丁点新鲜。他回头看，祭品丰厚，累累堆积。只是省去了礼乐，也没有百官列队，只有几十名宫人与士兵，站成一个稀疏方阵，看起来萧瑟凄凉。

“山川在望，六宗云禋，昊天上帝，日月星辰……”雀丹飂默默念着祭词，脸上竟无一丝喜色，若换一身缞绖，说是在丧礼上也有人信，“……凡此所祭，朱雀真神，司火司焰……”

念到此，他竟不由自主叹了一口气，倍显哀伤。众人面面相觑，连最平庸的人也觉得这是不吉之兆。但午夜的天空边际，从南方蔓延出一道红光，像是一轮红日隐隐要出天。

云霄之间隐隐听到一声凤鸣。但伴随而来的是四门震耳欲聋的火炮响。引兵搦战之声此起彼伏，金鼓齐擂，全城之鸟被惊起乱飞。此刻没有一个兵士跑来向雀丹飂通传战报，所有人被严禁干扰他。四神柱前怪异地静寂着，像是被单独辟开的一个结界。

与火红天色相争相抗的，是空中暴雪乱舞。

离皇极殿不远的地方，几颗带着朱雀钢盔的士兵人头忽然被抛了下来，砸到地面上，像一颗颗爆裂的西瓜。受惊吓的宫人们尖叫起来，立刻捂上自己的嘴，抬头看向房顶，炽焰巨人守护之下，白鸦先锋哨无法靠近。

宫人们不敢声张，整座皇宫为了雀丹飂都竭力保持着安静。

雀丹飂心里涌上无限的哀伤，头脑一片空白，麻木地将他应该念的一切一字一字念完。玉玺突然从内冒出烈焰之光，他的胸膛透过衣袍也透出一样的红光，两道光束交相辉映，雀丹飔忽然觉得全身发暖，眼底焰彩迷离。他将手按在玉玺之上，任红光在身体四周游走，随即缓缓腾空而起，渐渐与四神柱上的朱雀雕像平行。

他与它四目相对，眼前展现出宇宙星辰的绮丽景象，井鬼柳星张翼轸，南方七宿历历分明。赤色火在宇宙中央生生不息，熊熊不灭，至阳之精，是为不死。

“天命玄鸟，降而为王，地野苍苍，厚土芒芒。干支不尽，天火不亡。”与此同时，与他念出同一句的，是远在北门抗敌的雀丹燎空堺，父子齐心同速，背诵到此。

朱雀真神自南天而来，以翱以翔。

“该死，鹑阳四门火炮。这雀丹燎空堺真不简单，竟然能瞒过白鸦，在北门架起这么大的一门炮！这是朱雀神器！送上天的都是铁炮弹与炽焰巨人，一旦找到燃料，就会化出火人在空中厮杀，你看先行军那百部战车陆续都烧起来了！！”普摩在震耳欲聋的火炮声中向兰霖宣告战情，将千里镜递于他，“炽焰巨人比以往高出数倍！连上城门的铜鼎火焰，简直能环城拦截我们，白鸦根本无法俯冲靠近。你再看南天的红光如羽！迫在眉睫啊！你怎么还不说话。”

兰霖左手轻掩着面具，感觉脸部冰凉，像很久很久以前，那个女孩在他怀中的温度。他被如此的重逢震撼到了，无法控制疯狂地想念着她，觉得此刻二人的心是紧紧贴合在一起的。

由炮弹射上天空的炽焰巨人，随着火焰吞噬战车与士兵，愈变愈大，化成火人四处捶打攻击着白鸦。仙真区的炽焰巨人与城墙上的火焰相连接，环城之火已经冲到了半空之上，恐怖庞大的火怪向着南天捶胸咆哮，雄武地迎接朱雀到来。

千寻能听到这些，也能看到这些，她都快替兰霖急死了，这时候，他却安安静静的，不知道在想些什么。

“在想什么呐，你的本事呐！”普摩着急地吼，“再不对付就来不及啦！朱雀一来，炽焰巨人的能力就会达到最强，今晚的强攻肯定会失败！你不是说你舍不得牺牲白鸦，它们正烧着呐！喂！”

“这货谁啊，好吵！不过……都打成这样了你能忍？”千寻问。

兰霖听不见，千寻急得双脚跳，他依然感受不到。

“不行，你能忍，我不能忍！”千寻撸起袖子来，脑海里涌起黄泉咒诀，虽然不知道对付朱雀火能使出多大用，但多少有点用吧。

“真魂寒潭止水同！幽元精运无泄漏！静流解冰，不浑！冥罗斗神，不骜！晃天倒地！黄泉听令！”千寻速速念，兰霖突然也跟同着念。

“斗罗水魂，天流运物，晃朗太真，浑元速见。四海汪洋休惝恍，我召即来！”

一动一静，一躁一稳。

四下风云忽静。

猛听空中“吽”的一声，嘉波龙王的雪云被一个巨大的光圈冲开了。整座京城之下爆发出地动山撼一般的声音。普摩与战士们诧异地回头看向身后，感受到强烈的阴寒之气从北方冲来。与此同时，东方午夜天际绽放出晨曦之光。

三神相斗相制衡之貌，震撼显现。

千寻忽然收起手来，挠挠头摸摸下巴说了声：“糟糕，我调黄泉水干吗，以我的能力万一借黄泉打开了鬼门，把幽冥三千孤魂野鬼调来岂不是添乱。”但是当她说糟糕时，已然来不及。黑暗之水洞穿仙真区地底，破开厚厚土壤，从炽焰巨人的脚底心直冲上它腹中，巨人长嚎一声，用至阳真火向下压制，灼灼热焰中尽是凄厉的鬼哭恶号。

这么一来，千寻又怒了，骂道：“我的奴才只有我能欺负！”

随即再次掐起口诀，虽然知道玄武不是克制朱雀的强手，但是好胜心上来，也势必要与之斗上一斗。与此同时，东方越来越亮，又听空中“吽”的一声巨响。兰霖随之冲破了沉默，长啸一声，龙啸贯穿天际，他背后的衣衫迸裂，背脊上整条鳞片幻化出青龙影像，腾云驾雾朝京城上空冲去，虽是幻象却也不停扩张，与南来的朱雀激荡相争。

一阵电闪雷鸣之后，青银色的雨柱从天而降，最大的雨阵直灌仙真区，上下两股势力相冲，壮阔如江翻海沸，炽焰巨人哀号挣扎，全身冒出滚滚白烟，如同火山爆发一般声势浩大。

“天命玄鸟，降而为王，地野苍苍，厚土芒芒。干支不尽，天火不亡。”雀丹燎空堺身在生死战场，心在四神柱前。虽然一再失望，但他依然满心期待雀丹飚能负起全族的责任，复兴朱雀的荣耀，哪怕是到最惨的地步，哪怕只是昙花一瞬，他身为堺王的一生可以不是流亡者、失国者、进贡献子者，不是败将，不是哀兵。他多希望这一切耻辱可以在今晚洗刷，多么渴望有生之年，亲眼看到朱雀真神在天空中翱翔。

手执昊天王锏，挥麾炽焰之师，驾驭鹑阳火炮，他本是太阳赤鸟之子，战场之上还有谁敢与他争锋争光？！

“来啊！”他冲着天上的白鸦战队咆哮，白鸦先锋军百余驾战车，被炽焰巨人烧得凋零破碎，打着可笑的旋转从天空中掉落，那些烧毁的翅胶，撕残烧焦的肢体。这些都远远不够，他要狂吼着战斗下去，无休无止，无穷无尽地战斗下去，直到将十万大军全都烧成青烟灰烬。

这酣畅淋漓的一战，他期待太久。就在今晚，南天彤红，朱雀真神的啸鸣与羽翼显现，它就要来了！雀丹燎空堺能感受到它的热度，愈来愈狂野燥热，愈来愈有气魄。今夜是属于雀丹飏与他的，不，今夜就是属于他的！

不可剥夺，不可毁灭的荣耀！

他命令士兵不断填满炮膛，满足地听着每一次攻击的轰鸣声，看着天空红云波澜壮阔，心说绝不会让青龙贼离近城门一步。眼看战势喜人，却听地下传来隆隆巨响，随之天空绽开一个巨大的光圈，“吽”的一声，将厚厚的雪云冲散。众人正愕然，忽听身后传来炽焰巨人的痛号声，扭头看去，火焰巨人的双脚之下冲上一股乌黑的光柱，伴随着数以千计厉鬼的哭号声。完全没人反应过来那是什么，举目眺望，心惊胆寒，但见炽焰巨人用极阳之火镇压，力挽狂澜，刚想松一口气，听天空中又是“吽”一声巨响，电闪雷鸣，青银色的雨柱磅礴而下，冲向仙真区如天河之水灌注下来。眼看炽焰巨人上下受敌，化为滚滚白烟，渐渐缩小。

“不！！！”雀丹燎空堺咆哮道，无法眼睁睁看着自己制胜的法宝被控制。

“东方！东方！”副将喊了起来。众人竟眼看着午夜天空一点点露出清晨之光。从北面突然浮出一条青龙幻象，愈长愈大，转眼盘踞京城上空，向南方羽爪初露的朱雀傲然示威。

战局逆转，战势混乱难辨，此刻却听见全京城躁动起来，那是黎民苍生的声音，他们喊着：“朱雀昏忍，暴戾滋多，弃侮天经，悖灭人纪。青龙主才是真正夺天地造化之人！”

越来越多的人族在梦境中受到九猿感召，他们清醒过来，聚集在一起，为了自己的生存向朱雀发起反抗，不顾一切地冲向北门，要为青龙士兵打通一条路来。

疯了，都疯了！乱了，全乱了！

雀丹燎空堺心惊肉跳，抹了一把被大雨浇湿的脸，早就杀红了双眼，如今急火攻心，更是血脉贲张，情急之下忽然将手中双锏倒握，一下刺入自己的双背，从双锏燃起长长火焰，顷刻间变化成一双巨大的火焰翅膀，舞动起来带着雀丹燎空堺飞上天空。

“我命令你们！死战到底！谁也不允许离开阵地一步！即便死于这场圣战！即便死于这场圣火！我就是你们的封神之碑！我是朱雀燎空堺王！”他朝士兵们发出最后一道命令，顶着大雨，振翅朝炽焰巨人飞去，如一颗火流星疾速划过苍穹。

“长风永振，强火不灭！”他高喊着。

全城人仰天看着，眼睁睁看着他冲入炽焰巨人的身体，将自己作为燃料，作为祭品献给了炽焰巨人。当他被烈火融为一体时，血肉与骨皆化为熊熊火焰，他睁开双眼，怒吼着挥舞拳头，却感觉自己的双腿被一股强烈的阴寒牢牢捆住了，而头顶与肩膀受到青龙雨的浇淋，如挨千针万刀之痛。当他挺起胸膛再一次激舞斗志，炽焰巨人的身体瞬间又壮大了一倍，他刚要亢奋狂野地反击，青龙雨也更强大了，直接将他的火焰化成滚滚冲天的水蒸气。

为什么……他不明白，低头看着双腿下缠绕的千万鬼魂……为什么是黄泉水……为什么会有玄武的力量，他不明白，完全蒙了，抬头看，青龙俯首吞来，将炽焰巨人整个裹入腹中。

他双眼一片漆黑，感觉到自己正在熄灭，正在一点点沦化为青烟……

辉煌真的只有一瞬，一切只能是这样……

无能为力……完全无能为力……仓促得令人无法接受……为什么……

他不懂……

从他出生起，命运就时时刻刻与自己作对。读书时，学会接受自己是战败之人；成家立业时，要接受献出孩子为人质的耻辱；体会不了爱情，那东西不牢靠也不必要；体会不到父子情，他们虚弱无能到令他心寒……他这一生，能比雀丹飏快乐多少？

为什么他励精图治，卧薪尝胆，换不回理解与成功……

为什么……

他就是想不通……

化作青烟，四散升天，看见南方天际的红色黯淡了，朱雀隐退，连它也分辨得清时局。一世之争，争些什么……好凉啊……他默默环抱自己，试图给自己一些温暖。

太阳赤鸟之子……为什么会感到浑身冰凉……呵呵……

一世狂梦，烟与尘。

他凄惨笑着，烟消云散。

“三军攻城！”兰霖执杖号令，数万鸦军浩浩荡荡俯冲下天际。普摩喜战，跨上飞马执雪虚剑带着大军冲了出去。

兰霖见炽焰巨人涣散，心中胜券在握，竟原地不动，心平气和地坐了下来。

千寻拍了拍手掌，也收起了担忧，“黄泉水降回去了，但肯定有百千鬼魂在外面飘一飘，等你龙王登基，自有吉祥之气能镇回去。这烂摊子我就留给你啦！”

千寻说完乐了，“想不到我竟然还能亲自帮你打这一仗，这样也好，承诺你的事情我做到了，我也心安。”

“谢谢你。”兰霖说道。

千寻吓了一跳，心想莫非他能听见我了？

何止能听见，简直近在身边。

“我很想念你，不，我非常想念你。”兰霖将手按在胸膛上，不能再错过这次机会，他向她吐露心迹，没有任何隐瞒与隐藏，“千寻，我不知道你用什么办法回到我身边来帮助我，我希望你能显出真身，与我见上一面。”

她静悄悄的，没有回应。

“千寻……能听到我吗？”他说。

“千寻？”他呼唤着。千军万马对阵在前，他平静坐着，只想与她再见一面。

“千寻？”他反复尝试再与她沟通。他不想放弃。

但是没有任何回应，他用颤抖的手指轻轻触摸了一下面具，面具的温度正回暖。

她不在。

她离开了……

他心头一空……苦涩地闭上眼睛。

千寻忽地睁开双眼，怀里抱着一只大黑熊腿，嘴里还嚼着肉，气氛怪怪的，侧眼看看，凛央子正瞪着她，一手还捂着她肚皮上的伤口。见她醒了，凛央子一把捏住她的鼻子，然后揪她的耳朵，破口大骂。

“死去啊！再给我死去啊！不是说好给我生孩子的吗！现在怎么样了？！肚子上这么大一个窟窿！生个窟窿啊？！被人扔在野地里，衣衫不整，蓬头垢面！你这还是当媳妇的人？！妇道呢？！你说你的妇道？！你是不是混账啊！混账！”

第一次见他夫纲大振，她吓结巴了：“痛痛痛！这……这，这不是复原了吗？咦……嗯？”

那刚才的一切到底是做梦还是啥？千寻蒙了，继续嚼肉。

“吃吃吃，就知道吃！从今天起，不准离开我半步！什么青龙族，什么兰霖，一边儿去！他当不当皇帝关我屁事！”凛央子吼。

“哦……哈哈……”千寻苦笑，这竟然是前白鸦提督讲出来的话……

“笑个屁啊！说是的！要不然，不等别人宰了你，我亲手来！”他吼，看来这次真的是被气到了。

千寻也不知道他经历了什么，气性这么大，横竖自己理亏，又是被他救的，只能连连点头："我错了，我知错，我发誓再也不犯了，我发誓再也不管兰霖死活了！我以后全听你的……嗯……剩下这熊腿，可以帮我烤一烤吗？嗯……我爱你。"

前面听得顺耳，中间听得炸毛，最后三个字听得心都融化了，他叹了口气，低头吻吻她，一嘴熊腥味。他揉揉她的头，起身去找火给她烤熊腿。这辈子栽给她，真是没有任何办法。

坤宁宫

"这是你父亲的昊天王锏，遗落在仙真区的焦垣残壁之中。"兰霖为雀丹飏双手捧上双锏，被青龙傲尊溯流神杖封印后的神锏，成为冰凉的寒铁，很难再激发出它过去的威力。

雀丹飏没有接，在他面前是罗列整座殿室的白鸦与青龙兵将，傲气焕发的嘉波龙王普摩，光芒万丈的新龙王少主。

兰霖将双锏恭敬地放置到一旁的桌案上，轻轻推开窗，天就要亮了，晨光依旧自东方而来。

空气中尽是焦灼的气味，远处城池还有星点火光，兵士们正与百姓在各处扑火，收拾残局。

身后雀丹飏忽然说道："请您关上窗，我的妻子受伤了，经不住寒风。"

兰霖点点头，非常和善地将窗关上。

普摩皱起眉头，几乎发作骂人，但是进坤宁宫前，兰霖要求所有人都不准插嘴，否则军法处置。他说他要与一位老友重逢叙旧，那个人是朋友，不是战俘。

“这座城池，几乎有一半都被战毁了，百姓流离失所，加上之前的水难与国变，我恐怕要用上好多年才能彻底修缮恢复它。”兰霖说到这里，浅笑，因为这是他自己的政事，说穿了也不用雀丹飏理解。

“唉……”兰霖看向双锏，轻手抚摩，眼神中很有几分欣赏，“听说你的父亲最后是将这锏生生插入自己的后背，变化出一副火翅投身炽焰，化作巨人。实在是你们朱雀族难能可贵的英雄，是战史上的华彩重章。”

普摩听到这里不爽快地低咳了一声，心说，你怎么在这里表朱雀的功，长别人家的气焰。

兰霖朝他笑了笑，微微摆了摆手。

普摩翻了个白眼，背转身去，懒得看那雀丹飏，照他意思，直接拖出去砍了就是。

雀丹飏始终握着影娘的手，低头不语，等兰霖话语中的转折。

兰霖心说，只可惜，好胜心越强，步骤便越乱，急中失稳。玉石俱焚是兵家的下下策，本有天时地利人和的优势，却一次次失去民心与时机，说雀丹燎空堺是英雄，但也是一介武夫，只有蛮勇而无巧智，心高命薄。

兰霖心里这么想，但一句话也不曾在口中流露。他看了看影娘，影娘也凶狠地瞪着他。一个绝色女子被损毁成这样，难怪她心里怨恨，谁都不放在眼中了。送她来验证一下雀丹飏的爱情，确实是送她来死。

兰霖清楚自己的无情，脸上笑意收敛了，缓缓道：“听宫人说，请神失败后，你抛下一切不顾，最先回到了这里陪伴着她。现在我相信了，你是真爱她，我自愧不如，我以小人之心度君子之腹。爱情是世上至珍宝贵的东西，我很钦佩你坚守着你的爱情。”

兰霖每一句话都是肯定与赞扬，说多了难免令人觉得虚伪，他清楚其中感受，因为很久以前，他在这座皇宫中曾与雀丹飚有过这么一番对话，只是位置不同。

“现在你明白我当时为什么一直沉默了吧。”兰霖坦诚道。

“呵，困兽犹斗，以你我现在这样的距离，我若拼死再与你搏上一搏，你即便有青龙之威，胜负尚在五五之内，你依然可能死，可能功亏一篑。”雀丹飚冷笑着，终于开口。

兰霖点头，他确实清楚得很。同时再次伸手向转过头来一脸怒容的普摩示意，请他沉住火气。

“那还表演些什么，只说你的决定吧。”雀丹飚伸手轻轻摘下自己的王冠，搁在床头，披散着一头红发，心碎地望着影娘，“我不明白你到底用了什么办法，让她为你死心塌地效力，但是你赢了。你不用说任何话来奚落我，你我是一类人，我懂你此刻心情。”

兰霖嘴角有一丝不可捉摸的笑意，不知道是不是这张面具的缘故，还是因为认识了千寻，青龙的唯吾独尊在他身上只有三分显露，更多的七分却像来自玄武的静水流深。

“影娘是我故交，我对她如今境遇深有愧意，我发誓，我会用世上最好的医药来医治她，恢复她，会让她享有最好的照顾与衣食。你们每年可以见上一面……”

“你要分开我们？！”雀丹飚打断他，一下站了起来与他面对，眼神中尽是愤怒与仇恨。

众将抽刀备战，兰霖只是抬起手，轻轻搭在雀丹飈的肩膀上，眼神亲切似在看兄弟一般。

“是啊，你们会分开。”兰霖松月清风一般淡然道，“我看见你将雀阁毁了，我会将它重新修建，恢复到与过去一模一样，依然请你住在那里，过你过去的日子，书画古玩，随你兴趣爱好，只要你喜欢的，我全给你，朋友。你好好活着，你的妻儿便也能，是的，我询问了宫人，我知道你的妻子怀孕了，是你的孩子。我从未碰过她。”

“啊！！！”影娘听到这话顿时撕心裂肺吼叫起来。雀丹飈急忙扑过去安抚她：“现在你相信我了？！你真的是我的妻子，你怀有我的骨肉，别激动，别激动，无论如何，我会保全你们！”

“所以如我所安排的，你们一年可以见一次，若还要生养，我一点也不会干涉。你们都是我的朋友，是我的座上嘉宾，我会保你们一世福禄安康。”

“还废话什么，带走！”普摩听不下去了，指挥众士兵道。

“谁敢！”雀丹飈从双手变化出火锏来，孤身与无数刀剑相对。

“怎么，难道还要我们把这座皇宫留给你，让你们两口子住一辈子？动手！”普摩道。

“够了！”兰霖发威，将神杖朝地面一抵。众士兵惊得往后退。

“安排二十名宫女，抬锦床来，要用双手最细腻的女子，把影娘好好抱上锦床，然后轻轻抬出去。安雅城有一座暖阁，名作姚黄。锦幔珠帘，穷极绮丽，离京城也不远。让影娘居住是最好的，就送她去那里。”

“谁敢！”雀丹飚怒目看着他，依然要争这一句。

兰霖将神杖置于昊天王锏上，轻轻说了一声：“朕敢。”

随即将神杖往下一压，双锏脆断，犹如雀丹燎空堺的战魂销散。

大殿内一片沉寂噤声，雀丹飚手中的火焰渐渐消退。他无力垂手，失落地望着影娘。影娘咽声哭泣，转过头去不愿面对这两个陌生的男人。

第三十三章　独步天下，我心自洁

养心殿

兰霖坐在当初的位置，饮当初一样的江南茶。

衣袍换了，神情变了，地位变了，但初心不改。

他记得当时在这里提醒自己——他必须接受自己的身世，去期望一段从未想象过的人生，尝试熟悉它、了解它、融入它。皇宫还是这座皇宫，失去，得到。

浅酌慢饮，茶是寻常生活，只是情深如故。

人生总是边走边看，恨它，不如顺应它，别做个怨气鬼。

他记得当时每一个瞬间的念头，失意与理想，还好从未放弃过。

这座王宫终于是他的了。

安静得像是一艘小船，圆月，汪洋，苍穹。

突然外面响起了那个铜钟一般洪亮的嗓音。普摩沉不住气，在门外求见。兰霖一直等待着，心想差不多是这个时候他会来找自己说话。门开了，普摩也卸下了盔甲，一身轻装华服走了进来。腰间佩戴了数块他心爱的金饰与玉佩，走起来叮当作响，如他这个人一般张扬外放。

“我说，你还没登基，我就不客气啦。”普摩行了个潦草的礼，与兰霖隔案而坐，低头看看桌上的茶，很不满意，“这时候应该好好痛饮满怀，应该换上最好的酒来庆功，你怎么喝这么素淡的茶水……”

兰霖笑，示意宫人捧酒上来。

“堂兄说得对，我也是在等您来，一起暖壶酒，好好喝一场。”

“哟，原来是在等我呀。”普摩听着很高兴，摸摸刚剃干净的下巴，春风得意，好似自己当皇帝，“上次进养心殿后殿，还是我很小的时候，被父亲抱来的，见过你父王，先帝那时候不算老，天人风采。据说他抱我时，我还把他龙袍尿湿了，他倒也不生我气，还夸我是勇猛童子。这么想来，你们父子二人倒是一个脾气，和善。”

兰霖笑了：“我从未见过他……我知道你怪我不该夸赞敌将，我对雀丹燎空堺的敬佩，其实是羡慕，我也渴望见一见父亲的天颜神威，可惜……”

“唉，你这么说，我理解了，谁说不是呢！”普摩叹了口气，体会到兰霖的感受。

酒奉上桌，小暖炉烫着玉壶酒。

“兰庭贡酒，一杯阳春现，二杯仙子酥，三杯……”

“忘作神。”二人异口同声道，相视大笑了起来。

“喝到第三杯，连神仙都不想做了，何等的好酒？！”普摩迫不及待地满上酒杯，与兰霖碰了一下杯，“青龙帝业，千秋万岁。”

“千秋万岁。”二人满饮一杯。

“咝……好酒！春光一线入腹，腹中锦绣光华，美得很！”普摩做手势在肚子上轻轻揉了一揉，“好酒就是得这样，在自己的家中，和自己赏识的好兄弟一起喝才爽！”

兰霖鼻子莫名一酸，心说为这句话，竟不枉我一直捧抬你。

“为这家字与这兄弟二字，我敬你。”兰霖为他满上酒，感慨地碰杯，饮尽。

“我知道你心里委屈，也知道你心事重。只是我有根深蒂固龙族的观念，对你的作为很难理解，你要耐心与我沟通，让我明白你的想法。”普摩借酒抒言，话语与过去相比略有变化，可见此人粗中有细，心里还是有些琢磨。

兰霖早将自己的身世，一些关键的来龙去脉与他讲述过，此刻聊天，只是些随想与感怀。他把玩着酒杯，看着暖炉内的炭火，有一搭没一搭地说道：“我曾投于内阁首辅屈怀瑜门下，那是一位清廉孤僻的老人家，以他的身份在朝中的处境，甚至能用可怜来形容，门生零落，朋友鲜少。他待我和善可亲，器重提拔，我实在没有想到过，正是这样一位老人家，当年的一念之差，竟与太后联手欺君罔上，谋害妃嫔，调换龙子。我的命运，正是被他一生逆转。要说他是纯粹的恶人，他不是；说他善，却又背着无法弥补的罪孽。”

“嗯，老狗材，早一些落到我手上，哼哼。”普摩对他不屑一顾，“也就你人好，原谅了他。”

“我曾经视白鸦如世仇，恨不能把它们千刀万剐。它们夺去了兰玥、姜姝、兰桥的性命，夺去江南千万百姓的生命与生计，使我的家人与人民流离失所，造下了深重而不可原谅的罪孽。我曾被白鸦掌印无束扔掷于湍急河水，他任由我自生自灭，若今天他站在我面前，恐怕要自尽谢罪，但他就是在这里，被龙王聂一杯毒酒毙命。我想他当时心头千苦万怨，连一个可诉说的知己都不在身边，何等凄苦。”

“也是冒犯过你的奴才，不值当同情。”普摩摆摆手。

“龙王聂，一世霸道风光的人，堕于尘土；雀丹燎空堺，誓为英豪的人，化为尘烟；雀丹飏，七窍玲珑心的人，颓废消沉……还有那许许多多，我见识过的人，记住的名字，不能忘怀。”兰霖说罢，仰头饮尽一杯酒。

“男人做事，不能瞻前顾后。要记得非我族类，其心必异。犯我天威者，虽远必诛。其他的，不要想，不要管。嗯……我为什么要和你讲这些，其实这些你已经做得很好了。”普摩大笑。

“龙出东海，云腾致雨，长风一振，众荫自偃，积年绮碎，一朝清廓。独步天下，我心自洁。”兰霖又自斟自饮了一杯。

“好个我心自洁！”普摩陪饮一杯，站起来，手舞足蹈一边哼唱，一边跳起西北高原上的舞蹈，看得出他非常高兴。

“等亲眼看着你登基，我就安安心心地回去，找几个我们那里漂亮出众的姑娘，给你送过来。我们那的女子，啧啧，人高挑双腿长，皮肤弹性紧致，别看皮肤黑，那性子野的呀，尤其是床上，那叫一个来劲……嘿呀！”他捏紧了双拳，狠狠扭动了一下胯部。

兰霖愣了愣，连忙摆手回绝道：“不不，我以后不会娶任何王妃，这座皇宫会非常冷清。没有女子欢笑，没有孩子奔跑，就我一个人独自苍老。”

“什么！”普摩咆哮了一声，“你开什么玩笑！你怎么能无后？！”

“继承者，我自然会想办法，但是我不会再娶其他女人，不会纳妃。”兰霖苦笑，“我答应过鸦神，她是我今生唯一的妻子，我的王后。”

“她放屁！就凭她？！哇呀呀，你不说，我早把她忘到屁股后头去了，什么东西！”普摩大怒。

兰霖黯然失神，低头不语。其实他心里才不是为了什么鸦神不想纳妃。他确实不要什么女人，不要任何女人为他生育子嗣。他恨不能独自享用着这个王座，直到老死。这世上只有一个人可以与他分享王座，她的名字叫作玄武千寻。

“这是承诺。蓬莱十万白鸦军，不染天下不染尘。我当时没有鸦鼓，也没有龙玺，就自己一人去鸦神宫，能得她青睐信任，实属不易。”

“不！她不配！”普摩从骨子里厌恶鸦神，“而且我打赌，她以后一定会干涉朝政，会左右你的决定，会颐指气使，拿她曾经帮助过你说事。倘若她为你诞下龙子，成为真正的继承者，青龙皇族就乱了！我理解你当时无奈才与她承诺，但你说要让她当王后，当唯一的妻子，我不答应。”

兰霖沉默，良久才回应了一句：“不能如此，又当怎样？”

普摩皱着眉头问：“她现在是不是凡人女子，没有一点神力了？”

“确实是，否则不能摆脱封印离开鸦神殿。这一世她为我妻子，死后魂归蓬莱，又做鸦神。”

“哈哈，那就好。”普摩上前按住兰霖肩膀，看着他，借着酒力用手指弹了弹他的面具，“她还在安雅城，得知捷报，是要赶来京城的路上吧……这件事交给我了，你不用再过问。你说过这面具是她给你戴上的，不让世上其他女子看到你的容貌……哼哼，你等着这丑面具从你脸上脱落的时刻吧，很快就会到来。”

普摩双眸闪过寒光。

“堂兄，这……”兰霖半推半就。

“你就别过问了。”普摩说道，“倒是你啊，为什么还要把雀丹飏留在身边，这么危险的人，直接杀了不就是了吗！”

“朱雀神魄在他体内，杀了他，神魄又会重新选择主人，回到南海去，不知道落到怎样的人手中，还不如留在我身边。”兰霖坦率回答。

普摩一拍脑门：“哦，对对对，我怎么忽略了这一茬，可他到底是危险，该断其手脚，丢入牢狱，怎么能好生圈养在宫中。龙王聂不就是被他设计祸害死的，你不怕他以后再出什么诡计？”

“他心已经废了，有生之年，唯有影娘一个寄托。”兰霖说道。

“你确定？！”

兰霖点头。

“唉唉唉，既然你胸有成竹，我也懒得再问。倒是你啊，记住我的话，三宫六院七十二妃，一个也不准少！到时候我来京城找你玩耍，要是瞧不着女人，嘿嘿嘿！我就把你绑上春床！”普摩捏了一下他的脸蛋，邪恶地笑道，“多美的脸蛋，天下妙龄女子谁不会爱死了你？！”

千寻不会。兰霖苦笑，斟酒自饮，一杯续一杯。

普摩也陪他喝着，只当他欢喜，不知他心悲。

紫阳元年 立秋

龙王霖亲手提着红漆食盒，盒中装着京城有名的点心，慢步上雀阁的阶梯。

迎面，八扇雕花门皆打开着，金灿灿的阳光下，雀丹飏在案前很认真地裁剪着衣裳。他向宫女们新学会了缝纫，学会给小婴儿做衣服。天凉了，影娘不能亲手准备的东西，他要都学来为自己的宝宝置办好。

龙王霖走进房间，在圆桌上一层层取出点心，摆好碗筷，然后走到他身边，看他做的衣服，小小的一件件，看起来特别可爱。

“小婴儿的肌肤娇嫩，不能用簇新的衣料，穿起来会毛刺刺的不舒服。这些面料都是我用了好几个月，夜晚贴身睡着，一直把它们睡软睡服帖，再拿来用。还有这棉袄里的鹅绒，一片片地摘，一点点地攒起来，用脸细细揉过来揉过去感受一遍，确保它们没有毛刺，非常非常舒适，这才可以填到棉袄里去做芯。”雀丹飏把做好的一片棉芯贴到他脸上问，“是不是很舒服？”

“特别好。难为你又学会了一门新手艺，你会的东西远在我之上了。”龙王霖笑着回答，他早已登基，但与雀丹飏说话不愿用那个朕字，不愿以权势凌驾于他。龙王霖看着桌上圆绷中的绸缎，雀丹飏用五色锦线细细绣了一个影字。

“为什么只绣影娘的名字？”

“生孩子这么辛苦，尤其是以影娘的身体……我算什么呢，只是给她带来麻烦的人……孩子只要记住娘亲就好了，我不重要，我不重要。”雀丹飏笑着说。

“对不起。”龙王霖惭愧地说道，影娘如今残疾，有他的罪过。

“别说这个，我是有女儿的人了，我很高兴。我让厨房炖了喜蛋，你要不嫌弃，我让他们端来给你尝尝。”

“我正是来讨它的。”龙王霖从怀中取出一个锦袋，锦袋中是一块花朵形玉佩，“这是我的礼物，兰桂齐芳，寓意着娴静高雅。”

雀丹飏兴冲冲接过玉佩，说：“好寓意，好寓意。”

说着便走出门去，吩咐宫人们把喜蛋端来。回到房间时，看见龙王霖坐在长榻上，双手环抱单膝，出神地看着屋檐下的一双相思鸟。

“我过去在雀阁哪见过什么婴孩，这次见到我自己的孩子，这么小，粉嫩透亮，全身像是有一种神奇的粉色光芒，小手掌还不到我小手指这么大……真的，就这么一点点，抱起来特别软，一股说不出来的奶香……”雀丹飏依旧喜出望外地描述着女儿。

龙王霖看着他满足的样子，笑了笑：“名字呢？名字取好了吗？”

“生了个女儿，就让影娘取名字吧，不是说女儿是娘亲的贴身小棉袄，她们更亲近吗。”

龙王霖沉默。他清楚真相是什么，宫人回报，影娘压根不接受雀丹飏，不接受这段婚姻，也从头到尾不能接受这个孩子，不愿抱她喂她，甚至不愿看她，若不是乳娘们陪伴打理，这孩子恐怕早被影娘抛弃了。

忘情水原来是如此恐怖的东西，龙王霖心想，那个曾经一直追问他是否爱她的女子，应该彻底有了答案，这答案里写满了他的残忍。

他站起身，走到古琴前坐下，默默弹奏起来。

雀丹飏听了一会儿，脸上欣喜的笑容收敛，蹙起眉头形容道：“皎星高照，苍茫天曙，高阁鼓声，银烛成行。”

龙王霖继续拨动着琴弦，弦音渐渐铿锵。

“励精图治，中兴治国，夙夜不懈，宵衣旰食！”雀丹飏道。

龙王霖依旧埋首弹奏，弦音渐委婉缠绵。

雀丹飏脸上转又恢复了笑容，这一次不描述了，只是悠悠与他道：“这心绪，同我思念影娘一样，难得你心里还有深爱着的人。”

龙王霖笑了，停下琴，“很久未弹，生疏了许多，多亏是你在听，能从我粗略的琴音里听出这么真详的画面。”

“是你谦虚了。”雀丹飏转身，见宫人捧着喜蛋等在门外，因他们弹琴不敢进来。他走过去，亲自把喜蛋接过，端到桌上取了一枚，敲裂蛋壳，细细剥净后盛在小碗中，双手递于龙王霖。

龙王霖终于露出喜悦来，孩子气地两口吃掉鸡蛋。“好了，今天我可是满足了。”

“什么时候可以喝到你的喜酒？”雀丹飏问，“这都一年了，没有你册封王后的消息。”

龙王霖下意识摸了一下左脸。自从普摩在半路截杀了鸦神，骷髅面具早就消失，他一个人轻松地当了一年皇帝，无妃无嫔，夜夜独自入眠，手边除了书籍便是奏章。

“哦，我新养了一只煤炭脸的小白猫，特别得我宠爱，要不我就册封它为王后吧。”说完他笑。

“唉，调皮。”雀丹飚摆手，欲言又止。

“想说什么，但说无妨。”

“你我二人，性格都是绵里藏针。天性敏感，心事太沉。但是你看我今天，有一份难得的轻松。而你却还像是在黑暗里站着，盔甲严整，随时等待着战斗。”雀丹飚说道。

龙王霖笑，不置可否。

“你恨我吗？”龙王霖问。

“九分恨，一分是喜欢，这感觉你一定不懂。”

“我懂。龙王聂死后，你们把京城里的青龙皇族杀得干干净净，偌大的皇宫，如今凄凉地只剩你我，我对你也有九分仇恨，一分喜欢。我们就凭这一分喜欢，长此以往下去，互相做个伴。”

“是啊，互相做个伴。”雀丹飚苦笑，点了点头。忽然间雀阁楼下传来一声嘹亮的婴儿啼哭声，雀丹飚整个人颤抖了一下，急忙跑到窗边往下看。

“终于来了。”龙王霖上前一把揽住雀丹飚的肩膀，“走，快下去迎你的孩子。”

“为……为什么将她送来……”雀丹飚欣喜地哽咽起来。

“大人之间的处境无论怎样尴尬，小孩子总是无辜的。她在你身边应该会更快乐幸福，就让她留在雀阁吧。我还很期待等她长大一些，你我一起教她诗文。”龙王霖与他一起往外走，与乳娘们相接应。雀丹飚接过襁褓中的女儿，笑中含泪，亲了又亲。

龙王霖也是第一次见她，觉得可爱极了。“长相上完全是你与影娘的优点，将来必定是个绝世美人。”

雀丹飚小心翼翼抱着她回到屋中，宫人们匆匆抬来了婴儿床具，四名乳娘陪伴左右。

“这下你可以给她取名字了。”龙王霖说道。

雀丹颸点头抹泪，坐在摇椅上哄女儿睡觉。秋阳之下，父女依偎的画面绮丽美好，龙王霖静静看着他们，觉得心中满满都是羡慕。

“希望有生之年，我也能有你这等福气。”

“为什么不能呢，以今时今日的你，又何必自苦。倘若娶不到你心爱的那一个，你坐拥四海，大可以找一些像她的女子来做妃嫔。”雀丹颸说道，“用她们的优点汇集成一个她，不行吗？”

“对你来说，在这个世上有人可以代替影娘吗？”

“我虽不愿意劝人这些，但你和我不一样，你是明事理的君主，若要学我当情种，你先得想清楚自己承受不承受得起，情这个字，比江山难多了。”

龙王霖笑而不语。雀丹颸知道他主意已定，便不再说什么，顾自哄着女儿。

其实我也不知道自己是怎么了，龙王霖心想。又或许是形形色色的女人见过太多，尤其是凤毛麟角的绝色与优秀，反而麻木了。

“我们好好将她养大，等她长大了，一定为她物色一位好夫婿，绝不似你我这般的男人。”龙王霖说。

雀丹颸笑了，点头称是：“绝不能找似你我这般的男人。”

龙王霖取来玉佩，亲手为小婴儿带上，亲了亲她的脸颊，视如己出一般珍爱。雀丹颸与他四目相视，往昔之事在两个神仙一般的男人眼中云淡风轻。

秋色正浓，秋入横林数叶红。

他很想念她，不知道她在哪里，在做些什么。

鹿家村

千寻握着剑，在手里颠来倒去，嘴里反复念叨着：“不如卖了换钱。”

凛央子洗好澡进房一看，连忙把剑夺了过来。“不睡觉折腾什么呢，快睡觉，叫你不准再摸这把剑了，知道什么是胎教吗？我可不希望我儿子将来去打仗。”

“不让我摸，你当时收它干吗？这可是幽无三世剑，凶猛得很，杀个人连魂魄也能销了，不让人转世投胎的。我也不喜欢它，不如卖了换钱吧。”

“说多少遍了，你那个高祖既霸道又神经，当时能活着救出你来就烧高香了，他要塞点东西过来，我还能不老实收着？！”凛央子收好剑，爬上床，乐呵呵地抱住她的大肚皮，“快过来让我听听儿子说话。”

“咕噜噜……”听到的就是这声音。

“不是吧，你肚子又饿啦？才吃过……”他无语。

“是你儿子又饿了。他想吃冰糖红焖肘子，嗯。”

“是你想吃吧！”他戳她额头。

“多搁点木耳、香菇、大枣！”她兴奋地摩擦手掌，恨不能自己爬起来煮。

“老实给我待着！”他把她推倒，让她好好躺着睡觉，“也就我这种天字第一号的好男人，肯半夜下厨给媳妇炖肘子。”

“两个！”她比画手指。

他咬牙切齿瞪她：“肥不死你！看看你那脸肿的！还是我当初

娶的丫头吗？！”

“可是胸也大了呀！”她咯咯乐。

“闭嘴，没羞没臊的。”他狠狠亲她一口，然后去厨房。

“怀孕真没劲，你都不让我下床玩耍，我都好久不知道外面发生什么了，有什么好玩的事情给我说说呀。”她拔着嗓门朝厨房喊。

“成天都有婶婶婆婆来找你聊天！就你还没劲？！有空学着给宝宝做点衣服！”他吼回来 。

“我哪会做什么衣服啊，我都向婶婶婆婆们预订好啦，她们宝宝穿过的都会拿来送我！”

“胡闹，我儿子怎么可以穿旧衣服。”

“你傻了吧，婴儿的衣服就得是穿过的才好，新的有毛刺，扎得不舒服！”

“呸，懒去吧你。”他回应道，厨房里锅碗瓢盆一通乱响。

唉……做个饭跟打架似的，她一边吐槽，一边躺在床上发呆。两手摸着肚皮，还有三个月就要生了，不知道会生出一个什么来，他老说是儿子，万一是女儿呢？不知道像谁……

“对啦，村长那个京城的亲戚今天来探亲，说是新王早就登基了，依旧是青龙王朝，年号紫阳！他说新王为了修复城池，免了许多赋税，特别勤俭廉政，体恤百姓。”凛央子在厨房里喊，如今老婆儿子都有了，他乐得大方一点，不介意告诉她关于兰霖的事。

他这么一说，千寻的思绪又瞬间被拉到大战那一夜去了，记得在寒刃上见到的影子，兰霖的面庞。果然是早就登基了呀，年号紫阳，花朵的名字。

她想起他指了指身边的花朵，对她说："你看起来心事重重的样子，很不开心。我在西市等了你很久，你没有来。但好像我们注定会再相逢。现在你看到的是我最落魄的样子，一无所有。但我却有你最喜欢的紫阳花。"

不会吧，若是这个原因，他要称呼自己一世为紫阳大帝?

千寻心里很尴尬，不知道说什么好。

"喂，睡着啦？"他侧身出厨房往里看了看。

"想不到鹿家村这么偏僻闭塞，还是能听到京城里的事。"

"可不是嘛。过去说好住到人烟罕至的地方去，可你喜欢热闹，喜欢人群，最后还是选择留在这里。话说我最近也有在考虑，生了儿子后我们还是得搬家，得找个有好私塾的地方，教他好好念书，不要舞枪弄棒的，最好学点算术，以后做生意。"

千寻一听就乐了，一骨碌坐了起来振臂高呼："绝对啊！我带他盗墓去！还是那个方案，发死人财！"

"闭嘴闭嘴，我儿子不能在古墓里跑。"

"口口声声你儿子你儿子，还是我儿子呢，我也有一半决定权！"千寻想了想一拍大腿，"不过！说不定最后生出来是一颗蛋！这么大！"

千寻比画了一下。凛央子已经三步并作两步冲了过来，跳到她背后去打她屁股，说："叫你胡扯！"

"唉哟哟……谋妻害子啦！谋妻害子啦！大家来看看啊！这家男主人发疯啦！"千寻鬼吼鬼叫，凛央子连忙捂住她的嘴。

"烦死了！小疯子！"

"哈哈哈。"千寻一撇头发，喜咧咧地看着他，"你不就爱我疯。"

“说的是啊。”他揉揉她的脸，“小胖子。”

她依偎在他怀抱里，抱着他，听他心脏有力的跳动声。他到现在都应该还不知道她最喜欢的花是什么呢，但是有些事就是注定的。早一点，晚一点都不行。

“凛央子，我很爱你，特别特别爱你，给我用整个世界换你都不可以。”

他欣慰地摸摸她的脑袋，说：“所以恭喜你中奖了呀，获得我这么优秀的男人，永远陪着你一个人玩。幸福死你了吧！”

“哈哈哈，臭不要脸。”她笑起来。

“和你一起待久了就是这么没羞没臊的。”他抬起她的脸亲了亲，“行啦，继续给你炖肘子去。饭桶就是饭桶，三更半夜要吃大荤的。”

“是，我是大饭桶，你儿子以后是小饭桶。俩饭桶。”她喜滋滋地躺下来，用手轻轻摸着肚皮。不该想的人就不想了，她跟自己说，然后哼唱起儿歌来。

凛央子费了半天劲炖好肉，捧了一碗来到床边，看她已经甜蜜地睡着了。他舍不得埋怨她害自己白忙一场，只是替她盖好被子，亲亲她的额头，吹熄烛火，在她身边轻轻躺下。

第三十四章　催魂羽

紫阳五年 天河镇

“您家小少爷太淘了，淘出大天去了，我们私塾是真的教不起啊。您看看外头的那棵大树，三层楼这么高，他愣是爬到顶上去掏鸟蛋，大鸟回来啄他，他一把捉住鸟的双爪一起掉下来，人没事，鸟死了，鸟蛋砸了一地。回来又骗同学们，用茶水泡了墨喝，所有功课就能背出来，大家都喝，他在旁边乐。在门把手上抹屎，在课桌里装蛇。前两天私塾旁边出了凶案，他趁官差不注意，捡了一只手掌回来吓唬老师和同学……这哪是四五岁的小孩子，这是混世魔王吧！教不了，教不了，求求你们退学吧。”老夫子说着都快急哭了。

凛央子扶额超级尴尬，他小时候生活在蓬莱宫，纪律严明，不苟言笑，绝不会这么淘气。这些遗传肯定全部来自千寻，想想她小时候，哪一件事干不出来，肯定比这还出格过分。凛央子扭头看看跪在外面的儿子，小东西好像跪着睡着了，嘴角挂着一行口水。

“凛央宵千！”他吼。

“啊。”小家伙抬起头，“开饭了吗？”

“唉……”老夫子崩溃了，“带他回家吧，我多一天都不想再看见他了。”

“恳请您再给个机会啊。”

“没法给机会，再给机会，这儿就要被他拆啦！另外，他最近一直嚷嚷着后背痒，不知道是不是得了什么皮肤病，快带回家去，以免传染给同学。”

“病我们可以治好，但书还是请让我们读下去吧。凛央宵千你给我过来，向夫子道歉！”

“不用不用不用，我给他道歉，好吗？请二位走吧。”夫子急得都快跪下了。

“给您添麻烦了，真对不住您……”凛央子反复说着，但最后几乎是被夫子推出门的。门重重关上。父子俩大眼瞪小眼，才僵持了一眨眼的工夫，凛央宵千拔腿就跑。

“别跑！给我死回来！”凛央子脱下一只鞋去追，“别怕！兔崽子！我保证不打死你！”

凛央宵千一溜烟往家跑。

凛央子跟在后面一通追，追得口干舌燥，眼冒金星也没追上，心想这日子没法过了，这小子遗传了他老妈的怪力，才四岁就这么生猛。他现在只是个普通人，哪可能追得上儿子。儿子强爹屃，说出去被人笑话死。

凛央子一路骂一路跑，崩溃地回到家里，扶着墙猛喘。

儿子早跑到家里了，躺在炕上喝凉茶，一边奶声奶气地跟娘撒娇："娘亲，千儿背上痒痒，娘亲帮千儿挠挠。"

"死兔崽子，给我过来跪下！"凛央子怒发冲冠，抄着鞋底子吼。

"哎呀，好凶啊。"千寻从厨房走出来，双手在围裙上抹了抹，倒杯凉茶给相公喝，"跑累了吧，喝口水歇歇先。"

"不行！先收拾他要紧！你都不知道他在私塾里做了什么！"

"淘粪上树搞死人，捣蛋玩蛇吓同学？"千寻问。

"是啊！该打吗？！喂！你怎么这么清楚，是不是你小时候全干过。"凛央子瞪着千寻。所谓上梁不正下梁歪！

千寻捏捏他的鼻子，说："好了啊，看你这气得，脸都涨红了，多大点事嘛，我早说他还太小，不应该送到寄宿制的私塾去，自家的孩子自家最熟，还是得自己教。"

我要是放心让你教，我还会送他去私塾吗？凛央子腹诽道，扭头一看，凛央宵千还躺在床上乐呢，顿时气不打不一处来，大吼："兔崽子，过来跪下！"

"好啦，好啦，他是兔崽子，你成什么啦？大兔子？"千寻笑。

"慈母多败儿，知道吗？！慈母多败儿！"凛央子急了。

"千儿你过来。"千寻也不急着辩论，冲儿子招招手，宵千听话地蹦到二人中间，抬头看着爹，"把学的功课给爹亲背背。"

"好呀。但我这年纪的功课粗浅得很，没什么可背的。还是小学班的课有意思，我在隔壁听着就会了，我背这个吧！"宵千说话既像小童子一般奶声奶气，又像大人一样骄傲，眉眼神情无不像凛央子，一挑眉便朗朗背诵出来："夫道之本。仁义而已矣。五典以经之。群籍以纬之。咏之歌之。弦之舞之。前鉴既明。后复申之。故古之圣王。其于仁义也。申重而已。笃序无强……”

“等等，这么难，是八龄童的功课？”千寻问。

“千儿不知道，千儿见夫子摇头晃脑教他们，可他们都听不懂，千儿能记住，就背下来了。”

“为什么不与夫子说？”

“夫子凶，且不公平。打盹偷懒的学生不骂，只骂调皮捣蛋的。他是要教听话的蠢人，我不是蠢人，所以我不听他的。”凛央宵千振振有词。

“看！看你儿子这嘚瑟的腔调，活脱脱是你吧。”千寻摸摸凛央宵千的头，又摸摸凛央子的头。

“读书是读书，规矩是规矩。书文道理，就是要教你学会怎么做人！你这么冥顽不灵，跟夫子和爹娘顶嘴，就值上一顿板子！跪下！”

“不公平，难道夫子就是一个好人了？！”凛央宵千抗议，一边背靠着千寻蹭来蹭去，“娘亲我背痒痒，帮我挠挠。”

“还顶嘴！我看你是皮痒！”凛央子揪他耳朵，高高扬手要打他屁股。千寻觉得凛央子这模样太可爱了，边笑边替儿子挠背。娘俩没一个把气头上的凛央子当一回事。

“私塾的被褥是不是不干净呀，千儿背上长的这是啥？”千寻纳闷地掀开儿子衣服看，蝴蝶骨上有两个很明显的红色小包，像是过敏，但位置十分对称。

“娘亲，痒痒。爹亲，痒！要不你就直接打我背吧，让我爽爽！”凛央宵千一把抱住凛央子的腿。凛央子刚要抽他屁股，千寻一把抱过儿子，把他带到床上仔细检查。

“奇怪，就这两个包，娘亲先给你挠挠，明天要还没消掉，就带你去配药膏来擦。”

“喂！你们娘俩眼里到底还有没有我啊！”凛央子在门口急得跳脚，最后气极了，一下子冲到床上，干脆也躺下跟千寻撒娇，“我也痒，你也帮我挠挠。”

宵千爬起来用手指戳他：“爹，羞羞脸。”

“哼，都是你，原本你娘亲只宠我一个！现在眼里只有你，没有我了！”

“你连你亲儿子的醋也吃呀。”千寻刮他鼻子。

“嗯哼哼……”凛央子打滚，干脆耍无赖了，“不管不管，你只宠他不宠我。”

“好啦好啦，爹亲不委屈，千儿抱抱。”宵千反过来安慰他。

“你起开，没良心的，小兔崽子，当初干吗急着生你。”凛央子扭过头去。

“爹亲不吃千儿醋了嘛，千儿抱抱，乖啦爹爹。”宵千趴到他胸口亲得他满脸口水。

“受不了，感觉像养了两个小祖宗。”千寻低头，在一人脸上亲了一大口。嘴上说受不了，心里跟吃蜜糖一样甜，两个都超级爱，两个都是世上最重要的人。没有比现在幸福的日子了。

隔天一早，旭日东升。千寻揉着眼睛醒来，伸了一个大懒腰，侧脸甜蜜地看着身边父子俩，紧紧抱成一团睡着，白天要死要活的吵架，到了晚上又黏成一团，睡相一模一样，真是又可爱又可笑。她想起儿子的皮疹，微微掀开被子看了一下，一夜之间，宵千的背后多出一双手指这么长的肉疙瘩，微微卷曲着，千寻一愣，急忙推醒凛央子。

“这是什么？”

凛央子睡眼惺忪地看了一眼，稀里糊涂答了一句：“小鸡鸡？”

千寻恨不能大耳光抽他，说：“你小鸡鸡长背上？！还这么对称长一双？！”

凛央子突然像冰水灌顶，眼睛睁得好大，清醒过来，再把儿子抱起仔细看了又看，心中一沉道：“这……不会是翅膀吧……”

“翅膀？什么翅膀？”

“白鸦的翅膀啊！”

“白鸦的翅膀可以遗传吗？！”千寻吓了一跳。

凛央子急忙解开儿子的发髻检查，仔仔细细地将头发筛了一遍。“我看不到白鸦羽啊，你看得到吗？”

千寻又仔细检查了一下，依然没有看见，她跳下床去找剃刀，说：“无论有没有白鸦羽，给千儿剃个光头最保险。”

凛央子也同意，摇醒了宵千。宵千像只刚睡醒的小熊猫，一边揉眼睛一边发起床气：“千儿要喝奶奶！千儿不要起床！”

千寻已经打了一铜盆热水，带着毛巾与剃刀来到床头。二人也不与宵千啰唆，摁住他直接将儿子剃成了一个小秃瓢。

“啊！！！”宵千看着水中倒影崩溃了，“为什么要把我剃成光头呀，这样还让我怎么见隔壁的乔乔妹妹呀！再说就快入冬了，剃千儿头发干吗！”

“天冷就带帽子，甭废话！”千寻很严肃，也不哄他。

宵千吓一跳，娘亲平常舍不得打骂他，若是语气变了，肯定是很严肃的事情，没有人敢在千寻认真的时候惹她。宵千乖乖闭嘴了，一脸无辜地看着爹爹。

这时候反倒是凛央子心疼儿子，恨不能与他抱头痛哭。“千儿乖，千儿不委屈，头发等过了一冬就长回来了，不难过呀。”

千寻蹲下身去打扫落发，又在头发里仔细翻看一遍，依然没有白鸦羽，心中不知该喜该忧。她收拾干净后端着垃圾出去扔，说：“你好好陪着儿子，看他后背上的东西何时消掉。”

宵千听这话摸了摸后背，纳闷地问凛央子：“爹爹，千儿背上怎么多出两个肉揪揪？”

凛央子心绪如麻，一边给他穿好衣衫，一边安抚他说：“过一会儿就该没有了，别去想它，我们都不想它。”

宵千皱起眉头，也不知道该如何回应。这天他不用上课，但是被禁了足，只准在卧房里待着，哪里也不准去。一个上午过得特别沉重缓慢，凛央子一直陪着他，不知道眼花还是怎的，总觉得儿子坐在阳光下，光头上微微起了一层白色绒毛。千寻做完午饭端上桌，召唤父子俩出来吃饭。

夫妻左右两座，宵千坐在中间，背朝着门外。

席间也无话。满桌都是宵千爱吃的菜，凛央子给儿子夹了一只大鸡腿，轻轻摸摸他的头，掌心中真真切切感受到那一层初生的头发。千寻明显也看见了，白色的头发。

三人闷头吃饭，这是千寻家中第一次毫无欢声笑语的饭局。

忽听“刺啦”两声，有东西拱穿宵千后背的衣服冒了出来，羽翼初长的翅膀已经有手臂长短，撑爆了衣衫露在外头。千寻慌忙将门窗关上，拉上窗帘。凛央子抱住宵千回到卧房，那双翅膀一直在扇动着，蠢蠢欲动。

“爹爹，千儿不明白，为什么千儿会有翅膀？”宵千眨着一双漂亮的大眼睛问道。

凛央子自己也不明白，问他：“你还有哪不舒服吗？”

宵千想了想，翅膀跟着忽闪。“背上就是痒痒，心里也痒痒，好想飞。我能飞吧，爹爹？千儿有翅膀了。”

凛央子猛地板下脸来，说：“飞？！飞什么飞，想往哪儿飞！空中什么也没有！不准飞！”

宵千皱起眉头，朝天上一指：“不啊，空中有个声音在跟千儿说话！青龙苏，白鸦动！他都说很多遍了！爹亲听不见吗？”

凛央子心一寒，急忙用双手将儿子耳朵捂住。“听不见，听不见，我听不见，你也听不见！”

千寻忽然握着一把菜刀站在床边，双眼泛红。“找不着白鸦羽就只有把翅膀砍掉。”

“这怎么行，这是白鸦翅膀，又不是鸡翅膀！白鸦的翅膀连心，砍掉就死了。”凛央子制止他，“我想可能是青龙王最近做过什么仪式大典，成了一种召唤，偏偏千儿体内有白鸦的根苗……”

“然后呢？！眼睁睁看儿子被人召唤走吗？”千寻咬牙切齿瞪着凛央子，“日防夜防，要防的是我高祖，怎么突然多出这样的事，为什么白鸦会遗传，你告诉我啊！”

“我不知道！”凛央子痛苦地吼。

“爹娘不要吵架，都是千儿不好。千儿眼睛痒痒，娘亲帮千儿吹吹。”宵千向他们撒娇，眼睛眨了两下，泪光清澈。

凛央子看着他的双眼，心情愈发沉重，原本一双乌黑明亮的眼睛，此刻泛着湛蓝透绿春水的颜色，瞳孔也变了形状，所谓碧眼方瞳是神仙，但在他们家却是不祥之兆，他们不能让儿子成为白鸦。凛央子又将儿子的头顶细细看了一遍，就是找不到白鸦羽。

“这到底是怎么了……”他无奈地看着千寻。

千寻丢下菜刀，上前来用力抱着父子俩，虽然几年来天天嬉笑怒骂没心没肺，但其实他们早成了她的胆战心惊，她的担忧与无眠。每天都在担心失去他们，每天都要晚于他们睡去，先于他们醒来，亲眼看见他们依然在身边才安心。

时刻准备好战斗的千寻，从未有一天松懈，直到确定儿子没有被选中继承她的神魄才稍稍安下心来。可是好景不长，这才轻松了多久，她竟然会亲眼看着儿子在瞬间变成了白鸦。

“娘亲，什么是白鸦？”稚子无知，天真地追问千寻。

千寻解下腰带，一边抹着眼泪一边将儿子的翅膀绑在一起。“千儿别怕疼，娘亲就绑你一晚上。”

凛央子在一边又着急又心疼：“可……可你绑孩子干吗呀，多疼啊……”

“就绑一晚上，若明天白发长出来，可以看见白鸦羽便拔去，若不能，我亲手来断这双翅膀，用我全部玄冥术保住千儿，一定能保住他的性命。”

“此事是不能武断的，千寻！”

“那该怎么办？！你告诉我！”千寻也急了，“千儿才四岁，不像当年的你，他一点保护自己的能力也没有，不可以随便去到危险的地方。连他去私塾我都成天提心吊胆，怎么可能让他有翅膀？！”

“千寻……”凛央子无言以对。

“他好不容易没神魄，可为什么会有翅膀啊！你告诉我！”千寻很凶很凶。

凛央宵千这下被吓得号啕大哭起来：“爹爹娘亲不要吵架！都是千儿不好，你们打千儿吧，不要吵架，哇啊啊……”

千寻意识到自己过分了，含泪向凛央子道歉：“对不起，我话说重了。”

凛央子只是心痛，紧紧抱她在怀里，一点也不忍心与她争吵。

紫阳阁

多年来，龙王霖第一次舍得调用国库，为自己建造了一座小小的宫阁，仅仅是两座五层高的楼阁，中间以一道拱廊连接起来而已，古拙朴素，与金碧辉煌的宫殿显得格格不入，但是他喜欢。闲暇的时候除了去雀阁，便是待在这儿，亲手种植满院的紫阳花，然后坐在凉亭里看书休憩。

一行白鸦匆匆走了进来，为首的白鸦手中提着一个孩童，白发白眉白翅，一双机灵过人的大眼睛。众人向龙王霖下跪，白鸦禀报，这名孩童不知从何而来在皇宫顶部飞旋，将他捉拿下来一看，确定是白鸦。但白鸦年不过十六，绝不可能离开蓬莱。这只小白鸦不明来历，只能带来交由皇帝处置。

龙王霖轻轻搁下书卷，有些恍惚地看着四龄童，这么一个小不点，白发白眉白羽，在阳光下可爱得像只白绒绒的小熊一样，他朝他招招手。凛央宵千便扑腾起翅膀，提着他的白鸦一松手，宵千下意识朝龙王霖飞了过去。

“你是神仙吗？”宵千诧异地看着龙王霖长长的胡须，好像一个神仙，这个神仙叔叔看着超级面善，感觉像上辈子就认识一样。

龙王霖一把抱起他，让他坐在桌上。摸摸他的头发与脸蛋，也觉得眼熟。心说这不会是鸦神为自己生的儿子吧，问他：“你从蓬莱来吗？”

“蓬莱是哪儿啊？我不认识蓬莱。”宵千说道，“但我认得你的声音，你就是在云空中召唤我的那个人。”

龙王霖心里安定了，再问他：“那你娘亲是谁？”

宵千一脸骄傲道：“我娘亲叫千寻！”

“呵……”龙王霖顿时笑了，一把抱住他，埋首在他肩膀上，再抬头与宵千额头抵着额头，已是喜极而泣。

“神仙叔叔，你怎么哭啦？”宵千伸手为他抹眼泪。

龙王霖则兴奋地从桌上拿了一块水晶糕喂他。“好吃吗？”

“没我娘亲做得好吃。”宵千边嚼边说，“杏仁蜜馅的，怎么不放芸豆！牛乳要做成冻，酿进去更好吃！”

每一句都是千寻的语气。龙王霖将水晶糕放在他手上，说：“喂叔叔吃好吗？”

宵千听话地将糕点送到他嘴里，龙王霖幸福地吃着糕点，如同父子一般亲昵。

“奇怪，我在家都懒得喂我爹亲吃东西，可是见你就觉得好亲近，叔叔你到底是谁呀？”宵千好奇地问。

“造次！”有白鸦制止，龙王霖急忙摇手示意他们不用介怀。

龙王霖的小猫从暖枕上跳到桌面，又跳入宵千怀中，同他撒娇。

龙王霖一直笑着，没有答话。

宵千扭头看着满院盛放的花朵，欣喜地说道："紫阳花，娘亲最爱的花！不是再寒冷些天气里才会开吗，怎么这院子里的已经开得这样好！娘亲若看到，一定欢喜极了！"

龙王霖一把抱起他，带着他在花院中散步。"我花很多心血栽培它们，让它们四时都开着，就是等着有一天你娘亲会来看呀。"

"叔叔认得我娘亲？"

"何止认得，生死之交。"龙王霖亲了亲宵千脸蛋，"我见你如见我亲生之子一般高兴。"

"可我爹爹叫凛央子。"

龙王霖笑，不太喜欢听这个名字，便转开话题："我知道，那你叫什么呀？"

"我叫凛央宵千，宵字，因为我是申酉之时生的。千字，是因为我娘叫千寻！"宵千奶声奶气回答道。

龙王霖凝视着他，满眼都透着喜欢。倒是那些白鸦在一边看呆了，史上再没有一个皇帝待白鸦这么亲切，这么好过。

"莫不是九日前白鸦阅军大典，将这小白鸦召唤来了？"一名白鸦向龙王请示。

龙王霖想了想，或有可能，轻轻抚摸着宵千的头，说："千儿，既然来了，就陪叔叔一起住好不好。叔叔这里什么好玩的都有，还有一个漂亮的小姐姐能陪你一起玩耍。"

"好呀好呀，这儿又大又漂亮，千儿要和叔叔，还有爹亲娘亲一道住在这里。"宵千揽住他的脖子，在他脸上亲了一大口。

其他白鸦看着很是尴尬，急忙请示道：“皇上，还是将他交给为臣，让臣下带他回白鸦府居住吧。”

龙王霖摆摆手，示意这没有任何唐突。

“皇上？！他们叫你皇上？”宵千问，伸手摸摸他的头冠，“一二三四五六七八九……哇，有九条盘龙，还有这么大的一颗夜明珠！”

龙王霖笑，看他认真数数的模样觉得可爱的骨头都要酥掉了。真要是自己和千寻的儿子那该多好。

“千儿！”

“皇帝叔叔。”

“永远在我身边好不好？”

“好呀。”宵千答应时，小翅膀跟着一起摇摇晃晃的，“我觉得我在云里迷迷糊糊飞这么久这么久，就是要来找你的！否则我哪知道我要飞去哪儿呀！”

“对，没错！”龙王霖笑。忽然想起什么，转过他的身体看了一看，一头白发显然是被人剃过初长出来的，后颈上的位置有一根很明显的白鸦羽，为什么没有被拔掉？

凛央子与玄武千寻怎么会眼睁睁地看着亲生儿子变成白鸦，飞到他的皇宫里来呢。除非，他们看不见这根白鸦羽。龙王霖心想。

“皇帝叔叔，快把我爹娘接来吧，我是凌晨的时候自己莫名其妙撞破窗子飞出来的，他们见不到我一定急死啦。”宵千说道。

“不怕不怕，我想他们一定知道你来的是我这儿，而且我猜，他们应该已经在来的路上了。”龙王霖安慰他，“走，叔叔带你去看白马，这座皇宫可大了，连我都还没有用脚好好丈量它一遍，你愿意不愿意陪叔叔走一下看看？”

“好呀！我脚程可快了！现在还能飞！”

“你看你嘚瑟的模样好像你娘亲。”

“不不不，青出于蓝胜于蓝，我是谁呀，我是凛央宵千。”宵千扑扇两下小翅膀，哼了一声，眉眼神情透着不可一世的傲娇劲儿。

明明就是千寻。龙王霖笑着亲他。

“皇帝叔叔你再亲我，我要不好意思了。”宵千扭捏道，“人家是男孩子……”

“哈哈哈。”龙王霖快乐地大笑起来。

多年来第一次，书本与奏章，国事与百姓全都搁下，如此无忧无虑。他感慨自己终于没有白白等这一场。

第三十五章　莫失莫忘

紫阳阁

深夜，凛央宵千疯玩了一天，在龙床上睡沉了。龙王霖亲吻了他的额头，让宫人好好陪守着孩子。自己孤身离开。

他取了酒自斟自饮，多年以来深夜的习惯，已经形成巨大的酒瘾，没有酒精帮助，他根本睡不着。许多往事、许多脸庞都会在黑夜的掩护下悄悄潜伏进脑海，涌现到眼前。

他做过的善与恶，成就与亏欠，失败与失去，都会在梦中一一重现，栩栩如生，无论如何也挥之不去。

那些景象提醒他，他是怎样的一个人，有怎样的过往，是如何深爱着一个女人而不可得。

酒杯，从浅浅的玉盅换成了半臂长的酒樽。

一边依赖着酒精，一边提醒自己万不可滥饮一气，明日还有早朝，还有一大堆繁重的国事等待着自己。喝到七分醉必须松开酒杯，借着酒力入眠，但是酒量却越来越大，越难入睡，他只能眼睁睁看着自己一杯接着一杯，沉溺其中，像是服毒。

也许酒才是他今生唯一的恋人，谁叫他生于酒坊呢，一生摆脱不掉酒气。

即便有凛央宵千的到来，他还是控制不了酒在深夜对他的吸引力，那是一种强大温暖的诱惑，这世上除非一人能帮他抵挡。

除非，除非……

他一杯续着一杯，酒劲终于上头，他微微扶额闭目养神。

醉眼恍惚，猛然觉得眼前有人站立。

眉目、鬓角、轮廓、身高，无不熟悉。

他揉揉眼睛，不可置信地站了起来，搁下酒杯，一身酒气地往前走。

“千寻？”

她没动，也没说话。

“千寻……”他笑了，因为她还在，没有飘散，没有离开，不是梦，也不是酒后的幻觉。她来了，就站在远处，静静看着他。

这么多年没见。面具没了……可是这个人为什么留起了胡子？像个老气横秋的神仙。为什么酗酒了，一定要喝蒙成这样？为什么眼睛红红的，瞌睡的话，为什么不去睡呢……她看着他的模样，心里想着，而他也猜到她会这么想。

“留胡子是因为不喜欢别人老说朕美，但却是一张得不到你喜欢的容颜。酗酒是因为朕真的睡不着，每天辰时必须醒来早朝，朕不能每晚都熬夜，必须睡觉……呵……眼睛红是因为朕醉了，对，朕醉了，因为朕在想你，想到心都痛。”他像是有读心术，站在原地悠悠说道，“朕曾经以为，朕可以牺牲，只要喜欢的人得到幸福，朕离得多远都行。最后发现爱与不爱真的不同，朕根本做不到失去你的日子，每一天都在煎熬。”

正好是这样的距离，她在，但是不远不近；正好是这样的视线，朦胧模糊，他才可以不顾一切，倾诉离殇。

“千寻……朕等了你整整五年七个月零一天，每到夜晚都需要饮许多酒才能入眠。这座王宫无论日夜，安静得像是一座鬼窟，朕只有雀丹飏这么一个朋友，他无爱妻，朕无后妃。我们饮茶，聊天，对诗，下棋，听雨，看雪，春，夏，秋，冬，一年又是一年。朕就这么数着日子……等你到来，出现在朕眼前。”他说到这里，终于鼓起勇气醉醺醺地朝她走去。

“如果我们第一次相见，西市之约你能来，以朕满手怀抱的紫阳之花，是否可以得到你喜欢？如果我们离开虎鸫神像时，在天马上朕能抱得你再紧一些，是否可以得到你喜欢？如果朕在鸦神殿选择放弃十万白鸦军，朕只要你留在身边，是否可以得到你喜欢？”泪下双行，他说的每一次，都是一次错过，怎不叫人伤心。

“告诉朕你在，不是酒里的烟云……不会一触而散……告诉朕你在我眼前……千寻……”他哭得像个孩子，越走步履越歪斜，他倒在地上，双手刚刚好握住她的手，他倒下去不省人事。她刚好抱住他，让他枕在怀中，无言无语，陪他坐了一整个晚上。

他沉沉睡了一会儿，做了一个无比香甜的美梦，有她梦中缱绻，互诉思念。梦中的亲昵太过真实，以至于他苏醒时用力握了一下她的手，今非昔比，他的力量强大了许多。千寻皱起眉头，“呲”了一声，显然是被握疼了。

他惊觉她真的在这里，任由他在她怀中睡着，独自陪伴了他很久。

“千寻！”他抱住她，一把将她拥入怀中。

“嘿，青龙。”她微笑，但是没有抱他。

“留在朕身边。”

“叙个旧可以啦，我是来带我儿子回家的。”

“千儿也留在朕身边。”

“呵呵。”她哭笑不得，但不得不提醒他，“我要千儿回我们自己的家。”

“没有那个地方，你的家在这里，在朕身边。从今天起，朕……不，呵……不不，一切都变了不是吗，千寻，你要记得鸦神宫里发生的每一个细节，如果你再一次出现在朕眼前，朕永远不会让你离开。”他抱她更紧一些，绝对不会松手，哪怕她喊疼，她哭，都不会松手。

“五行欠揍？”

“哈哈哈哈哈！”龙王霖笑了，还是那个千寻，儿子都那么大了，脾气一点也没变。

“千寻你现在未必是朕的对手呢。”他侧脸亲了她一下。

“我看你真的是欠揍。”她抬起手，被他猛地握住，反制到身后。他看着她的眼睛，一切确实都变了。

“还是你帮助我的，激发出所有青龙的力量。现在你不是朕的对手，注定逃不掉。”

“嘁，你别想当然，你见过我调阴兵的能力，一碗饭工夫铲平你的皇宫。”

“皇宫里有九口井，以龙之九子命名，皆是龙眼，一开始朕没琢磨明白是什么用处，后来才明白，这九口井的井水可以随时调用成兵，融聚为各种带有龙威的兵器，百战不殆。想打一架我们就试试，但朕保证你不会赢的。”他笑。

“我最讨厌别人用激将法了。”

“所以何必呢，才相聚就宣战，乖乖留在朕身边就好了吗。”他说完，去吻她。

她咬破他的嘴唇，淌下血来。“疼吗？有没有清醒一点？你现在真的是好像一个皇帝的样子啊，真有威风架子。”

“谢谢，拜你所赐。你心心念念送我登上的皇帝宝座，还记得吗？”他舔去嘴唇上的鲜血。

“哟，不自称朕啦。”她挖苦他，“松手，松开我。”

他偏不，看她着急的模样。

“我数到三。”她生气了，眼神凌厉起来。

“你肯定挣不开，数到三，我就抱你到床上去了。”他笑。

“娘亲！”远远忽然传来宵千的呼唤声。

千寻猛地挣脱龙王霖，反手一掌掴在他右脸颊，使得他鬓发飘散，头冠掉落。他愣了一下，看她急速站起来，四处去寻找儿子。他苦笑，千寻到底是千寻。他一手揉脸，一手撑着膝盖缓缓站了起来，跟在她后头。

“别找了，紫阳阁有密室，非朕口令不能打开。朕一直以为可以在里头藏珠藏宝，想不到最珍贵的宝贝是藏了你的亲生儿子——凛央宵千。你知道吗？雀丹飏与影娘生了个女儿，比你家千儿大一些，名叫雀丹长烟，朕很想介绍这两个孩子认识。”

“不，我家千儿不需要认识任何皇宫里的人，把密室门打开，让我见千儿。”

“见了也没用吧，你又带不走。他是白鸦，永远要待在青龙王身边，就是朕的身边。你给他剃了一个光头，依然没有找到白鸦羽，可朕一眼就瞧见了，除非朕出手，否则谁也消除不掉他的白鸦身份。现在你还那么急着见他吗？难道不是应该急着求我？”龙王霖笑，看她在房间里乱转，胡乱敲打着每一面墙壁，翻找每一个架子。

“兰霖！”她怒不可遏，“你怎么变得那么坏！你怎么变成这样一副语气！”

“我弱你嫌我弱，我强你又嫌我坏？你怎么那么不好侍候？”

跟这个人吵架特别艰难。“啊！！！”千寻吼他。但他走过来一下把她摁在墙上。

“留下来做朕的皇后。”他命令道。

“绝不！”她的辞海里没有屈服这种词语。

他笑，就知道是这种答案，伸手摸摸她的头，说：“小丫头，逗你的。”

“啊？”她迷茫了，也就在这一瞬间，他再次低头亲吻了她，非常非常温柔，一点也不蛮横霸道，轻得像是一片羽毛落在嘴唇上。那种深情与柔和才是他真正的模样，能令她回忆起每一个与他相处的瞬间，每一个晨昏日落。

“但是，抱歉……”她不得不推开他。

“我今生没有那种爱你的自由，因为我被另一颗心锁住了。”她说，眼眶是红的。

他噙着眼泪苦笑：“那么好，你走吧。千儿在我这儿，你让那个男人来与朕谈，看他怎么选，要你还是要儿子。”

“可不可以不要这么低级，用小孩子来作要挟？！”

“不可以。你说得对，我变坏了，其实早就变坏了。你听说了吗？我是一个鸡鸣狗盗的皇帝，什么信条都有，唯吾独尊，静水流深，物尽其用，无往不胜，无论是谁信仰的，只要有用我都用，随便史书怎么写，我就这样了！”龙王霖笑，握着她的手，轻轻抚摸自己的脸颊，“留下来陪着我，看着我，别让我变得更坏，别让我留这种老气横秋的胡子，别让我夜夜靠酒入眠。”

“唉……”千寻苦笑，“我明白你的感受，你把我当成你的镇魂之物，看着我才会觉得安宁平静是不是？可是我把凛央子当成了我的镇魂之物啊。我失去他，我的心会枯萎，这就是我为什么没有办法选择你的原因……”

“那朕就自私一点呗，朕已经给过你们几年时间甜蜜，生了一个儿子，还要怎样，够了！”他说，“你是朕的，朕见你在他之先！如今物归原主，朕要收回你了！”

“疯子！”她挣脱他，往窗口退。

“不管我疯不疯，你必须面对一个真相，你心里有我，别轻易抹杀掉。”

“我心里有你，是很好的朋友。你我这样的人，这一辈子能得什么知己？也请你面对这个真相，别毁灭它！”她噙着眼泪说道，向他伸出手，“把儿子还给我，就当什么事也没发生过，我回家去，一辈子当你是知己，所有过往时光，我会留在心里好好收藏。”

“何事何因……你我相遇，却注定成为回忆……”他不能接受。

“把儿子还我，好吗？”

“像当时一样，亲手拔掉凛央子的白鸦羽，让你带走他？”

“我会感激你一辈子，真的，只要我有能帮助到你的地方，我一定想尽办法帮你。”她真诚地告诉他。但是曾经为他遭遇过的危险，被重伤弃于野地，差些死去的痛苦，她一字未提。

“我要你，成为皇后。”

“做不到！”她急了，“你明明是这个世上最明事理的人，怎么这样简单的道理就是和你讲不清楚！你的礼貌，你的豁达，你的温柔，你的耐心，全都到哪里去了！”

“那些都是面具！傻子！我不可能没有欲望，没有欲望走不到今天！”他吼，“谁告诉你我要善良一辈子？！谁告诉你，我想的我必须得不到？！玄武千寻！”

“怎样？！”

“记得我们蓬莱一别，我的誓言吗？你，玄武千寻，不准再回到我面前，否则，我要你永远不能再离开！”

“哼，我是会随便遵从他人规则的人？”

“呵，他人？也要看看对方是谁。”

“又怎样？！”

“你回去，和你那个窝囊废男人说，让他别永远躲在女人的保护里，让他出来面对我。要不休书一封换儿子，要不就乖乖回到朕的身边！休假结束了！回来做他的白鸦掌印！”说到这里，他伸出手，溯流神杖自行飞到他手中，一道水柱从柱顶冲了出去，化作龙首直撞向千寻胸口，将她撞出紫阳阁。千寻在空中翻腾两周，控制住身体稳稳落到地面，众守卫刚要冲向她，龙王霖在破开的窗口前吼了一声：“让她走。”

千寻揉了揉被撞疼的胸口，仰头看着高傲的他，双手气愤地紧紧握拳："长本事了啊，臭小子！"

"玄武千寻，你听清楚！若你领兵反朕，你儿子就是抗击你的白鸦众一名！玄武千寻，你若不是穿着嫁衣自己进宫，就叫凛央子来！白鸦羽等着他！鬼市忘情水也等着他！滚吧！"他吼。

"兰霖，你该死！"她吼回去，眼前蒙上一层水汽，看不出他的痛心疾首。

但是士兵越围越多，与他们打斗厮杀毫无意义，千寻咬牙，飞身离去。

龙王霖望着她的背影，转瞬消逝在蒙蒙夜色之中。这一瞬间，他怀念起她的唇、她的怀抱，就只是刚才发生的事，转眼便像是永远回不去的美好。紫阳阁中曾有千寻，千寻心中却从来没有这一座紫阳阁。

他看着那不具意义的墙，看见墙仿佛像瓷器一样泛着光泽，又像纸片一样碎裂剥落。知道自己还醉着。酒不暖心，依然痛苦。

只这一次，他绝不想表演什么以退为进。

这一次便是开始。

他要彻底成为与雀丹飏，与过去的自己截然不同的男子。

"心爱的女子都得不到，谈什么天下，可笑！"他说。

元家桥

凛央子骑的是鹿家村脚程最快的马，披星戴月也只赶了三分之一的路程。凛央子对这匹马哭笑不得，却又不得不依赖它赶路。

正无奈地在路边驿站饮马，千寻来到他身边，静静站着。凛央子捧住她的脸，看见泪痕，知道她受了委屈。

“找到千儿了？”

千寻点头。

“带不回来？”

千寻埋头在他怀里哭。看样子真的是委屈到了。

“乖，不哭不哭，有什么委屈跟我说。”

千寻说不出来。

凛央子便耐心地一句一句问她：“儿子真的在皇宫？”

千寻点头。

“在新龙王手上？”

还是点头。

“他留宵千没用，千儿才四岁，就算是白鸦能为他效什么力？他若讲理，知道感恩，应该在第一时间拔掉白鸦羽，把千儿还给你。毕竟你拼命为他去找玄武口诀，差点死在荒野中。这些他知道吗？”凛央子问。

千寻沉默。

“若不念这交情，扣留千儿，你又这般委屈……必然是，他以千儿要挟你了？”凛央子分析道，“他要求你做什么换千儿？”

千寻紧紧抱着他，不说话。

“他欺负你了？”凛央子面色沉了下来，扳她肩膀，让她面对自己说话，“他怎么你了？我会剥下他龙皮来赔偿你！”

“他没怎么我，只是提了两个要求，二选一便能换回千儿。”

“滚他的，一条也不答应。凭什么！”

“那就只有领兵造反，是我玄武的天下，他便没有说话的份。”千寻苦笑，“只是你儿子，四岁就要当将军了，兰霖要千儿领兵来战玄武。白鸦骨子里都会服从青龙，不是吗？”

该死该死，凛央子气得跳脚，原地蹦了一圈，也是苦于无法，只能再问她：“那两个要求是啥？如果是要你，就别开口，让他去死！”

“那就是要你了。”千寻呼了一声，“要你回去继续当白鸦掌印，服下忘情水，忘了我们母子。”

“啊！！！”凛央子气得抱头咆哮，将马草全都挥到地上，“该死！该死！！该死！！！是不是戴王冠的人都会变得这么混账！龙王聂是这样，现在这个兰霖也是这样！疯子！疯子！！疯子！！！我什么也不给！什么也别想！禽兽！！禽兽！！！”

千寻不说话，走到阳光下站着，用手接住风里的落叶，一叶落而知秋，她心里的预感很差，直觉告诉自己这一次如果硬拼，会有很惨的结果。

“我去把儿子换回来，我会找一切机会要他的命，我有幽无三世剑，对，我带着幽无三世剑，我可以杀了他，让他永不超生！”

可能吗？我能被他用青龙控水术撞出楼阁，以你现在普通人的身份，主动攻击只有死路一条。千寻心想，但是默不作声。

“你就带着千儿第一时间离开，不要回头，你们安全就可以。”

“那和送你去死有什么区别呢？”千寻问。

“叫你不用管啊。”凛央子笑了，从行囊中取出剑来，“你们就顾自离开，回家等我呀，我会好好回来的。”

其实是抱着必死的决心吧。千寻叹了口气，走到他面前，从他手中取过剑。“这些年，你从未将这柄剑从剑鞘里拔出来，因为这柄剑只有神谕之人才用得了。”

说着，她将剑拔出，又送了鞘中。

“不不，是我没使力气，给我再试试。”

千寻没有给他剑，而是吻他，漫长的一次亲吻。

恋恋不舍地分开，他们的眼神还彼此眷恋着。

“相公，回去当白鸦掌印吧。”

“什么？！”

千寻紧紧握着他的手，“最安全，也是最妥帖的方法。你当回白鸦掌印，最多是为他效犬马，但是我能找回你，我找回过你一次对不对？！我就有把握找回你第二次！”

“不，不不……千寻，哈哈，千寻，你完全弄错了。”凛央子挥手，示意一个大大的否决，“这绝对行不通。我变回白鸦，还要服下忘情水，你怎么可能唤醒我？！”

“可你就是身为白鸦的时候爱上我的呀。”

“我当时并非白鸦，我是那个捏造出来的‘小康’，我要把自己变成普通人的样子，神态语气脾气，我都克制着自己……千寻，你真的不知道我身为白鸦时是什么样子？！你了解玄武梦寒的对吧，他在生死关头能心软放过你我，能不趁你虚弱夺走玄武神魄，他还剩一丝人性。换成当年的我就没有，人性与良知都没有，我可以狠下心肠杀你一万次，因为我根本就没有心肠。只要青龙一个指令，只要碍我的事，脏我的眼，只要我有一丁点不喜欢，我可以杀掉任何人。哪怕是你和宵千站在我面前……不！我根本没办法想象那一天！千寻！我不能变回去，我绝对不可以变回去。”

“我不信你是那样的，你一定还会爱上我，你是我的命中注定，第一次是这样，第二次也会是。”

“啊！！！我要怎么解释给你听呢！！！”凛央子崩溃了，他不能说这是千寻执拗倔强赌气，只能说她误会了他们相识的时机。

“千寻啊，相信我，一旦我变回白鸦，我会比兰霖，比玄武梦寒都危险，都可怕。千寻……”他揽她入怀，觉得筋疲力尽，“倘若送我回白鸦府，真不如让我与他一战到死痛快。我也受够这个男人了，像个鬼魅，永远缠绕在你的记忆里，我看见你摆脱不了他，我也很痛苦。”

“可我总觉得我能找回你第二次，但是你也不相信我。”千寻同样无力地说，“现在我们有三条路，让儿子冒险这一条绝对不可以选。只剩你我放弃一个人，我这辈子只想做你的妻子，若二嫁我情愿重新沉回玄武湖底，在铁杉洞里度尽残生……”

“别说了，千寻，别说了，没有这一条，永远忘记，你哪儿都不会去，就在我身边，永远在我身边乖乖待着。”

“那就相信我好吗？凛央子，我真的舍不得儿子，没有千儿我一样会伤心死的。”千寻恸哭起来。

“别哭，别哭，都怨我不好，都怨我现在什么力量也没有，变成废人了，不能保护你们，眼睁睁看你们受委屈。都是我不好，我该死，我该死。”凛央子痛苦自责道。千寻侧耳在他胸膛上，听他的心跳声，依然强而有力，依然能温暖她的灵魂。

“你知道不知道，我爱你，无论你变成什么样子，我都可以接受，因为我相信我一定会让你变回我最爱的那个凛央子。”

“太冒险了，千寻，事情绝没有你想象的简单。”

“我这辈子有经历过不复杂的事情吗？”

“我绝不要你吃苦，也绝不要你受委屈，世上最最难接受的是，这苦这委屈都是我让你挨的。你要我变成那样一种恶魔，怎么可以呢？”

“杀兰玥，杀姜姝，杀兰桥……”

“没错，兰桥，我逼她一刀一刀割破自己的脸，再踢她坠下玄武峰，这就是我做的恶事，一点惭愧都没有。我耳朵上的伤是兰玥咬的，为了逼供，我一节节削去他的手指，为了报复，我让手下砍碎他的尸体撒在雪中……姜姝被我逼得服毒自尽，姜雯被我害得引爆火药堡，炸毁大堤，引发滔天洪水……在他们之前，我还杀过更多人，酷刑恶典，人间炼狱……凛央子是我大名，也是我一生抹不掉的污点，千寻你懂吗？我站在白骨堆上，甚至比玄武族更阴冷。”

“让我用簪子在你肩膀上刻下千寻二字，到时候我可以凭此与你对话。”

“呵呵，一旦我变回白鸦，看到身上有来历不明的东西，可能情愿连肩膀这张皮都撕掉，也不会留下你的名字。”凛央子冷冷说道，真相听来最无情，但确实是他过去会做的事。

“那你留一件我的信物。”

“非白鸦所用物品，一概会扔掉。蓬莱十万白鸦军，不染天下不染尘，心中是无一物的。”凛央子叹息道，“千寻，我知道我们相爱过，深爱使你坚信你一定会再次改变我。只能说，我当时在一个非常奇异的状态遇到了你，那是一个特别的时机……绝不可能再离奇出现第二次。”

“或者真的有第二次呢，你要相信我们的缘分。如果我是你成功摆脱白鸦的解药，就一生都会是，对吗？”

“唉……”凛央子抱头，觉得二人的话题处在一个死循环中，怎么也绕不出去。

他甚至想说算了，再生一个吧。可是这太浑蛋了，他说不出口。在这个问题中他快绕得死去，只剩下愤怒与仇恨。他恨世上会出现一个兰霖，该死的，他又确实欠他许多命债，如今彻底是在偿还，这痛苦他体会到了……刚才报的那些名字，全成了恶鬼围绕他身边在指指点点，在耻笑他。一切都是报应，是报应。

“算了，相公，别为难了。”千寻紧紧握住手中的长剑，“我选择杀了兰霖，我全神贯注去战斗，应该可以做到。相公你回家等我和儿子回来吧。”

“胡闹！”他一把拉住她的手，“不准去！”

千寻一点点推开他的手，没有说话，只是看着他。

“我说了不准去！”但他敌不过千寻的力道。

手一点点推开，他连她的小指也握不住，眼睁睁看着她往前走。

“好了，够了！玄武千寻！你有杀他的心便够了！”他双拳紧攥，指甲嵌在肉里，攥出鲜血来，“我回归掌印之位，但我警告你，永远别来招惹我，永远。”

千寻一声苦笑，这怎么可能。

无言相对，凛央子返身牵马，从她身边经过，说：“上马，跟我一起进宫。”

千寻却挽住他的手，与他十指相扣。“阳光正好，我们慢慢走一段吧。”

凛央子没有拒绝，轻吻她额头，与她散步。

第三十六章　触不可及的爱人

皇极殿

凛央宵千平静地坐在龙王霖腿上，尽管父母都在眼前，但他没有要靠近他们的意愿，反而双手一直握着龙王霖的龙袍腰带，很亲昵地与他待在一起。白发一夜间便长了，盘成发髻。穿戴着白鸦衣冠，眉眼里皆是神气威风。龙王霖是真不介意拿他当儿子养，一直与他说笑逗乐，半天没有正眼瞧过殿上站立的夫妻。

凛央子笑，知道这么等下去，无非是长别人威风，对方乐得显摆如今的权势。

他抬起千寻的脸，轻捋了一下她的刘海。“带千儿去北方吧，那里冬天有烧得暖暖的炕头，你手脚凉，经不得南方的湿寒。北方又是你的根基之地，你熟悉那里，好好在那儿带大孩子，教他知书达礼，为人善良但不能受人欺负。你自己也要乖，别惹是生非，别好出风头，别替谁打抱不平，别轻信人，但最重要的是，永远不要回到这里。做得到吗，千寻？”

“像我爹，哪像我相公？”千寻抱怨。

“这样像你相公。”说完他吻她。

龙王霖看不下去，猛地一把将宵千提了起来。

千寻急忙离开凛央子，一手指向龙王霖：“你敢动他！”

凛央子冷笑，一言不发大步向龙王霖走去。众白鸦执剑围向他，他怒目吼道：“都滚下去，我是你们的新掌印凛央子！谁敢拿剑锋指着我，小心一身鸦皮明天便不在身上！”

白鸦们茫然地看向龙王，但龙王霖并不制止他靠近，甚至乐得看他要白鸦的威风。

“爹爹。”凛央宵千忽然奶声奶气喊道，捧起龙案上的酒杯，双手递给凛央子，“皇帝叔叔叫我喂你喝的。”

龙王霖笑意盎然地望着凛央子，审阅他表情，眉眼里似是在问他：养了个好儿子不是吗。

凛央子清楚那酒杯中是何物，忘情断爱，从此与心爱之人成为天涯路人。

“爹爹喝！”宵千甜甜地说。

千寻的身影猛地在大殿上一晃，人已经飞到侧边楠木宫柱上，随即一个飞跃，拔出幽无三世剑直刺向龙王霖。一道水屏障挡在她身前，随即她看见宵千被提到了屏障之后，与她面对面，只要她再一个冲刺，剑就会伤到孩子。

“可恶！”她急忙收住剑，定在地上。白鸦的剑呈扇形齐刷刷朝她头顶压了下来。

“滚开！”龙王霖与凛央子同时喊道，白鸦们大惊，朝后退去。

“玄武千寻你是真想杀了朕？！”龙王霖随即向她发问。

“想。”她说，丝毫不掩饰，“若换作是我今天欺凌于你呢？你也会有一样念头。”

“你清楚记得他是朕的仇人吧？他毁过朕的家！杀过朕的家人！夺走了朕的爱人！”龙王霖愤然而言。

“叫我全都忘记的人，不是自己都记得清清楚楚吗！”

“怎么可能忘记。”

二人对吼。

“够了！”凛央子接过宵千手中的酒杯，仰头一饮而尽，“这债我还你！放他们母子俩走！”

“行，能在皇极殿接待你们一家，可见朕有多么重视你们，甚至将今天当作了朕的盛典。朕虽早不是守信之人，但这次朕答应的事，朕会履行，转过身去。”龙王霖命令凛央子，随即将宵千调转身体与他平行。

“爹爹？”宵千茫然地看着凛央子。

“千儿不怕。”凛央子心疼地摸摸他的小脸蛋，“到底是我儿子，穿这一身与我当年是一模一样。以后别再自作聪明了，要好好读书，一辈子待娘亲好，知道吗？”

“爹爹也要待娘亲好。”

“爹爹在心里一辈子待娘亲好。”

龙王霖在他们身后听着，只是冷笑，抬起手来，运用龙神之力将宵千的白鸦羽转换到凛央子脑后去，一番变化。宵千全身的白色悉数退去，他全身一软晕倒在凛央子怀中，凛央子抱着儿子，一步步走向千寻，身后是渐渐长出的六翼翅膀。眉眼发色也全部变了，像是霜雪染就一般冰寒的白色。

儿子稳稳交到千寻怀中，凛央子平静地望着千寻。

“凛央子。”龙王霖端坐着，一派帝者威仪，傲然叫他名字。

“臣在。”

“白虎一族有多少年没有缴纳岁贡了。”

“启禀圣上，自神绥三年起，因藐视龙王聂幼主登基便停了岁贡，当时青龙无威，再没有收纳过。从那年算起到如今，应是有二十五年未曾进贡过了。”凛央子说到这里，忽然觉得脑海中一片混乱，他清楚自己正在与新龙王说话，但是过去的记忆忽然划分成了片段，变成一节一节，有些链接丢失掉了，无法贯穿起来。因此他说话时身体还微微晃了晃，觉得眩晕，身边有一个女人想要搀扶他一下，但他自然地避开了。

“那好，朕给你两万白鸦精兵，你带领他们前往西域去讨伐白虎吧，或是将欠了二十五年的进贡带回来，或是将白虎王项上人头带回来，二选一。否则你就永远不要回来。”龙王霖微笑，把玩起腰带上的玉佩，随后悠悠看了千寻一眼。

“你疯了？！你觉得两万白鸦是白虎族的对手吗？你是叫他去送死吗？！”

“真要他去送死，就只给他两百精兵了。朕还是挺相信他的能力。”兰霖微笑。

“你能不能不变得这么下三滥？！”千寻怒骂。

“放肆！”一个阴冷的语调悠扬而起。千寻愣住了，因为这确实不是当年小康说话的声音，她怔怔望着凛央子。

龙王霖倒是清楚他过去是什么样子，还记得自己曾经卑躬屈膝地向他下跪过。

“一点没变。”他笑，步下龙座，走向凛央子，拍着他的肩膀，叫他看向千寻，“朕对你有几个不准，你且听清楚。第一个不准，这辈子你都不准伤害她，因为她是朕要娶的女人；第二个不准，永远不准伤害这个孩子；第三个不准，永远不准相信他们俩说的话，任何一句。”

“臣遵旨。”凛央子恭敬领命。

“哼，确实像你做出来的事。”千寻瞪他一眼，抱着儿子转身便走，也不再看凛央子。

“怎么，就这么走了？不留下一起用膳吗？”龙王霖微笑问道，笑容里有苦意，其实谁想要这白毛留在宫殿里。

“滚开！”千寻毅然决然，越走越远。

“娘亲，爹爹怎么了……”宵千揉揉眼睛，像是做了一场梦，千寻亲亲儿子的脸蛋。

“爹爹做了大将军，我们要一道去打仗。”

“哇，打仗这么厉害。”宵千拍手。

“是呀，超威风的。”千寻说道，一点也不害怕，不担忧，不伤心。

白鸦府

凛央子连夜清点白鸦名册，编整军队，第二天一早便要出京西征。此夜他有太多军务要统筹管理，军火粮草无一不要准备。破晓时分他才忙碌完毕，飞上白鸦府的高空中停留，闭目养神。

忽然有东西接近他，在风中瑟瑟有声，他睁眼看，是一只巨大的风筝，顺着长线望下去，可以见到遥远处霜花楼之巅站着一个小不点。他俯冲过去与她面对，正是昨天在金殿上见过的女人。

“凛央子！”她欣喜地跳起来，想要抱他，他避开了，“哼，傲娇了。你看我放风筝，风都知道帮我，把它带到你身边，所以说天意最大，你就是我的。”

凛央子将拳头举到她眼前，让她看着，然后一记朝身下琉璃瓦攻去，整片琉璃瓦如山崩一般，又如鱼鳞倒刮，一层层朝上崩碎。“若不是皇上说不准要你命，我早下手了，丑婆娘。”

“那又怎样，我也行呀。”千寻跳到另一片瓦上，朝拳头哈了口气，照样捶了下去，瓦片应声而碎，最上一层几乎崩化成粉末，比他显得更轻松。

“呵呵，你是什么妖怪吗？”凛央子冷笑起来。

“你才妖怪，神经病。”千寻骂回去。

“哦……”她点点头，“语调果然变了，比小康那时候还要阴阳怪气，你曾经说过白鸦很像太监，确实是哦，比太监还太监。”

“住口！”

“我不惹你生气，我就是来看看你，告诉你我和千儿都挺好的，我们住在京城最贵的客栈里，最豪华的套间，他吃得饱饱的，睡着啦，梦里一直在念你的名字。凛央子你知道吗？你是千儿亲爹，我知道你忘了，但我现在告诉你，你要记得。”

“哼，一派胡言，没什么事就此别过。”

“凛央子我想你。”

“滚开，丑八怪。”他瞪她一眼振翅飞走，不知想到什么，忽然又绕了回来，“你说你想我，是吧？”

“是呀，是呀。”

“那你在这里等等我，我去取件东西回来送你。”他笑。

“好呀，好呀。”她盘腿坐下，耐心等他。

他飞走了，不一会儿又飞回来，笑微微看着她。

“凛央子。”她蹦起来迎向他。

一张金丝网当头罩下，将她整个儿裹了起来。他抽紧金丝线绕着她飞了几圈，用力将她束缚起来，随即往肩膀上一扛飞了出去。

“你带我去哪儿呀？！”她挣扎不开这种特制的猎网。

“哦，忘了。”他单手抱住她，一手从口袋里取出胶布，将她的嘴封上，“烦死了。”

“嗯！！！”千寻崩溃了，想不到原来的凛央子全是手段，全是诡计，一点也不是省油的灯。可是更令她想不到的是，凛央子带着她直接飞入紫阳阁，龙王霖刚刚起床，他却当着龙王霖与宫人的面，将她直接扔到龙床上。

龙王霖自己都愣住了，看着千寻，挥手叫所有宫人退出去。

“臣无权揣度圣意，恳请圣上，倘若这是你心爱的女子，臣为您带来了，请早日将她收入后宫。”凛央子说完，便准备收工走人。

“回来。”龙王霖顿时明白他的心意，叫他留步，“这女孩野得狠，朕制服不了她怎么办？”

凛央子扭头回到床边，伸手封死了千寻的穴道，然后收去金丝网，“简单。如此便没有后顾之忧。”

“怎么，这是要朕尽快临幸她？”龙王霖望着千寻饶有意味地笑，看她怎么喊也喊不出声音。

“臣不能左右圣意，臣只知道夜长梦多。”凛央子决定离开。

“等等。”龙王霖一把抓住他的手，“都说白鸦从不违抗任何圣意，朕想见识一下。你过来，朕要求你，将她衣衫一件件解开，到不着丝绺后，你才可离开。”

龙王霖这一步，无非是让千寻在巨大的羞耻感下对凛央子彻底绝望死心。

千寻顿时气哭了。

龙王霖知道只要天子的命令，凛央子一定不会违抗，不料想他却跪下了，很纳闷地回禀道：“圣上，您对臣的第一道旨意是永远不能伤害她，这条旨意在前，臣无法下手啊。”

“哈，真是又顺从又迂腐，这让朕觉得你可爱起来了。”龙王霖故意在千寻面前摸摸凛央子的头发，“行了，你去吧。”

凛央子领命，头也不回，扬长而去。

千寻绝望地看着他的背影，此刻明白他当时的担忧，身为白鸦，他真的是无所不用其极。只为龙王有利，置他人生死不顾。现在她什么也不是，这点她清楚，但卑微到要看他亲手抱她上龙王霖的床，她接受不了。

倘若有一天凛央子清醒，他也一定会崩溃。

“又在朕身边了。”龙王霖在她身边坐下，手指沿着她的面部轮廓游走了一遍，“原本是该去早朝了，但是现在朕留下来陪你，朕不能辜负了凛央子这份心意。”

一边说着，他一边解开自己的龙袍。

千寻嘴被封着，无法说话，这次真的只能哭，没有一点办法，骨气、斗志全没有了，只剩下恐惧。

他抱她坐起身，像是抱一只心爱的木偶，一件件褪去她的衣裙，丝毫没有迟疑。“夜长梦多”那四个字提醒了他，再任由她胡跑乱跳，可能真要跟凛央子去西域。放她游离一天，就是放自己的心落空一天。

“很久以前，在那个荧绿色的森林里，就应该让你成为我的。”他抚摸她赤裸的肩膀说道，“你曾经问我，刀忆慈是不是成了我心里挥之不去的女人，那时候我也在想……想来想去竟都是你的名字。第一眼让我感叹风华绝代的女子有几个，但是第一眼能让我有耐心等待的女子却只有你一人，当时不只为了追问兰桥的下落，也为了再次见到你。”

他的右手轻轻覆盖在她胸口，那里曾经有过一个恐怖的创口，他回忆起那个曾经害得他失魂落魄的夜晚。现在创口早已恢复得毫无痕迹，生育孩子使她的双峰显得比过去丰腴充实，覆在掌心中像凝冻的露珠一般，饱满弹性。他爱不释手地轻轻揉动她，对她的一切充满爱惜，并不只是征服欲，他亲吻她。

“玄武千寻，今天我不会让你说话，因为我不想听你说话。你就静静地成为我的女人。”他说着，亲吻她的颈项，双唇一点点往下游走，来到她的胸膛，双手轻轻揉动她的肌肤，满是爱怜与珍惜，但也渐渐狂野粗暴起来，愈发躁动，愈要试图撩动她产生一样的欲望与渴求。千寻只是哭，眼泪落在他肩膀上、手上，但是他不在乎，他将她压到身下，随时会有进一步地侵犯与最终占有。

“啧啧，看不下去了。”有人从玺画雕梁之上倒挂下来，一个轻巧落地，走到二人眼前，“我玄孙女婿亲手把我玄孙女逮到你的龙床上，点了她的穴道让你凌辱，好大一盘棋啊……啧啧，男俊女俏，要不是看她是我亲玄孙女，我就耐心看完这活色生香的一幕啦，可惜可惜。”

玄武梦寒捏着下巴摇头感叹。

“哼。”龙王霖赤身裸体坐了起来，意外、愤怒且不可一世地看着他。

“哟，是你！”玄武梦寒这才将他认出来，“我当初还以为我玄孙女嫁的是你！”

“朕倒也想。”

“哈哈哈，原来你就是新龙王！难怪眉眼都变霸气了！可你们三个到底是怎么一回事？！”玄武梦寒闹不明白。

“朕倒要问你在这儿是怎么一回事。若是找她叙旧，大可不必急躁，且退出去。朕与她洞房后，自有你的喜酒喝，也会将您当成长辈尊重。若是还想害她想取她神魄，今天便是你的死期。”

“哇，我没听错吧！”玄武梦寒急忙掏耳朵，“青龙皇帝要把我这个玄武祖宗当长辈，龙神不会一道雷劈死你吗？”

“呵呵，若你挑衅滋事，可就别怨朕怎么招待你了。”龙王霖伸手，溯流杖来到他手中。

“哟，傲尊溯流！鸦神珍藏的龙王神杖啊，非一般帝者她还不赠予呢！有你的。”玄武梦寒自然认得他的兵器，于是将自己背后佩剑抽了出来，在半空中晃了晃，“小子，认得高祖我手中的家伙吗？”

“炙狱魍魉邪心沉，三尺四寸皆凶神。”

“连这口诀都知道，那就清楚它是魍魉剑喽，知道它这鬼骨剑身上封印着十二凶神，打起来跟孔雀开屏一样，好看死了。想试试？”

“千寻的高祖？蟠魁高宗？玄武梦寒，不是吗？我敬你是千寻高祖，请你莫在此刻坏我好事，否则前账新账一起算！你怕是要拿命来偿。”

“呸，别装得不熟似的，你变了，我也变了！我和她过去打得再厉害，关上门也是自家的事。你是个外人！好不好事你说了不算，男女欢好要的是两情相悦才有趣，你看我玄孙女哭成这样，是真的心甘情愿吗？你本是出尘之貌，神仙风姿，我原本以为她倾心于你，倒也不可惜，可显然她更爱那个凛央子吧，那小子做了什么混账事，我现在还没弄清楚，等弄清楚后那账另算。现在一码归一码，她若不爱你，你要欺负她，我觉着不行，得听剑说话。”玄武梦寒一副吊儿郎当的样子，提剑在衣袖上擦了擦，剑身用的是炎鬼骨骼，扭曲好似蛇骨节抱，光模样就令凡人胆战心寒，也是他的心肝宝贝一件。

“这么说来，你是心意已决了。”

“当然，我家姑娘，由我这个长辈带回去。”玄武梦寒将剑一提，“也由我这个长辈保护。”

哼，怕是有命来无命返的。玄武族除了千寻，其他人都是世仇，哪需要留什么面子。龙王霖提杖攻去，直接调用九口龙眼井水从窗口化作水箭朝玄武梦寒刺来，后者将右臂玄冥盾一开一展，稳稳挡住所有危险的水箭，重新凝成水球，顷刻抛洒在满室，水光晃了龙王霖双眼。那一瞬间，玄武梦寒飞身向床榻，用锦缎将千寻一裹扛在肩头。

他将魍魉剑朝龙霖一挥，剑身上十二凶神迸发出来，黑色烟缕一般的头颅带着弯曲细长的颈项，如十二枚流星锤一般甩了出去，每个头颅形态不一，有獠牙丛立的，有颅碎露眼球的，有鼻陷颌落的，也有单眼硕大如拳的……一只只扑向龙霖，带着滚滚阴气与强酸……

但此招只是虚晃，让龙王霖不敢靠近。

玄武梦寒扛着千寻撞破窗子飞身而出，在屋檐上灵巧翻腾，几步便走远了。

龙王霖急忙吹响鸦哨，白鸦府白色风暴骤出，密密麻麻飞来紫阳阁。

玄武梦寒知道以一敌千万，生死悬于一线，急忙将小丫头搁下，点开她的穴道，又将长袍脱下让她穿好。千寻与他在高阁之巅背身而立，面对层层密密的白鸦，万弓所指，今日恐怕要血战一场。

"想不到有朝一日，我会将我的后背给你防守。"玄武梦寒苦笑。

千寻狠狠抹掉眼泪，全身尽是杀气，说话语气也满是凶狠："我没空问你从哪来的，但这个人情我欠你。"

"哈哈哈，就怕你还不起。"生死大战在即，玄武梦寒口吻恶毒依旧。

此刻忽听又一声鸦哨，千万白鸦收起弓箭，原地不动。

"怎么，他们要派个更凶残的阵法来杀我们？"

忽听轰然一声，千万白鸦同时振翅，飞离他们，将紫阳阁层层保护起来，不让他们再靠近。显然龙王霖下达了新命令，要他们转攻为守。

“怎么？！不杀我们？！小皇帝挺有意思啊。”玄武梦寒道，扭头一看千寻，千寻正昂首向紫阳阁的方向，双眸中有刀山火海之凶光。不知道停在原地想些什么，忽然飞身而起，远远离开皇宫，没有再与龙霖作战。

玄武梦寒纳闷地“哼”了一声，眺望紫阳阁，龙王霖正站在窗口久久凝视她。

“欢乐趣，离别苦，就中更有痴儿女。呵呵，年轻人。”玄武梦寒笑着说道，随即跟在千寻身后离去。

结弦铎阑客栈

玄武梦寒在千寻身边盘腿坐下，京城最好的客栈，手工地毯编织的像是壁画一般贵气华美。四周装饰奢靡绮丽，一派斑斓锦簇的异域风情，令他想起什么，他从怀中取出银质雕花酒瓶来递予千寻：“我这些年去了西域，那里已经没有人认得我了，我伪装成商人在那儿吃喝玩乐了一个痛快，带回这最上乘的葡萄美酒，名字叫作翡冷翠，你尝尝。”

千寻抱着双臂不说话，玄武梦寒替她拧开盖子，再次递予她，她接过来仰头喝干。

玄武梦寒瞪着眼说：“还好我是装车带回来了几十瓶，不怕你胡喝一气。”

千寻还是不说话。

“很委屈是吧，不就是亲亲摸摸抱抱吗，那就亲亲摸摸抱抱了呗，我看你也是个胆子野的姑娘，怎么会介怀这些。青龙族的女子规矩最多，戒律最严，其次是朱雀族的，最滥情莫过于白虎族，简直不将道德当回事儿。说起我们玄武族吧，没有清规戒律，无可无不可，还经常出些性冷淡，你又不是，对吧。纵情欢乐，快意人生，别有那些莫名其妙的羞耻心，没意思，真的。”玄武梦寒难得说了一大堆话安慰她。

小丫头不吭声，看看他，又看看他的肩膀，“高祖。”

“咋啦？”

“肩膀借我靠靠。”她说完也没等他同意，将头枕上去，很疲惫的模样。她若是生气，若是吼叫，或者拔刀相向，他倒不担心了，但她楚楚可怜，无助又疲倦，反而令他担忧与心疼。

“奇怪，我不怕你死，我竟然怕你不开心。”玄武梦寒自言自语道，看见远远挂着的幽无三世剑，“看，我叫你剑不离身吧，高祖我高瞻远瞩，早就叫你好好保护自己的，一片苦心全白搭。”

他一边说话，一边从矮桌上取了酒壶来，喝了一口，倒是京城佳酿。

“那个新龙王，也是陪你走过一路的人吧。说实话，你心里到底喜不喜欢他，若有一丝喜欢，今天这事就更不算委屈。”

说完这句，玄武梦寒偷眼打量她，但是千寻面无表情。

“好吧，那我还能说什么呢，反正他们都离开你了。一个是新龙王，一个是白鸦掌印，都为了权势与野心，尤其那个凛央子！”

“不，不是你想的那样。”千寻终于开口反驳。

“那是哪样？白首相知犹按剑，朱门先达笑弹冠。你以为只发生在男人的世界里？”玄武梦寒取了桌上的果子来吃，“你自己若不成就一番事业，早晚是要被人抛弃的，即便不抛弃，也会变得很被动。”

“真的不是你想的那样啊，高祖！你能不能不要动，不要说话！”千寻把他手上啃到一半的果子扔掉。

“这么大声做什么，吵到孩子。”玄武梦寒指指床帐之中。

“你知道千儿在？”

“废话啊，我先到这里看的宝宝，再追着你出去看你放的风筝。原来他叫千儿，你名字里的千？”

“嗯，凛央宵千，宵是因为在申酉之时生的他。”

“慧根仙骨，我的好来孙，是个不得了的孩子。虽无神魄，但我还是好想收养他。”

“不行，胡闹的话，我们就在这里拼个死活。”千寻指指幽无三世剑，“那剑我还一次都未曾用过，就等着砍你。”

“哈哈哈……”玄武梦寒捧肚子乐，“傻丫头，你是看不出高祖我要面子吗？说一不二惯了，没台阶下不了台就会狂暴，当年真的是被你逼到窘迫关头。神魄屡次取不到，赔了夫人又折兵，太丢人啦，最后好歹在凛央子这里找到一级台阶下……不过这些年我过得很快活，很逍遥，过去的仇恨自然而然就放下了，神魄这件事再说吧，你儿子我也先不带走，你们孤儿寡母挺惨的，我就先观望观望，等我玩够了想当皇帝的时候再找你。”

“神经病，你才寡母！我相公活着！”千寻气哼哼回应道。

他在她脑袋上凿了一个栗子。

“唉哟……”

“唉哟个屁！我好歹是你高祖，尊重点。”

“哼！”千寻扭过头去，其实也没生他气。从他在紧急关头救自己出来那一刻起就不生他气了。

“不傲娇会死啊你？！”

“这话说得，难道你是省油的灯？”

“行了行了不和你斗嘴皮子，说真格的，你接下来有什么打算？”

“凛央子要去西域，我会带着千儿陪他一起去。”

“哟，度假吗？好地方呀，那里现在可棒了，糜烂荒淫酒池肉林，只要有钱在那真是什么欢乐都有，不过你可要看好凛央子，那儿的女人见他这么帅，一定不会放过勾引他。她们的手段，可是没有一丁点儿下限的。”

“凛央子现在是白鸦。”

“白鸦怎么了，白鸦毕竟不是太监，是正常男人就有欲望。”

“不和你说了，我就等千儿睡醒，然后带他赶路去。凛央子一早就出发了呢。”

“口口声声凛央子，看来你是真的很爱他。不过西域我就不去了，刚回来……”

“没人要你去，好吗？去了添乱！”

“哼。人不去，提醒可以给你几句。在那儿玩乐可以，千万别惹皇族，西域是沉睡之狮，蛰伏着太多可怕的力量，凛央子为公事而去，就由他办差，你可别进去搅局，免得惹出祸端。他替青龙办事，青龙是四海天子。但你是玄武可就不好说了。只玩耍，但不要暴露身份，切记切记。”玄武梦寒站了起来，走向幽无三世剑，“这剑太扎眼，莫带了，玄冥盾给你，藏在袖中，悄悄使用或危急时刻使用。”

说着他解下玄冥盾抛予千寻。

“娘亲。”凛央宵千醒了，叫了一声。千寻连忙跑去床边，掀开帘帐，将儿子轻轻抱起，亲了又亲，见他项上带着一环宝石璎珞项圈，知道是玄武梦寒送的礼物，“你天祖来了，快叫一声。”

“天祖！”宵千奶声奶气喊，玄武梦寒看着好喜欢，上前抱他，也是亲了又亲。

“要不你自己去西域吧，一个人带孩子多不方便，白鸦肯定不会帮你看孩子啊，你自己去，孩子留给我养算了。”玄武梦寒说道，总觉得接下来自己一个人好寂寞。

“滚，自己生去。”

“你现在对我的这个狗态度。”他戳她脑门。

“以前你对我那狗态度。”她戳回去。二人相视一笑。

宵千顾自玩着项圈，随口问了一声：“爹亲呢？”

好容易才有的笑容在千寻脸上慢慢散去，她去打水给儿子洗漱，什么也没说。留下玄武梦寒独自抱着千儿。

“你娘亲一定会把你爹亲找回来的，千儿你一定要帮你娘亲啊。”玄武梦寒摇摇他的小肉手。

“嗯。”虽然不明白天祖在说什么，但是宵千认真点了点头。

雀阁

雀丹长烟总以为自己是公主，龙王霖倒也宠她，让雀阁的奴才都以公主之礼厚待她，龙王霖自己对她更是疼爱有加，每每到雀阁探望，双手总是怀抱着小丫头。

雀丹长烟爱穿红色霓裳，飘拂轻柔好似云霞中的仙子。她最爱用两只粉莲藕似的小手，环绕着龙王霖的脖子，问他到底是亲爹爹美，还是皇帝爹爹美。龙王霖总是会笑着回答她：“我们烟儿公主最美。”她便满意地笑了起来，甜美可爱，叫人像是吃了一颗蜜糖。

龙王霖过去到雀阁探望雀丹飐，总是心事重重，随着长烟的到来，随着她一天天地成长，龙王霖每每望着她总会由衷喜悦，等她会开口说话，二人对话更是逗趣甜蜜，反而总让雀丹飐这个当亲爹的吃醋。

这天龙王霖来见长烟，小女孩正美美睡着午觉，雀丹飐坐在一旁摇椅上为她念诗，念着念着自己也午乏打起盹来。龙王霖静静在长烟身边坐着，握着她粉嫩的小手，看她像只小羔羊一般睡得香甜。龙王霖心里觉得温馨，想象起千寻哄宵千睡觉的模样，怀念千寻曾在怀抱中的真实触感，往事历历在目，幻境触不可及。

他想起自己的孤单，对爱的无能为力，眼睁睁看着她留在怀中的温度一点点流失……

想到她所有的幸福与自己无关，便觉得心被一只无情手捏得粉碎，又像是绑着千斤铁，沉在暗无边际的水中。

他轻轻用额头枕在长烟的小手上，无声哭泣起来。

幕天席地，泪水像是变成了一片深海，思念如草温柔摇曳，交织如网。她像是在不远处游动，轻盈得好像水中绸缎，笑靥迷离，一点点渗透在思路血脉……

他放下了全部姿态，与这思念形影相随，任这爱意带动自己浮沉摇摆，即便锥心刺骨，也要深情注视她，任自己暗潮澎湃，任自己无从依赖……

他几乎想要为她扔掉全部的理智，而她却始终置身事外……

“皇帝爹爹，你在哭吗？”长烟醒来了，心疼地摸摸龙王霖脸上的泪痕。

雀丹飏也醒了，但他默不作声合着眼，让龙王霖有一个机会能让感情宣泄。

“皇帝爹爹不要伤心，皇帝爹爹是不是哪里疼，烟儿替皇帝爹爹揉揉。”长烟娇声稚语，更是触动了龙王霖的心酸。他抱起长烟，将双眼藏在她小小的肩膀上，泪落不止。

长烟看着难过，忽然也跟着一起哭了起来。龙王霖慌了，急忙擦掉眼泪哄她：“烟儿不哭，皇帝爹爹被风迷了眼睛，并不是在哭，也并不是哪儿疼，皇帝爹爹好着呢，你看，你看。”

长烟揉眼睛，从手指缝偷偷看他。

“真的没哭。”龙王霖佯装出笑容，然后伸手挠她痒痒。

“烟儿也不哭了，哈哈哈，皇帝爹爹坏。”长烟跪缩成一团，把头埋在膝盖上乐，像只打滚的小熊猫。

“烟儿小小年纪也知道心疼你。”雀丹飏不能再装睡了，坐起来微笑看着他们，“若你真心喜欢孩子，还是早日成亲生一个吧。”

“又是老话题了。”龙王霖苦笑，摇头表示不愿意。

“唉……何必自苦……”雀丹飏替他惋惜。

“皇帝爹爹不着急，等烟儿长大了，皇帝爹爹娶烟儿好不好。”

“烟儿，别胡闹。”雀丹飏板起脸来。

“可我就是喜欢皇帝爹爹呀。”烟儿藏进龙王霖怀中。

“哈哈哈，烟儿是朕的干女儿，是朕永远的小公主。”龙王霖摸摸她的小脑袋。

“小时候是小公主，长大了便不是小公主了。”

“是什么？”

“是小皇后。”

“哈哈哈。”龙王霖与长烟一道笑了起来。

“烟儿。”雀丹飏起身将她抱了过去，拍拍她的小手以示惩罚，“不可以同天子胡闹的，长大了有些话更不可以胡说。”

“你莫教她怕我。”龙王霖说道，“我还想着带烟儿单独出去游玩一次，恐怕最快也得一个月才能回来。”

雀丹飏心里一惊，不知龙王霖有何打算。

烟儿自然是开心地拍起手来：“好呀好呀，可以带亲爹爹一起去吗？”

“你亲爹爹倘若愿意去是最好，我还能多个帮手，但是我想他更愿意去陪你娘亲吧。”龙王霖说到这儿转向雀丹飏，“我会送你去姚黄阁与影娘团圆，我去多久，你便可以在那儿留多久，与她好好培养一下感情。”

雀丹飏锁眉看着龙王霖：“你是担心你走后，将我单独留在皇宫中，又会发生过去那样夺宫的事情，所以让烟儿在你身边，让我不敢轻举妄动？”

“唉！孩子面前不说这些，你也无须想太多，我只是觉得一路行程太无聊，让烟儿陪我解闷罢了。我待烟儿视如己出，一定会拼尽全力呵护她，照顾她，你放宽心，好好与影娘过一回二人世界。”

龙王霖平静说道，“或者你牵挂女儿，放心不下，便与我一道去。”

“去哪儿？”

“拜会一下西域白虎王。”龙王霖微笑。

雀丹飏低头不语，他对影娘早就思念深切，盼望能与她朝夕相对。在影娘与女儿之间权衡再三，心里倒是更想抓住这难得的机会陪伴可怜孤单的妻子。何况伴君如伴虎，去了西域万一有纠葛，按龙王霖的心思，恐怕还要怀疑他与白虎族有勾结密谋。

倒不如不去西域，远离皇宫，落个清净。

雀丹飏想清楚了，也不抗拒，温柔地对长烟嘱咐道："你就陪着你皇帝爹爹去，一路上一定要听话懂事，皇帝爹爹教你做什么，你就做什么，千万不可任性。"

烟儿点头，紧紧揽着龙王霖，要他抱，倒像是他的女儿。

龙王霖便自然而然抱她过去，一边笑着教长烟问话："烟儿，你帮我问问你亲爹爹，万一我们在西域遇到危险，他是否舍得离开娇妻，不辞万里来搭救我们？"

“救吗？”长烟把话缩短到两个字问。

龙王霖与长烟一道盯着雀丹飏，龙王霖的眼神深邃如海，看似波澜不惊，暗潮之下别有一番捉摸。雀丹飏又怎么可能猜不到他的心思，二人相对而立，犹如照镜。

“即便是刀山火海，我雀丹飏不辞万里救主。”他掀衣而跪。

龙王霖急忙伸手扶他起来，说："你当我是手足同胞便好，在烟儿面前，大可不必如此。"

雀丹飏起身，深情看着女儿，亲了亲她的面颊。

长烟却扭头亲了龙王霖一下，冲他直眨眼睛。

“难得烟儿与你如此有缘，倒像是你亲生的孩子。”雀丹飏说道，见女儿发髻松了，取了梳子来，替她重新整理头发。

这句话四两拨千斤，龙王霖也是听得明白其中意思，安抚他道：“你且放一万颗心下来吧。”

雀丹飏淡笑不语，默默点头。

若羌沙漠

凛央宵千与玄武千寻，肩并肩躺在大漠上。

黄沙漫漫，轻烟拂动千古尘埃，带着万里苍穹星光辉映，正是野阔天长，虚豁鸿冥。

“千儿，天地之色，色随气华。你要记得今晚所见之辽阔，世界是由这些辽阔所构成，你在天地之中，心怀要与其浑然自成一体。要时刻清楚记得自己是怎样的人，这远比你要成为什么样的人更重要。回云随舞曲，流水逐歌弦，守静即玄根，忘形到自然。”千寻凝视夜空，面色素净地说道。

宵千手里轻轻缠绕着千寻的长发，像小猫咪玩弄着线团，扭头看了看母亲，很认真地回答她：“千儿听不太懂，但是千儿记得了。娘亲耐心等千儿长大就明白啦。”

千寻亲了亲他的面颊。

“娘亲，我们离爹亲还有多远？”宵千问。

“已经是白虎族的地域了，穿过沙漠能看到若羌城。你爹亲用飞的肯定比我们要快，估计早就到了那儿，换过补给，继续往前。”

“为啥不留在若羌城玩耍呢，难道那里不好玩吗？”

“你天祖数百年前曾在此与骄虏狂战，有过威名赫赫的若羌一役，仅两千精骑，突围白虎族近万人兽军，一把火烧毁了若羌城，白虎族以此为耻，没有再修缮过这座城池，使它成为沙漠里的一座荒城，只有少数百姓在此生活。”

“天祖好厉害。”宵千拍起手来，“那爹爹也是去打仗吗？娘亲不是说爹爹带着两万人吗？”

“爹爹不去打仗，千儿以后也不要打仗。天地这么美，烽火狼烟会将这些美景熏黑的。”

“哦，好嘛，娘亲说不打就不打。我们去找爹爹，叫他也不要打仗。”

“这才是我玄武千寻的好儿子。”她抱紧他，“将来带上你爹爹，我们也这样躺在沙漠上，以天为被，以地为床，侧耳能听见沙流的声音，虚空里风的声音，它们在这儿有千万年，亘古不变，多平心静气。我们也要这样平心静气一辈子，不浮不躁不动不摇地守在一起，一辈子。”

“一辈子。”宵千快乐地附和道，两只小手抱紧了她，“娘亲手可真冰，千儿替娘亲暖暖。”

千寻听到这句，想到这父子连心竟说一样的话，不由默默垂下泪来，看着宵千握着她双手，朝她手上呵着热气。

“千儿……想爹爹吗？”千寻小心翼翼地问，怕自己提到凛央子情难自抑，哭出声来。

“想啊。”宵千回答道，“这不是要去见他了吗，找到他，把他带回家。娘亲？”

“什么？”

“爹亲有了翅膀，那翅膀可以剁下来煮汤喝吗？”

“噗……”千寻破涕而笑，“为什么要拿你爹的翅膀煮汤喝？！”

“这样他就不会乱飞了呀。有翅膀多烦呀，我们又没有。”宵千对此事很不满意。

“哈哈哈，说的也是，六只翅膀呐，这么大这么长，去了毛不知道可以吃多少顿。”千寻越想越可乐，脑袋里已经规划起菜谱来。

凛央宵千悄悄抬头看娘亲，见她不哭了，这才放下心来，将头枕在她怀中，用她的手围住自己。虽然不明白究竟发生了什么，但是他真的很想念爹爹，担心他。尽管千寻竭力掩饰，将这次旅途说得像是玩乐一样，但宵千隐隐觉得一切并不简单。天祖说过关键时候一定要保护好娘亲，他觉得自己一定可以。

“娘亲。”他暗暗下定决心，却又打了一个大大的呵欠。

“千儿困了吧，睡吧。”她在他额头上亲了亲。

“娘亲不伤心。”宵千喃喃说着，闭上眼睛睡着了。

千寻轻轻拍他的后背，望着前方暗蓝色透青的天际，幻想着凛央子正站在天边，深情凝视着他们母子，不近不远，魂牵梦萦。

“你的那颗真心，也时刻想着我对吧？”她自言自语。

四野空阔寂寥，唯有轻风悄声呜咽，似有似无，似在回应。

……

（未完待续）